新潮文庫

異国の影

新・古着屋総兵衛 第十巻

佐伯泰英著

JN267215

目次

第一章　小僧二人——7
第二章　江尻湊の船隠し——84
第三章　オロシャの影——162
第四章　松前藩の野望——241
第五章　交易船団戻る——316
あとがき　395
佐伯作品チェックリスト　401

異国の影

新・古着屋総兵衛　第十巻

第一章　小僧二人

一

晩夏というのに連日熱い日が江戸を見舞っていた。

人々は日蔭《ひかげ》を求めて歩き、陽光が中天から降り注ぐ日中の一刻半《いっときはん》（三時間）ほどは江戸市中から人影が消えた。

富沢町《とみざわちょう》の古着問屋もひっそり閑として、表にゆらゆらと陽炎《かげろう》が立っていた。

大黒屋《だいこくや》の飼い犬甲斐《かい》、信玄、さくらの三頭もさすがに日盛りの刻は、日蔭の小屋でひたすら息を潜めていた。

店先では大番頭の光蔵《みつぞう》が帳場格子《ごうし》の中から目を光らせていたが、客が来ないでは奉公人らも意気が上がらない。

大勢の奉公人たちは蔵の荷の整理などをしながら陽射《ひざ》しが傾き、夕風が吹くのを待つしか方策はなかった。

小僧の正介《しょうすけ》が広土間に姿を見せて、表通りに目をやり、

「川向うのお店がゆらゆらと揺らいでおるぞ」

と呟《つぶや》いた。

その呟きが静かな大黒屋に響き、光蔵が、

「お店が揺らいでおるのではありません、そう見えるだけです」

と応じた声もなんとなく気怠《けだる》かった。

「小僧さんや、台所の女衆《おなごし》にな、夕刻に客が詰めかけて参られます。日盛りを歩いてこられた方に冷たい麦茶の用意をしておくように伝えて下さい」

「大番頭さん、おりんさんが最前台所でそう命じておられました」

「そうでしたか、もはや手配が済んでましたか」

と答える光蔵の声に今一つ力がなかった。

傍らの二番番頭の参次郎が、

「大番頭さん、この刻限は暇でございます。少しばかり店座敷で体を休められ

たらいかがにございますか」

と光蔵の体を労《いた》わった。

じろり、と参次郎を睨《にら》んだ光蔵の眼光にはいつもの迫力はなかった。

「総兵衛《そうべえ》様も大番頭さんが暑さで倒れては大黒屋が立ちゆかぬ。日中、四半刻《しはんとき》(三十分)ほど横になられるとよいのだが、と案じておられました」

「二番番頭さん、私の体はどこも悪くはございません。大番頭が昼寝などする慣わしをつけると、他の奉公人に示しがつきません」

と店じゅうを睨み回した。

だれもが静かに帳付けをしたり、土間の隅で古着の仕分けをしたりしていた。

「大番頭さん、老いては子に従え、と世間で申されませんか。まして主《あるじ》のお言葉は大番頭さんとて素直に聞かれるものですよ」

涼やかな声がして、おりんが奥から店に姿を見せた。

「おりん、私がさような真似《まね》をすると店じゅうに広がります」

「大番頭さん、参次郎さん方を信じられることです。最前総兵衛様がこの夏の忙中閑ありも近々終わりがくる、忙しい日々が戻ってくるゆえ大番頭さんには仮眠をとってもらえ、これは主の命ですとのお言葉がございました」

「えっ、総兵衛様が私の体をそう案じておられますか」

と絶句する光蔵におりんが、

「総兵衛様がそう申されるときは、なにか確信があってのことかと思います。大番頭さん、主のお言葉を聞き流してはいけませんよ」

と諭すように言い、さすがの光蔵も、

「主の命に逆らうことはできませんな。店先からほんのしばらくいなくなりますが、二番番頭さん、この陽射しの中、見えられたお客様には粗相のないようにな。私は店座敷におりますゆえ、いつでも声をかけて下されよ」

と言いながら、ようやく帳場格子から出ると奥へ引っ込んだ。

店にほっと安堵《あんど》した空気が流れた。

このところ光蔵が今一つ元気がないことをだれもが案じていたのだ。

享和《きょうわ》から文化と元号が変わった今、富沢町の古着商いは、卸も小売りも十代目総兵衛が主の座に就いた二年前に比べ、がらりと変わった。

店で古着の仕入れにくる客を「待つ」商売、つまり世間の好みに合わせて京、

大坂からの品物をどれだけ揃《そろ》えられるかが鍵《かぎ》となる商いから、春、秋の二度、柳原土手と組んで、

「古着大市」

を開催し始めたように、積極的に「仕掛ける」商いへと変わったのだ。

今やこの古着大市、大勢の客が詰めかけて富沢町の名物市になり、江戸の風物詩ともなろうとしていた。

これまでの三度の大市はいずれも大盛況の成功を収めてきたが、一層の発展を期して、総兵衛は次なる策をすでに実施していた。

富沢町の惣代《そうだい》格たる大黒屋総兵衛は、監督役所の町奉行所に願って、入堀に架かる栄橋の架け替え普請《ふしん》を果たし終え、富沢町と堀を挟んだ久松町を結ぶ橋幅五間半（約一〇メートル）の強固な新栄橋を完成させたのだ。

橋の渡り初めは、施主の大黒屋総兵衛を始め、富沢町の主だった者を集めて内々に催した。

正式の渡り初めと橋の披露は、秋の古着大市開催の幕開け行事として賑々《にぎにぎ》しく催されることが南北両奉行所との間に決まっていた。

新栄橋の完成は、大黒屋にとっても大きな意味を持っていた。

堀向こうの久松町出店を新栄橋が結び、二つの大黒屋の店が繋《つな》がり、客のさばきがよくなった。

総兵衛は、久松町出店のほうを、古着の中でも京などから仕入れる、

「新古着」

と称する、京で季節の内に売り切れなかった、つまりは未《ま》だ仕付け糸が残っており、だれも袖《そで》を通したことのない絹物を主に扱うことにし、一方大黒屋の富沢町店では、仕入れと卸を中心とした本来の商い専一とすると区分けした。

そして久松町出店には、四番番頭の重吉《じゅうきち》を頭にした奉公人たちを配置した。

新栄橋の完成は大黒屋の表の稼業《かぎょう》を変えたばかりではなかった。

大黒屋の歴代の主には神君家康との密約が永続的にあった。それは幕府が危急存亡の大事に陥ったとき、いや、それを察知した瞬間に、影働きする役目であった。

この影働きは、大黒屋総兵衛の裏の貌《かお》であり、代々の隠し名の鳶沢《とびさわ》総兵衛が頭目を継承してきた。

十代目の総兵衛勝臣《かつおみ》は、新栄橋を活用し、久松町出店と大黒屋を結ぶ、秘密の通路を設けて、鳶沢一族の防備と攻撃能力をさらに確固としたものへと造り変えていた。

おりんらに説得されて店座敷に引っ込んだ大番頭の光蔵が体を横たえるやいなや、店に大鼾《おおいびき》が伝わってきた。

それを聞いて二番番頭の参次郎がにやりと笑みを浮かべた。

そのとき、総兵衛は新栄橋の隠し通路にいて橋の飾板を何枚か手順に従ってずらし、入堀の水面を眺めていた。

その覗《のぞ》き窓はこの橋の普請を指揮した大工棟梁隆五郎《とうりょうりゅうごろう》の倅《せがれ》、来一郎《きいちろう》の工夫だった。

総兵衛は隆五郎に新栄橋に盛り込まれる秘密を見抜かれたとき、この普請の意図をすべて隆五郎に明かす決心をした。それは鳶沢一族の隠された秘密を漏らすことでもあった。だが、大黒屋と長い付き合いのある隆五郎の人柄を総兵衛は信じたのだった。

総兵衛より新栄橋の工夫と一族の秘密を聞かされた隆五郎は、隠し通路を設けた新栄橋を遺漏なく造るために、京で大工修業をして江戸に戻った倅の来一郎の知恵を借りたいと総兵衛に願った。

その来一郎がまず工夫した考えが新栄橋の床下の隠し通路を二つに分け、大黒屋から久松町出店に向かう隠し通路と、反対に久松町出店から大黒屋に戻る隠し通路を分けて一方通行にする案であった。

総兵衛は若い来一郎の提案を即座に受け入れた。

それから何日か後、来一郎は一方通行二つの隠し通路の飾板を工夫して覗き窓を新栄橋の上下流側に三か所、都合六か所設け、総兵衛に見せた。

それは覗き窓であると同時に鉄砲や弩《ど》を射掛けることができる銃眼としても利用できた。

長さ八間（約一四メートル）の橋の飾板は、外からはただの飾板としか見えなかった。だが、何枚か板をずらすことによって覗き窓、銃眼が現れた。また水上からも河岸道《かしみち》からも、覗き窓を確かめることは叶《かな》わない工夫がされていた。

総兵衛は、入堀下流側の真ん中の覗き窓から水面を見下ろした。

この日の暑さも峠を迎え、水面がきらきらと輝いていた。

だが、往来する船はいなかった。

片膝《かたひざ》をついて入堀を見ていた総兵衛は、気配を感じて覗き窓の板をずらし、元へと戻した。すると、隠し通路に設けられたランタンの灯りが円弧を緩く描いた通路を見せた。

大黒屋から久松町出店への隠し通路は入堀の下流側にあった。

総兵衛は久松町出店に足を向け、元矢之倉の河岸道に続く地下道を抜けて、店土間の一角にあった井戸に出ると梯子段《はしごだん》を上がった。するとそこは久松町出店の店内にある物置に出て、物置に設けられた覗き穴から店に客がいるかどうかを確かめた。

陽射しのせいか、品物の整理や手入れをする奉公人ばかりで客はいなかった。

総兵衛は物置の天井から吊《つ》るされた紐《ひも》を二度ほど引いた。その紐を引くと、この久松町出店の長を務める四番番頭重吉の帳場格子の下に下げられた鈴が鳴る仕掛けだ。重吉は帳場格子の中にいる者にしか聞こえない鈴音を聞くと、一度だけ紐を引っ張り店に客がいないことを、紐を引いた主に知らせた。

この鈴での伝令も来一郎の工夫だった。京で知った仕掛けだが、元々は異郷の貴族館などで使われる連絡方法とか。

総兵衛は、物置の扉を少し引き開け、それでもいまいちど確かめた上で店土間に姿を見せた。

総兵衛の到来を帳場格子の重吉の目が迎えた。

「暑いですね」

総兵衛は話しかけたが、久松町出店で手を休めている奉公人は一人としていなかった。黙々と夕暮れ時に訪ねてくる客のために品を選んだり、手入れをしたりしていた。

「暑うございます。総兵衛様にはお見回りにございますか」

「いえ、店ではのうて魚吉らの石垣造りの進行具合を見に来ました」

「魚吉さん方は炎天下、手拭《てぬぐ》いで頬被《ほおかぶ》りをして菅笠《すげがさ》をかぶり、石を積んでおられます」

と重吉が答えた。

この久松町出店は元々炭屋の栄屋の持ち物だったが、主の仁平次が商いを疎《おろそ》かにして身を持ち崩し、ついに手放すことになった。

四百五十余坪の敷地に店と住まいと蔵二棟が建っていたが、長年手入れが為《な》されないために傷《いた》んでいた。

そこで総兵衛は店と蔵を残して増改築をなし、荒れ放題の庭木は紅葉の老木一本だけを残し、整地した。

古着大市の開催の折に露店を設ける場所として使うつもりで購《あがな》ったものだ。

また二棟の外蔵は交易船団が戻った折に荷を収納する場所として大きく改造していた。

栄屋時代の板塀も傷んでいてとても修繕は叶わなかった。

春の古着大市に合わせて店と蔵を修繕したが、塀までは間に合わなかった。

そこで安南《アンナン》から伴ってきた石工頭の魚吉、さらには石工の立季《たつき》、林造《りんぞう》らに続けて作業を命じて石塀を新たに造ることにした。

塀の目的は、
一に鳶沢一族の秘密を守り、防衛の役目を果たす
二に古着大市の開催の折、露店として使用する
の二点があった。

むろん久松町出店の商いは別にしてだ。

だが、この二つの目的は相反していた。

一は敷地内を守り、二は古着大市の会場に開放するために大勢の客を入れ込まねばならなかった。もう一つ考えねばならないことは、交易船団が戻った折、入堀の船着き場から素早く敷地内の蔵に運び込む要があった。

総兵衛は、大工の隆五郎、来一郎親子と魚吉を呼んで、相談した。

「塀は石垣にしようと思います。その石垣の上に柊《ひいらぎ》のような低木を植えようかと思いますが、どうですな」

商人言葉の総兵衛の提案に隆五郎も魚吉もなにも言わなかった。

総兵衛がすでに心に決めた様子を悟ったからだ。

「総兵衛様、石垣に植え込み、それは結構にございますが門をどうするかでございましょうな」

来一郎が総兵衛に尋ねた。

隆五郎が倅を睨んだが平然としたものだ。

「なんぞ考えがありますか、来一郎」

四人の前に久松町出店の敷地とその周囲の絵図が拡《ひろ》げられてあった。

「船着き場の前に第一の表門を造り、新栄橋からつながる久松町側に第二の裏門を設ける。二つともに両開きの門にて幅はともに三間（約五・四メートル）、高さは植え込みまでの高さに合わせ、六尺（約一・八メートル）ほどでございましょうか。元矢之倉と久松町の角にお店がございますゆえ、そう厳《いか》めしい印象はございますまい」

と一気に来一郎が言った。

「絵図面にそなたが思う表門、裏門の位置を描き込んでみなされ」

総兵衛が硯箱《すずりばこ》を来一郎のひざ前に押しやった。すでに墨は磨《す》られてあった。

迷いなく筆を握った来一郎が二つの門の位置を描き込んだ。

しばしその位置を眺めて思案した総兵衛が、

「どうですな、隆五郎、魚吉」

「表門を入口、裏門を出口と分けて使えば古着大市の人の流れは一定方向に向かい、混乱は起こりますまい」

と隆五郎が答えた。

総兵衛が魚吉を見た。すると魚吉が黙って頷《うなず》いた。

「来一郎、そなたの考え通りの塀を造ってみなされ」

「よろしいので」

「普請中に別なる考えが浮かべば、親父どのに相談し、この私に持ってきなされ」

久松町出店の塀造りは来一郎が長になり、隆五郎と魚吉が若い来一郎を助けることになった。

すでに敷地の四周の整地を終え、石垣組みも七割方が終わっていた。

魚吉の下に柘植《つげ》一族の面々が助勢に加わったから普請は予定した日数を割り込んで進んでいた。

総兵衛は店の裏口から久松通りの裏門へと足を向けた。そこでは三間幅の門を開けた石垣が積み上げられ、植え込みには柊ではなく躑躅《つつじ》が植えられていた。柊は刺《とげ》があって、泥棒などが入らぬようにするには打って付けだが、古着屋の店の植え込みとしては厳めし過ぎるという来一郎の考えを総兵衛が受け入れたのだ。

「どうだ、魚吉」

「次郎さん方、てつだうからはやい」

と魚吉が片言の和語ながらしっかりと答えた。

地面から三尺ほどの石垣が見事に組まれていた。そして、久松通り側の石積みはほぼ完成していた。

「いささか古着屋の塀にしては厳めしいと思っておったが、植え込みを躑躅に変えて厳めしさが薄れ、雰囲気を和らげてくれましたな」

と総兵衛は得心の言葉を投げた。

総兵衛は表門へと廻った。

魚吉が従ってきた。

「総兵衛様、和人の手先、こまかいできる」

「器用というか」

「そう器用」

「石積みは見事なものです」

「そう見事」

と魚吉が短い言葉で繰り返し、意を伝えた。

表門側もまた店との接合部と表門を残し、ほぼ完成していた。だが、こちらは植え込みが未だ始まらず、土を入れる作業が行われていた。

表門の位置は、総兵衛の考えで庭の老木の紅葉が正面になるように少しだけ下流側へと位置を変えた。それでまた雰囲気が変わった。

魚吉が立季と林造に石の組み方の角度を変えさせた。すると上下の石がぴたりと収まった。

「あと十日もすれば完成しますな」

「来一郎さん、いつでも門扉《もんぴ》持ってくるね。出来上がるね」

と魚吉が言った。

一間半幅の門扉四枚は、隆五郎と来一郎の作業場で造られ、石垣が完成した折に船で運んでくることになっていた。

「楽しみです」

と総兵衛が魚吉に応じたところで重吉が店から出てきた。

「いかがにございますか」

「いささか厳めしい塀かと案じておりましたが、躑躅の植え込みのせいで花の咲く折は、きっと華やぎましょうな」

「はい、私も楽しみにしております」

総兵衛は重吉といっしょに久松町出店に戻った。

「陽射しも弱まりました。これからお客様が参られます」

「お願い致しましたぞ」

と言い残した総兵衛は、するりと物置の扉から奥へと姿を消した。

帰路の隠し通路は入堀の上流側にあった。

覗き窓を開くと西日が水面を照らしつけて、橙色《だいだいいろ》にきらきらと煌《きら》めかせ、荷船や猪牙舟《ちょきぶね》が往来を始めていた。むろん上流部に設けた仮の栄橋は取り払われてない。

夏の大雨の被害は、千鳥橋の橋げたなどに残っていた。

総兵衛は覗き窓を閉じると、通路のランタンの灯りを消した。そして、大黒屋の船隠しに出ると、以前より広さを増したそこに琉球《りゅうきゅう》型快速帆船がゆったりと止まり、荷運び頭の坊主《ぼうず》の権造《ごんぞう》が、ランタンの光の下で帆の繕いをしていた。

「総兵衛様、外は炎熱地獄だが、船隠しは極楽だね」

地下に設けられた石造りの船隠しからは普段閉じられた二重の扉を開ければ、新栄橋下に出ることができた。

こたびの橋の架け替えで隠し水路の幅も広がり、琉球型快速帆船も楽に出入りができるようになっていた。

「いかにも涼しいですな」

「船の甲板でごろ寝をするともう堪《こた》えられませんや。大番頭さんを誘ったのだが、水夫《かこ》の真似はできないと断られましたぞ」

「今ごろ、店座敷で昼寝をしておられよう」

「夏の疲れがこれから出るからね、休めるうちに体は休めておくことだ」

と言った権造が、

「そろそろ交易船が戻ってきてよいころではないですかね」

と総兵衛に質《ただ》した。

「坊主の権造は、八卦《はっけ》も見られるか」

「なあに、勘ですね。そろそろ交易に出て一年になりましょう」

「未《ま》だ九か月と七日です」

と総兵衛が答えた。

「そんなもんですか。では、未だイマサカ号と大黒丸は戻らないですかね」

「いや、権造の勘、意外にも当たっているやも知れませぬ」

と言い残した総兵衛が船隠しを見下ろすように石造りの回廊を廻り、鳶沢一族の本丸、大広間に入った。

総兵衛は、上段の間に置かれた六代目総兵衛勝頼《かつより》の坐像《ざぞう》の前に結跏趺坐《けっかふざ》して瞑目《めいもく》した。

どれほどの刻限が過ぎたか。

イマサカ号と大黒丸の二艘《そう》の交易船団が北を目指している姿が脳裏に映じ、遠くはるかな彼方《かなた》の海に消えた。

しばらくは日にちが掛かりそうで、林梅香卜師《はやしばいこうぼくし》からの思念は総兵衛の脳裏に届かなかった。

「あと一月はかかろうか」

　と帰国までの日にちを考えた総兵衛は、六代目総兵衛勝頼に二艘による交易船団の初航海の無事と成功を願った。そして、隠し階段から離れ屋の居間へと戻った。

　新栄橋の覗き窓から見た陽射しよりさらに西に傾いた光が庭木や庭石を弱く照らしていた。

二

　総兵衛が離れに戻ったことを察したおりんが姿を見せた。

「久松町出店にお出《い》ででしたか、使いを立てましたが行き違いました」

と言った。

「なんぞ用事がありましたか」

「深浦から忠吉さんが見えております」

「なに、忠吉が。船で来た様子はなかったが」

と総兵衛が訝《いぶか》しげに呟いた。

「いえ、徒歩《かち》で一人」

「なに、徒歩ですと」

「それも昔のおこものちゅう吉さんに戻られた形《なり》で、臭《にお》いも元のままにございます」

おりんが笑いを堪《こら》えて言った。

総兵衛の頭にあれこれと思案が駆け巡った。

深浦の船隠しの総兵衛館で言葉遣いなどを教えるお香に叱《しか》られ飛び出してきたか、あるいは男衆《おとこし》のだれぞと喧嘩《けんか》でもして深浦に居辛《いづら》くなったか。

そんな総兵衛の様子を察したおりんが、

「総兵衛様に会うまではなにも喋《しゃべ》らぬと言うております」

「連れてきなされ」

おりんが座敷から廻り廊下に出て、忠吉の名を呼んだ。

すると甲斐、信玄、さくらの三頭の吠《ほ》え声がして犬たちといっしょに背中に莚《むしろ》を背負った忠吉が庭先に姿を見せた。

甲斐らは明らかに忠吉を自分たちより下位と思っていた。ために三頭して忠吉の汚い着物の裾《すそ》を噛《か》んだり、背中に負った蓆に飛びかかったりしていた。だが、忠吉は、だいぶ三頭の飼い犬の扱いに慣れたと見えて、落ち着いているかのように見えた。

「忠吉、どうなされた」

忠吉がちらりとおりんの顔を見上げた。

「私がいては不都合ですか」

しばし答えに迷った忠吉が、

「おりんさんならばよかろう」

と呟き、

「まずは書状を」

と懐《ふところ》深くに差し入れた書状を抜きだし、縁側に近付くとおりんに渡した。

「なかなかの臭いね。どう、まずはお使いの役目を果たしたのよ、総兵衛様が文を読む間に湯殿で臭いを洗い流して下さいな。うちは客商売です、売物にその臭いがついていては商いになりません」

と願った。

主の顔を見た忠吉に総兵衛も頷き返し、

「体を洗ってさっぱりしてきなされ。そのあとでそなたの報告を聞きます」

と命ずると、

「畏《かしこ》まりました」

と忠吉が応じた。

おりんが書状を総兵衛に手渡すとおこもの形に戻った忠吉を湯殿へと連れていこうとした。すると甲斐らが忠吉の臭いに惹《ひ》かれたか、いっしょに従っていった。

「止《や》めてくれ、おれはおまえらの遊び道具ではないぞ」

忠吉が言えば言うほど甲斐らは忠吉にじゃれついた。それでも庭先から忠吉と飼い犬三頭が消えて、臭いだけが漂い残った。

総兵衛は、忠吉の臭いが染《し》みた書状を見た。

宛名《あてな》も差出人の名もない。

当然、この書状が敵方に渡った際の用心のために名を記してないのだ。だが、深浦の隠れ里の長壱蔵《おさいちぞう》からの書状に違いあるまいと、総兵衛は思った。

書状を披《ひら》くとさほど長い文ではなく短い文面だった。

その短い文を認《したた》めたのは、柘植《つげ》衆の柘植満宗《みつむね》であった。交易船団が異国へ出ているために鳶沢一族、池城《いけぐすく》、それに今坂《いまさか》一族の若い面々は交易に従い、深浦を留守にしていた。ために働き盛りの男衆は新たに鳶沢一族に加わった柘植衆のみで、その頭目の倅、新参者の柘植満宗が壱蔵を助けて番頭役を果たしていた。

店から光蔵が姿を見せ、

「天松《てんまつ》がうちの裏口に現れたおこもは、深浦におるはずの忠吉じゃと言うておりますが確かにございますか」

と尋ね、総兵衛が頷き、

「忠吉が柘植満宗からの文を届けてくれました」

「おこもに身を窶《やつ》した上に船で来られなかった事情がございますので」

「ということです」

「なんぞ深浦に不都合が生じておりますか」

と漏らした光蔵が思案した。

大黒屋の船隠しの深浦には常に何艘《そう》かの船があった。深浦から江戸の内海に入り、佃島《つくだじま》にある船溜《だま》りで猪牙舟《ちょきぶね》に乗り変えれば手間もかからず、楽に到着できる。それをわざわざ忠吉を昔のおこもに姿を戻して陸路を来させたとなれば、船が、海路が使えぬ事態が生じているということではないか。

「忠吉がただ今、湯を使っております。書状の説明は忠吉の報告を待った上で話します」

総兵衛が腹心の光蔵に言い、手にした書状を畳んだ。

無言の刻限が流れた。

そして、おりんに伴われ、湯を使って臭いを消し去った忠吉が洗い立てのお仕着せを着て渡り廊下から姿を見せた。だが、なぜか小脇《こわき》には巻いた蓆を抱えていた。

「総兵衛様、おりん様のお蔭でさっぱり致しました」

と礼を述べ、蓆包みを廊下に置き、座敷に入ってきながら、

「大番頭さん、野分騒ぎ以来にございますね」

と光蔵にも言葉をかけた。

「おや、お香さんのお蔭でだいぶ言葉が身についたようですな」

光蔵が忠吉を褒めた。途端に一座の皆は却《かえ》って昔の酷《ひど》い言葉遣いを思い出していた。

「恐れ入ります」

しれっとした忠吉が光蔵に答えた。

「忠吉、深浦になにが起こっておるかそなたの口から報告せよ」

「あれ、満宗様の書状には書いてなかったか」

と思わず忠吉が昔の言葉を使ってしまった。

「褒めるとすぐにこの調子です」

と光蔵が顔を顰《しか》めた。

「この際です、どのような言葉遣いでも許します。そなたが知り得たかぎりのことを報告なされ」

総兵衛の命に忠吉が頷き、おりんが淹《い》れてくれた茶を一口飲むと話し出した。

「異変に気付いたのは四日前のことなんだよ。おれらが浦賀水道を見下ろす岩場の頂に登ったときのことだ。だれかに見張られているような気がしたんだ。なにしろおこもなんて暮らしは他人の目を気にして生きるものだからな、そんな勘だけは鋭いんだ。いくら富沢町や深浦で屋根の下でさ、布団《ふとん》に包《くる》まって寝ても直らないものなんだ」

「なにがありました、忠吉」

「大番頭さん、おれは砂村お葉《よう》さんといっしょだったもんでよ、なにより女子《おなご》を怯《おび》えさせてはいけないと思ったんだ」

「お葉を連れて崖《がけ》の上に行ったですと。なにしに行かれました」

光蔵が忠吉の行動をきつい調子で糺《ただ》した。

「若い時にはいろいろとあるものなんだよ、大番頭さん」

忠吉が光蔵に平然と応じて、

「とはいえ、そのときはお香様に命じられてよ、館《やかた》に飾る秋の草花を摘みにいったんだ」

「それならそうと最初からなぜそう言われませぬ。思わせぶりな口調がいけませんぞ」

忠吉が困った顔で黙った。

「大番頭さん、ここは忠吉さんの好きなようにと、総兵衛様が申されましたよ」

とおりんが口を添えた。

「ああ、そうでした」

光蔵が口を手で覆《おお》った。

「総兵衛様よ、近くから見張られているんじゃない。遠くからよ、それもあちらからもこちらからも見られているような気がしたんだ。だが、眼下の海には漁《いさ》り舟さえいなかった。ということは、深浦の入江を挟んで対岸の岩場のどこからか、あるいは深浦の背後の森の中からか、だれかがこちらの動きを見ていることになる」

「そなたを見張ってどうなるものでもあるまいに」

「大番頭さん、おれじゃないさ。深浦の船隠しに目をつけた何者かが見張り所を設けてこちらの様子を見ているんだよ」

「えっ、そんなことが」

「ある。あったからこうしてこの忠吉が富沢町に使いに立てられた」

「そうでしたな」

忠吉と光蔵の嚙み合わない問答に、総兵衛もおりんも黙って耐えていた。

「おれはよ、お香様に命じられた秋草やら花を摘み終わり、館に戻ったところで最初に会った柘植満宗様に申し上げたんだ。するとな、満宗様はさすがに加《か》太峠《ぶと》で山賊の上前をはねて生きてきた柘植衆の頭宗部《そうぶ》様の跡継ぎだね、直《す》ぐにおれのいうことが分かったぜ。深浦にいる犬たちを連れて、おれが感じた見張りのいる岩場や森におれを含めて一族の面々が探しに入ったと思いねえ」

「見張り所がございましたか」

「その日は直ぐに日がくれてさ、見つけられなかったがよ。翌日のことだ、二か所の見張り所を見つけたんだ。だが、前日、おれたちが動いていたことを察したか、見張り所に人は残っていなかった」

「だれがなんのために」

光蔵が呟いた。

忠吉が廊下に置いてあった蓆のところに行き、それを解《ほど》き始めた。すると離れに異臭が漂ってきた。

「あのな、総兵衛様よ、見張り所で何日も住み暮らした気配があってよ、煮炊《にた》きのため薪《まき》を燃やした跡もあった。犬たちにとってさほど見張り所に辿《たど》り着くのは難しくなかったろうよ。ところでなんの臭いが一番残るか分かるか」

「狭い見張り所に寝泊りして一番強く臭うものですか。煮炊きしたのです、当然食いものの臭いではありませんか」

「さすがは総兵衛様だ、立派なおこもになれるぜ」

「忠吉、余計なことは言わずさっさと報告なされ」

「あいよ」

光蔵の険しい言葉をいなした忠吉が莚を広げて、中に包まれたものを座敷に運んできた。

遠眼鏡、折り畳まれた紙、短剣、異国の貨幣、食いものの残りか馬鈴薯《ばれいしょ》と玉ねぎと麺麭《パン》などがそれも遺留品と思える粗い布の外套《がいとう》に包まれて姿を見せた。

「異人が深浦の船隠しに目をつけましたか」

「総兵衛様、どうやらそうらしいな」

総兵衛は見張り所に残された品を遠眼鏡から点検していった。

「おや、プロイセン製の遠眼鏡ですか」

「プロイセンとはどこのことですか」

「ヨーロッパの北東部にある国です。昔から剣のような刃物、精密機械などを造るのに長《た》けた人々が住む公国です」

「するとプロイセンなる国の人間が深浦に関心を持ちましたか」

「大番頭さん、ただ今旧大陸と呼ばれるヨーロッパで異国に進出している国は、イギリス、フランス、オランダ、イスパニア、ポルトガルなどです。それに新大陸にはイギリスから独立したばかりのアメリカ、最後に和国の北に位置するオロシャでしょうか。プロイセンが和国にまで手を伸ばすとは思えません。遠眼鏡を使う見張りは別の国の人間でしょう」

総兵衛はそういうと短剣、外套、硬貨、食いものの残りなどを子細に調べた。むろん、光蔵も古着問屋の大番頭だ、外套を手に粗い布地を確かめ、縫製を点検し、最後には臭いまで嗅《か》いで顔を歪《ゆが》めた。

総兵衛は最後に紙片を広げた。

描きかけの深浦の船隠しの絵図面だった。ほぼ深浦全体を俯瞰《ふかん》した縮尺図が描かれていた。隠し湊《みなと》に大黒屋の持ち船が泊まり、造船場や館があることなどが描き込まれていた。建物や船などの傍らには文字が記されてあった。

「な、なんということが」

と光蔵が驚愕《きょうがく》の顔を見せ、

「異人が深浦に目を付け、こんな詳細な絵図面まで作っておりましたか」

「異人と決めつけて宜《よろ》しいので」

とおりんが光蔵に聞いた。

「食いもの、衣類、それに文字、とても和人とは思えませんぞ、おりん」

「それは確かです」

おりんが光蔵の言葉に同意した。

「薩摩《さつま》ということはないか。昔から交易に携わってきた薩摩人なればかような道具や食いものを持ち込むことはできよう」

「再び薩摩が鳶沢一族に手を伸ばしてきたと申されますか」

「いや、可能性を考えただけだ。われら鳶沢一族が近年敵対してきたのは薩摩ゆえな」

「ですが、薩摩とは手打ちが済んでおりましょう」

「いかにもさよう。大番頭さん、おりん、この絵図面の文字と貨幣じゃが、オロシャのものかと思う」

「オロシャですと」

「オロシャは大国にて清《しん》国と国境を接し、和国の蝦夷地《えぞち》に近く、江戸に到来するにはヨーロッパの国々より断然近い」

「そういえば今から十年ほど前、オロシャに漂流しておった大黒屋《だいこくや》光太夫《こうだゆう》らを伴い、蝦夷地に姿を見せたと聞いたことがございます」

　このときオロシャ特使ラクスマンは、漂流民大黒屋光太夫を伴い、蝦夷の根室に来航し、通商を求めた。

　ラクスマン特使と幕府が蝦夷に派遣した目付石川忠房と村上大学による会談は都合三度にわたり行われた。だが、幕府側は長崎以外の地での外交交渉には応じられないと、長崎回航を要請した。

　さらに二年前の享和《きょうわ》二年（一八〇二）には、幕府はオロシャの進出に対して蝦夷奉行を設置し、東蝦夷地の幕府直轄《ちょっかつ》を上知した。

総兵衛はこれらの事情は詳しくは知らなかったが、オロシャが和国に関心を持っていることは承知していた。

「異国がなぜ深浦に目を付けましたかな」

「大番頭さん、徳川幕府が異国との交流を肥前長崎に限っておるのとは異なり、異国は和国の事情をよう承知しております。大海原のぱしふこ海を往来するためには、和国の位置はなんとも都合がよい場所にあるのです」

「それにしてもなぜオロシャなる異国が」

おりんも理解できないといった表情で呟《つぶや》いた。

総兵衛は沈思した。長い沈黙だった。そして、ふと未だ忠吉がその場にあることを認めて、

「忠吉、まだなんぞ私どもに伝えることがありますか」

「満宗様の文になんと書かれてあるかしらねえがよ、おれが承知していることは話したぜ。だがよ、おかしいと思うことはある」

「総兵衛様はそなたの考えなど聞かれておりません」

光蔵がぴしゃりと決めつけた。それを手で制した総兵衛が、

「なにがおかしいと思いますな」

「総兵衛様よ、おりゃ、深浦から江戸への道々、考えたんだ」

「なにをですな」

「まずなぜおれが陸路で江戸に使いに出されたか。オロシャだかなんだか知らないが見張り所を慌《あわ》てて立ち去ったようだが、まだどこぞに潜んでいると、柘植満宗様方は考えられた。だからさ、船を出すと襲われる心配があると案じられたのさ」

「深浦の船隠しがオロシャに襲われますか」

「大番頭さん、そこまでは知らねえ。だがよ、満宗様方は備えをいつもより一段と強められた上に、おれをおこもの身に戻させて陸路江戸に発《た》たせたんだ」

「なんと」

と光蔵が絶句した。

「忠吉、そなたがおかしいと思うこととはオロシャが未だ深浦近くに潜んでいるということですか」

「潜んでいるのは間違いないことだ。だがよ、おかしいのは見張り所を引き上げるときに、なぜ自分たちの身許《みもと》が分かるようなものを数々残していったんだ。とくに絵図面は大事なものだろうが」

忠吉の言葉に総兵衛がにやりと笑った。

「出来ましたな」

「忠吉が出来たとはどういうことにございますか」

光蔵が総兵衛に尋ねた。

「最前の言葉とまるで違う考えですが、この残された品々は深浦に関心を寄せておる者たちがオロシャではないことを示していませんか」

「えっ、どういうことです」

「オロシャと私どもに思わせていたほうがよいと考える者たちの仕業ということも考えられます」

「な、なんと。となると、またぞろ薩摩がそのような企てを為《な》しましたか」

「大番頭さん、そう決めつけるには未だいささか早うございます。どのようなことがおころうと、慌てずに対応できるように私どもは日頃からの備えを疎かにしてはなりませぬ」

と言った総兵衛が、

「忠吉、こたびのこと、そなたの手柄です。そなたの勘働きが相手を慌てさせておるのか、それとも計算ずくか。ともあれお手柄でした。下がってよろしい」

と忠吉に命じた。

「総兵衛様、おれは深浦に戻ればよいのだな」

「いや、しばらく富沢町にいなされ。天松の下で古着商いを学ぶのです」

「ありがてえ」

「だが、そのおこものちゅう吉の言葉は店奉公の間は許しませんぞ」

光蔵がここぞとばかりに釘《くぎ》を刺した。

「合点承知だ。いえ、承知致しました」

忠吉が下がっていった。

二人の腹心だけが残り、総兵衛が言い出した。

「まず薩摩とは思いませんが念のため、北郷陰吉《きたごうかげよし》に薩摩屋敷を探らせます」

総兵衛の言葉に二人が頷き、

「陰吉の父《とっ》つぁんにはうちの者をだれか付けますか」

と主に尋ねた。

「いえ、陰吉も忠吉同様、独りでこれまで生きてきた人間です。好きなようにさせましょう」

と総兵衛が応じて、

「一番の心配が残っています」

と二人の顔を見た。

「なんでございましょうな」

「交易船団が今のままなれば深浦に戻ってこられないということです。このことを柘植満宗も書状で案じております」

あっ、と光蔵が驚きの声を上げた。

「そうでした、大事なことを迂闊《うかつ》にも忘れておりました」

「総兵衛様、大番頭さん、イマサカ号と大黒丸が深浦に戻って来られぬようにだれかが、こたびの一件を企てたということはございませんか」

おりんが懸念するように言った。

「その可能性もありましょうな」

総兵衛が即答し、再び考え込んだ。

三

総兵衛は北郷陰吉を呼んで、早速深浦の船隠しで起こった騒ぎを告げ、薩摩が関わっている可能性があるかどうかを調べよと命じた。

「畏まりました」

陰吉は主《あるじ》の命を受けた。だが、直ぐにはその場から立ち去ろうとはせず、

「わしの考えを述べてよろしいか」

と総兵衛に尋ね返した。首肯する総兵衛に、

「わしはこの一件、薩摩とは関わりがないと思う」

と述べた。

「どうしてそう考えるな、陰吉」

「京で鳶沢一族と和解した一件、薩摩藩内で異論を持つ者らもおることはたし

かなこと。じゃがな、総兵衛様、鳶沢一族との繰り返されてきた対立で薩摩が疲弊していることもまたたしかなことじゃ。そのことを重く見た幹部連に多い和解派は、新たな薩摩の出番が来る時まで隠忍自重して力を貯《た》めることを考えておるところじゃ。昨日の今日に考えを翻《ひるがえ》すことはない。ゆえに鳶沢一族との戦いを継続しようという一派を強く牽制《けんせい》しておる。少数派が薩摩藩邸内で叛旗《はんき》を翻すのは容易ではなかろう」

北郷陰吉は今も薩摩江戸藩邸の動きを注視することを怠っていなかった。ために今の薩摩藩邸の空気を即座に総兵衛に伝えられた。

「陰吉、私もそう思う。またこたびのやり口、薩摩のこれまでの手法と異なるようにも思える」

総兵衛の言葉にこんどは陰吉が頷《うなず》いた。

「オロシャを思わせるものばかりを見張り所に残していったことも解《げ》せんことじゃ。たとえオロシャが一枚嚙んでおるにしても、和人が絡《から》んでおらねば深浦の船隠しを見張ろうなんて考えは出てくるまい」

と言った陰吉は、

「念のため薩摩屋敷を調べます」

「無理は禁物ですぞ」

と総兵衛は、薩摩の元密偵に釘を刺した。

夕餉《ゆうげ》の刻限が迫っていた。

だが、総兵衛は、道中・宗門改めを兼帯する大目付首席の本庄義親《ほんじょうよしちか》の屋敷を訪ねることにした。駕籠《かご》を命じた総兵衛は、供に手代の天松だけを連れていった。

総兵衛は六尺を超える長身である。

駕籠というこの国独特の乗り物は窮屈ゆえ普段は駕籠に乗ることを敬遠してきたが、今夕は珍しくそれを命じた。

天松は懐に鉤《かぎ》の手を付けた縄を忍ばせ、古着屋の手代の形《なり》で従った。

店仕舞を始めた店を出る総兵衛の駕籠に奉公人らが、

「いってらっしゃいまし」

と声をかけた。

黙々と駕籠が進み、天松も総兵衛に声を掛けることはない。

大黒屋に長年出入りの一軒、駕籠八の駕籠である。

駕籠かきも大黒屋がただの古着問屋とは思っていない。

古着大市を企て、江戸の名物に仕立てた若い主の力を畏敬《いけい》の念で見ていた。ために駕籠かきの二人も無言のままに駕籠を進めた。

総兵衛は簾《すだれ》ごしに江戸の日暮れを眺めながら沈思していた。その沈黙は本庄邸に駕籠が到着するまで続いた。

天松が通用口の戸を叩《たた》き、門番に大黒屋総兵衛にございます、と低声《こごえ》で名乗った。直ぐに戸が開かれ、門番が、

「約定《やくじょう》があったかな」

と天松に問い返した。簾を上げた総兵衛が、

「いえ、私めの思い付きで殿様をお訪ね致しました」

といささか慌てた口調で応じた。

「であろうな。そなた様との約束を違《たが》える殿ではない。本日は未《ま》だ下城なさらず、遅くなるとの使いがきておるのだ」

と気の毒そうに答えた。

「さようでしたか。思い付きでお伺いをした私めが不調法にございました。門前をお騒がせし申し訳ないことにございました」

丁重に詫《わ》びた総兵衛は簾を下ろし、無言で富沢町への戻りを命じた。

駕籠が筋違橋《すじかいばし》御門まで下りてきたとき、

「天松、根岸に駕籠を回してくれませんか」

供の天松を通して駕籠かきに最前から考えていたことを伝えさせた。

むろん根岸の里には大黒屋とは古い付き合いの南蛮骨董商《こっとうしょう》の坊城麻子《ぼうじょうあさこ》と桜子《さくらこ》の親子の住まいがあった。

総兵衛は、大目付首席の本庄義親の下城が遅いことを気にかけていた。

幕閣の者は月番老中以下、

「四つ（午前十時頃）登城　八つ（午後二時頃）下城」

とおよそ決まっていた。

よほどの事態が生じないかぎり、老中、若年寄と職階に従い、下城する慣わしだ。それが六つ（午後六時頃）を過ぎても下城なく、わざわざ使いを立てて、帰りが遅いことを屋敷に告げさせていた。

　このことが深浦の船隠しを見張る連中の行動と結びつくとは思わなかったが総兵衛は気になった。

　そこで行き先を変えて坊城家を訪ね、坊城麻子の考えを聞いてみようと思ったのだ。むろんこのことを口実に桜子の顔を見たいという願いもあった。

　とはいえ本意はあくまでも、京の朝廷との縁があり、南蛮骨董商として大名諸家や幕閣と交流を持つ麻子の考えを聞くことにあった。

　駕籠は粛々と下谷広小路から山下、下谷車坂町に入り、根岸の里へと曲がった。

　総兵衛の耳に晩夏の虫が鳴く声が聞こえてきて、駕籠の中にも日中の暑さが嘘《うそ》のようなひんやりとした空気が漂ってきた。

　根岸の里は文人墨客や隠居した者たちが別宅を構える鄙《ひな》びた地として江戸で知られていた。

「総兵衛様、そろそろ坊城様の屋敷に到着致します」

　天松が主に教えると小走りで先行して、坊城家に総兵衛の突然の訪《おとな》いを伝えに行った。

総兵衛は、天松が大黒屋の手代として、さらには鳶沢一族の戦士として一段と気配りよく、また逞《たくま》しくなったことを感じていた。

総兵衛が簾の中から坊城邸への道を教えようとすると、急ぎ駆け戻ってきた天松が、

「駕籠屋さん、こちらです」

と案内した。

突然の来訪にも拘《かか》わらず坊城家では、総兵衛を温かく迎えてくれた。

「どないしはったんどす」

桜子がにこにことした笑みの顔で門前まで姿を見せた。

「桜子様、突然のことでご迷惑ではございませぬか」

駕籠を下りた総兵衛が詫びると、

「うちはかましまへん。総兵衛様ならいつでも歓迎どす」

と手を引く様にして玄関から招じ上げた。

総兵衛の後ろで坊城家の男衆が天松と駕籠屋の二人を供待ち部屋へと案内す

る気配があった。

居間では女主の坊城麻子が総兵衛を待ち受けていた。

「麻子様、時分どきに参りまして迂闊なことでございました」

夕餉の刻限の訪問を詫びた。

「総兵衛様なればなんの遠慮もいらしまへん」

麻子が鷹揚《おうよう》な笑みを浮かべた顔を向け、突然の来訪の意を探るように総兵衛を見た。

「いえ、本庄様のお屋敷をお訪ねしたところ、未だ下城されておられませんでした。このまま帰るのも寂しいような気が致しましてこちらに伺いましてございます」

総兵衛と桜子の婚姻は、坊城家でも大黒屋、いや、鳶沢一族の中でも内々に認められていた。

鳶沢一族の頭領の嫁は、一族の秘密を守るために一族の女でなければならぬという不文律があったが、鳶沢一族と坊城家の長い信頼に満ちた付き合いによって、桜子は、

「一族同然の女子」

として光蔵ら長老も認めたのだ。

二人の仲を確固たるものとしたのは京行きであった。

半年に及ぶ道中と京滞在で若い二人は、互いのことをよく知り合い、益々《ますます》惹かれ合っていった。そのことを周囲も認めた。

「総兵衛様、どないしはったんどす」

座敷に落ち着いた総兵衛に桜子が尋ねた。

「総兵衛の気まぐれです」

「総兵衛様はそんなお方と違います」

桜子が笑い、女衆《おなごし》によって酒がまず運ばれてきた。なんとも手際《てぎわ》がよい応対だった。

「恐縮にございます」

「桜子、総兵衛はんに一杯差し上げて本心をお聞きやす」

と麻子が嗾《けしか》けた。

ふだん親子だけの夕餉に突然総兵衛が加わり、賑《にぎ》やかになったことを麻子も桜子も喜んでくれた。

「頂戴《ちょうだい》します」

杯を持たされた総兵衛に桜子が酌をした。

「うちのお酌はどないどす」

「結構とお応《こた》えするほかはございません」

総兵衛は、麻子と桜子親子が見詰める中、温《ぬる》めの燗《かん》がついた下り酒を飲んだ。

「なんとも言いようもない美酒にございます」

女衆が三つの膳《ぜん》を運んできた。

ぶりの照り焼き、松茸《まつたけ》煮、青菜の胡麻《ごま》和《あ》え、鶏肉《とりにく》とかぶの吸い物、香の物と賑やかな膳だった。突然の来訪にも拘わらず、膳の上は旬《しゅん》の馳《ち》走《そう》が並んでいた。

「私だけがご酒を頂戴するのは恐縮至極、お二人に酌をさせて下さい」

と総兵衛が願った。

「さすがに総兵衛様や、この国の男はんは女子に酌などしまへんえ」

麻子と桜子が受けてくれ、こんどは反対に桜子が総兵衛の杯に二杯目を満たし、

「今宵はうれしいお客はんどす」

と挨拶《あいさつ》して、三人がゆっくりと飲み干した。

「いきなりのご歓待で総兵衛、言葉が出ませぬ」

「本庄様のお屋敷を訪ねられたんどしたな」

「はい。本庄様のお屋敷にも約定なしでございましたゆえ、会うことは叶《かな》いませんでした」

総兵衛の言葉に麻子がしばし考えに落ちた。そして、

「桜子、総兵衛様はそなたの顔を見に来られたんと違いますえ」

「母上、うちは理由なんてどうでもよいことどす。総兵衛様が参られただけで満足どす」

「それだけでは済みまへん。総兵衛様、なにが大黒屋はんに起こったんどすか」

麻子が総兵衛に尋ねた。

「このような持て成しを受けながら無粋な話を聞いて頂けますか」

「うちらに遠慮はいりまへん」

「お言葉に甘えます」

と前置きした総兵衛が相州深浦の船隠しで起こった騒ぎをざっと語り聞かせた。

話を聞いた麻子が、

「それで総兵衛様は大目付の本庄様に城中の様子を聞きに参られましたか」

「はい」

と応じた総兵衛が麻子を見た。

「薩摩やおへん」

まず麻子が言い切った。

「薩摩が動く理由がおへん。鳶沢一族との和解は、薩摩にとって時間稼ぎかもしれまへん。けどな、今慌てて鳶沢一族と争いごとを起こす謂《いわ》れがなんも見当たらしまへんのどす」

麻子の考えはほぼ元薩摩の密偵北郷陰吉といっしょだった。

「オロシャの品々が見張り所に残されていた件やけど、なんやらおかしな話やな。見張り所をいくつも設けておきながら、一族の方々に見付けられるのは推測されたこと、それに逃げ出し方が妙やおへんか。まるで素人《しろうと》、無様なもんや。総兵衛様もすでに推量してはるとおり、オロシャ人だけの考えやおへん。となれば、大名家か城中のどなたかが嚙《か》んでおられます」

総兵衛は麻子の分析に首肯した。その考えもやはり総兵衛らが持った疑いと同じものだった。

「大目付本庄様がこの刻限に帰邸されておられないことが気にかかりますな。まさか深浦の一件と関わりはおへん、と思いたいのやけど」

「麻子様、桜子様、私どもの懸念《けねん》がございます」

「はて、なんやろ」

「そろそろイマサカ号と大黒丸の交易船団が深浦に戻って参ります。どなたの差し金であれ、見張りが継続しておるのはいささか目障《めざわ》りにございます。大黒屋の異国交易、公儀のお目こぼしがあって成り立つものです。それを荒立てられると公儀とて黙って見逃がすわけには参りますまい」

「いかにもそないどした」

総兵衛の意見に賛意を示した麻子が、

「私なりにあちらこちらに探りを入れてみまひょ」

「ご無理を申して相すみませぬ」

「なんの、うちの商いにも差し支えることどす。そやおへんか」

桜子が母親の顔を見た。

「なにより桜子の大事なお方のためどす、精々働かせてもらいます」

麻子が請け合い、総兵衛は思い付きではあったが坊城家を訪ねてよかったと思った。

「さあ、総兵衛様、今少し酒を召《ささ》しておくれやす」

と桜子が酒器を手に取った。

総兵衛は一刻半《いっときはん》（三時間）ほど坊城家にて楽しい刻限を過ごした。

供待ち部屋に待たせていた天松と駕籠かき二人にも夕餉が供されたという。

「総兵衛様、お店風《たな》の味付けと違いましてト品なお味にございました」

天松が報告した。

駕籠かきの先棒が笑い出した。

「おい、天松さんよ、おめえ、煮しめの味が薄い、これでは飯が喉《のど》に通らぬなどと言っていなかったか」

「芳さん、それは内緒ごとです。それを総兵衛様に、あーあ、当分桜子様のお顔がまともに見られません」

と嘆いた。

四つ（午後十時）の時鐘は四半刻（三十分）前に鳴っていた。

寺町に出て下谷車坂町を下谷広小路に向かうとき、
ふうっ
と天松の姿が消えた。

「おや、手代さんの姿が掻《か》き消えたぜ。あいつ、手妻でも使いやがったか」

後棒が先棒に話しかけた。

「後棒よ、なに抜かしやがるんだよ。最初《はな》からよ、手代さんなんていねえじゃねえか」

「おめえこそ馬鹿《ばか》を抜かしてやがる。天松さんがおれたちといっしょだったじゃねえか」

「大黒屋さんのことは見ざる聞かざる言わざる、だとおめえは親方から叩き込まれなかったか」

「おお、そうだった。そうか、これが大黒屋さんの見ざる聞かざる言わざるか」

「あったりめえよ」

二人の会話を総兵衛は、忍び笑いで聞いた。

「駕籠屋さん、有難いことです。大黒屋は富沢町やその界隈《かいわい》の衆の情けで商いが出来ておるのでございますね」

駕籠の中から総兵衛が丁寧な口調で礼を述べた。

「総兵衛様よ、夏の野分《のわき》の時はよ、つくづく大黒屋さんの親切と力を感じたぜ。うちの長屋なんて、いきなり板屋根が飛んでどしゃぶりの雨漏りだ。その折、大番頭さんが回ってきてよ、大黒屋の空いた裏長屋に避難しなされと許してくれたんだ」

「おお、相棒、炊《た》き出しだって助かったよ。あれがあればこそ、おれたちは生き延びることができたんだ」

「そういうことだ。富沢町に暮らすことがどれだけ幸せか。他所《よそ》の町内なんて未だ野分の被害から立ち直ってねえもんな」

「本所深川は、とてもじゃねえが、未だ暮らしが立たないというぜ」

と言い合う二人に、

「駕籠屋さん、不忍池《しのばずのいけ》の辺りで迷い子になった手代を待ちましょうか」

と願った。

「ほれ、見ろ。芳公、やっぱり天松がいたんじゃないか」

「間抜け馬鹿、総兵衛様がなにを言われようといいんだよ。おれたちは見聞きしたことを」

「見ざる聞かざる言わざる、だな」

「直ぐに忘れやがる」

と先棒が仲間に言い、

「へい、総兵衛様、承知仕《つかまつ》りました」

と受けた。

総兵衛の乗る駕籠は、不忍池の南東、池の水が忍川と名を変えて下谷七軒町の三味線堀に流れ込む溝渠《こうきょ》にかかる小さな橋の袂《たもと》で止められて、天松が追いつくのを待つことにした。

駕籠の先棒に提灯《ちょうちん》がぶら下がっていた。天松が見落とす心配はない。


その時、天松は下谷坂本町辺りから駕籠のあとをひたひたと尾行してくる気配を感じて、下谷車坂町に広がる寺町で駕籠を離れて先に行かせた。

この界隈は東叡山寛永寺《とうえいざんかんえいじ》所縁の寺町だ。

天松が暗がりに身を潜めたのは、宝勝院と吉祥院の間にある屏風坂《びょうぶざか》門だった。この坂を上がれば、忍《しのぶ》ケ岡《おか》と呼ばれる寛永寺のお山に辿《たど》りつく。

駕籠八の提灯の灯りが鉤の手に曲がる山下に姿を消すころ、やぞうに決めて手《て》拭《ぬぐ》いで顔を隠した着流しの男が一人、足早に駕籠を追っていった。

天松は、一瞬勘違いであったかと思った。

もし大黒屋総兵衛と承知の者が尾行するとしたら、一人ではあるまいと思ったからだ。

「物盗《ものと》りかな」

と呟いた天松が着流しの男のあとを追った。

前をいくやぞうの男とは、二十数間の距離を保った。

不意に前をいく男の姿が掻き消えた。

(うむ、気付かれたはずはないのに)

天松は男が姿を消した辺りで足を止めた。忍ヶ岡から流れてくる疎水《そすい》のせせらぎが夜の寺町に響いていた。

男は天松が隠れて尾行者を待っていた屏風坂門より一つ南にある車坂門に曲がったと、思えた。

疎水に沿って寺と寺の間を進むと、天松は前後を挟まれたと感じた。

(やられた)

天松は、動きを止め、暗がりにしゃがんだ。

懐《ふところ》に入れた得物は、鉤の手の付いた綾縄《あやなわ》だけだ。

天松の視界から消えていたやぞうの男の影が戻ってきて声がかけられた。

「なんぞわれらに用事か」

後ろから天松を追ってきた三つの影が間合いを詰めようとして、不意に動き

を止め、

ひゅっ

という指笛の合図とともに二組の四つの影が寺町の濃い闇《やみ》に溶け込むように掻き消えた。

天松は新たに姿を見せた寺の築地塀《ついじべい》の二つの影を見た。

総兵衛を陰警護していた早走りの田之助と新羅《しらぎ》次郎の二人が弩《ど》を構えていた。

「助かった」

と思わず天松が安堵《あんど》の声を漏らした。

四

翌朝、富沢町の大黒屋の地下本丸の大広間には、富沢町店、久松町出店のほぼ全員が揃《そろ》って張りつめた空気の中で稽古《けいこ》が行われていた。むろん店開きの前の刻限だ。

外は未だ薄暗かった。

手代の天松は、新三、梅次、松吉、正介、忠吉ら小僧五人を道場の隅に集めて、まず素振りを繰り返させ、体の筋肉を温め、眠気を忘れさせた。

この年頃はいくら寝ても寝足りなく思うものだ。最近まで小僧の頭分だった天松は、身をもって承知していた。

体が稽古の仕度ができたと意識した頃合いをみて、天松は五人を縦一列に並ばせ、自ら受け手の元立ちを務めて、次々に攻めくる掛り手の小僧らと立ち合うことにした。

この年齢は、一歳違うと体の大きさが違った。

手代に昇進した天松は、節のない竹のような少年の体から、筋肉もついて背丈が伸び、大人のそれへと近づいていた。

五人の中で一番のちびは、おこもだった忠吉だ。

このところぐんと背丈が伸びた正介が五尺一寸（約一五五センチ）はあった。忠吉は正介より四、五寸（一四、五センチ）低かった。

背丈が様々な小僧連の必死の攻めを天松が余裕をもって弾《はじ》き返し、よろけさせ、新たな攻め手に交代させた。五人目が終わると、また一番手に変わらせ、体を休める余裕を与えなかった。

四半刻ほどの一対五の打ち込み稽古でふらついてきたのは正介らだ。

「止《や》め」

天松が声をかけ、真っ赤な顔をした正介らを壁際に並ばせた。

「だいなごん、だいぶ様になってきたな」

と声を掛けられた正介が、

「天松さん、私、正介です」

と抗弁した。

加太《かぶと》峠に長年棲《す》み、山賊の上前をはね、猟などで暮らしを立ててきた柘植衆の陣屋近くに一人の赤子が捨てられていた。それがただ今の大黒屋の小僧の正介だ。柘植衆の中で育てられた正介は、身につけていたお守りに、

「だいなごん」

と謎《なぞ》の文字があり、柘植の里ではこう呼ばれてきた。

そして、柘植衆とともに鳶沢一族の下に加わり、江戸の大黒屋にしばらく居候《いそうろう》のようなかたちで滞在した。

柘植衆が鳶沢一族に加わり、一族と同等の扱いを受けた。だが、居候のだい

なごんは、客分の扱いであった。その差を不満に思っただいなごんは総兵衛に自らも鳶沢一族に加わりたいと直談判した。

捨て子だっただいなごんの首には、革袋がかけられ、楮《こうぞ》で漉《す》いた方形の薄紙二枚に絵や細字が記され、もう一枚の薄紙に、

「元幕府火術方佐々木五雄、一子正介に書き記す」

と認《したた》められていた。

この書付から捨て子の父親は、元幕府火術方佐々木五雄、そして、捨て子の本名は佐々木正介と判明した。

そんなある日、ふざけた、あるいは謎めいただいなごんという呼び名に慣れていた自分に甘えを感じ取り、本名の正介と呼ばれることを総兵衛に乞《こ》い願い、大黒屋の小僧に、鳶沢一族の末端に加わることになったのだ。

正介は、鳶沢一族の隠れた貌《かお》を知ると一人前の戦士になることを改めて心に誓った。

そのためにはまず表の顔の古着問屋大黒屋の小僧として商家の暮らしを学ばねばならなかった。その上、裏の貌の鳶沢一族の戦士に育つために厳しい修業

が待ち受けていた。だが、正介は、

「おれは一人ではない。頭領の総兵衛様がいて大勢の仲間がいる」

ことを実感しつつ、他の小僧らと競争しながら富沢町の暮らしを続けてきた。

一方で大黒屋の船隠しのある深浦で過ごす同じ年頃の忠吉を知り、寝床の中でお互いの育ちを話し合い、二人が似た境遇にあることを知って共感した。

鳶沢一族の出ではない忠吉と正介にとって共通した最初の衝撃は、離れ屋の地下に鳶沢一族の本丸があることを知ったときだ。

鳶沢一族とは、どのような集団なのか。

加太峠で山賊の上前をはねて生きてきた柘植衆も戦国時代の生き残りとして武の生き方を伝えてきたが、鳶沢一族のそれは比べようもない高処《たかみ》にあった。

それを証明したのが過日の野分騒ぎだった。

大黒屋の表の顔を利用しながら、野分に立ち向かう男たちの顔と挙動は武士そのものだった。

さらに整然とした上下関係と組織をもつ鳶沢一族には、公儀にも隠し果《おお》せる資金力と知略が備わっていた。

野分襲来のあと、総兵衛は古着大市の開催のために、古くなった栄橋を架け替えることを公儀に願った。

橋架け替えの費えをすべて大黒屋が持つというのだ。公儀に一文も使わせることなく新しい橋ができるならば、と幕府はそれを許した。

だが、新栄橋架け替えには鳶沢一族の「都合」が隠れていた。

富沢町と久松町出店の間を結ぶための隠し通路を新栄橋の構造体に組み込んで橋を完成させたことは、古着商を直接監督する南北町奉行所も知らなかった。

すべてが緻密《ちみつ》で巨大だった。

正介は改めて、

「柘植衆が加太峠にしか生きられない一族」

であったことを思い知らされた。

一方、鳶沢一族には、小僧の正介らがその全貌《ぜんぼう》の一部すら知りえない壮大にして緻密な秘密が隠されていると思えた。

正介は、鳶沢一族の一人前の戦士になるために、まずなんとしても天松を負かすことを密《ひそ》かな目標に立てた。

小僧から手代に昇進したばかりの天松の序列は、大黒屋では下位の奉公人の一人に過ぎなかった。その天松に正介ら五人の小僧が次々立ち向かったところで、あっさりと弾き返され、息が上がったのは小僧連であった。

一人で五人の小僧の稽古相手をした天松は平然としていた。この天松すら鳶沢一族では、未だ一人前の戦士として認められていないのだ。

古着商いを表の顔に、裏では武に生きる集団が江戸城近くで厳然と存在することに正介らは身震いした。

「どうだ、正介。剣術の奥の深さが分かったか」

天松が未だ息を弾ませている正介に聞いた。

「はっ、はい」

返事をする傍らから忠吉が、

「手代になって天松さんは張り切っておるぞ」

と低声《こごえ》で洩《も》らした。

「悔しいか、忠吉」

忠吉の呟《つぶや》きを聞いた天松が忠吉に質《ただ》した。

「悔しいに決まっておる。なんとしても手代の天松さんを痛い目に遭わせたいものよ」

「その気持ちが大事だ、忠吉。この一族にはいくらも上には上がおられる。その上の人のさらに上、雲の上のお方が総兵衛様なのだ。私など相手にせず、よいか、一歩でも半歩でも総兵衛様に近づくよう日々精進を怠るではないぞ」

と言い聞かせる天松を総兵衛が眺めていた。

その視線に気づいた天松が、

「これはこれは、総兵衛様。天松、なんぞ間違いを小僧さん方に教えておりましたでしょうか」

と伺いを立てた。

「天松、小僧方のよき手本として、なかなかの稽古であった。またその忠言やよし、そなたの申す通り、われら、務めを果たすために日々の精進を怠ってはならぬ。昨夜のだれか様のように相手の罠《わな》に嵌《はま》ることになるでな」

総兵衛が昨夜の天松の暴走を思い出させた。

「昨夜は、天松としたことが迂闊《うかつ》にも窮地に陥り、失態を犯しました。田之助さんと新羅次郎さんに危ういところを助けられました」

と神妙な顔で天松が反省した。

「何ごとも独りで猪突《ちょとつ》猛進はいかぬ。久しぶりじゃ、手代さんと稽古をしようか」

総兵衛が稽古相手に天松を指名した。

「これはこれは、有難い思《おぼ》し召《め》しでございます。天松、これ以上の幸せはございません」

馬鹿丁寧な言葉で応じた天松が割竹で作られた竹刀《しない》を手に総兵衛の前に立ち、一礼をすると、

「ご指導お願い致します」

と声を張り上げ、総兵衛に攻めかかっていった。

疲れを知らぬ天松の機敏にして大仰な動きを正介らは見物した。

「やあっ」

と気合いを発して天松の面打ちが総兵衛の脳天を襲った。

その寸前に不動の総兵衛の手に構えた竹刀だけが、

そより
と動き、天松の気迫がこもった面打ちを弾き返した。

軽く弾かれた天松の姿勢が崩れたが、崩れた構えからいささか強引な胴打ちに切り替えた。こちらもあっさりと躱《かわ》された。それでも天松の攻めは執拗《しつよう》に次から次へと繰り出されたが、腰が据わった不動の姿勢の総兵衛に弾き返されて、天松の竹刀は総兵衛にかすりもしなかった。

「おい、正介、天松さんが最前のおれたちのようによろめき始めたぞ」

「たしかに総兵衛様は雲の上の人だな。おれたちの叶わぬ天松さんが、あれれ、腰砕けになったぞ、おお、顔から道場の床板に転がっていったぞ」

と言い合う小僧たちの背後に見習い番頭の市蔵が近寄り、

「小僧ども、道場は見物する場ではない。常に体を動かしておれ」

と怒鳴り、小僧らは竹刀でこつんこつんと一人ずつ頭を叩かれ、

「はっ、はい」

と慌《あわ》てて、素振りの稽古を始めた。

大黒屋の朝の稽古は一刻ほど休憩もなく続いた。

それだけで汗みどろになったが、稽古が終わると一族の者たちは井戸端に行き、冷たい水で体の汗を拭い、お仕着せに着替えて、古着問屋の奉公人の顔に変わった。そして、それぞれの勤めに応じて持ち場が決められた店の内外の掃除や、甲斐、信玄、さくらの散歩を始めた。

この朝、飼い犬三頭の散歩を手代の九輔《きゅうすけ》の指導の下、正介と忠吉が担当した。二人とも元々犬を怖がっていた。今ではだいぶ慣れたが、それでも甲斐らはこの二人を自分たちより下位に位置づけていた。そのことを承知している猫の九輔が二人に散歩を命じたのだ。

入堀に沿って大川へと下っていき、入江橋の手前で難波町河岸《なにわちょうがし》へと曲がった。

「おい、甲斐、右に行ったり左に行ったりするでない」

甲斐の引き綱を持つ忠吉が何度も叫んだが、甲斐は素知らぬ顔だ。そしてついには、難波町河岸の水面を覗《のぞ》き込み、片足を上げて小便をしようとした。

その河岸には荷船が泊って、船頭衆もいた。

「甲斐！」

さくらの引き綱を持つ九輔が鋭い声で注意を与えた。すると甲斐がちらりと九輔を見て、足を下げた。

「忠吉、甲斐の動きを見て、小便をしたい様子なら人様に迷惑がかからぬところに誘うのがそなたの役目だぞ」

「九輔さん、ご免よ。こいつ、言うこと聞かないんだ」

「そなたを軽んじておるから命を聞かないのです。甲斐たちに注意を与えるときは、止まれ、待て、よし、といつも同じ言葉で短く、明瞭《めいりょう》にこちらの考えを伝えるのです、さすれば犬は理解します」

「そうか、甲斐は未だこの忠吉を軽んじておるか。道場では天松さんに痛めつけられ、犬の散歩では甲斐に馬鹿にされる、なんとも忠吉、悔しいな」

「忠吉、犬といえども信頼できない相手と信頼すべき人間とは見分けます。忠吉や正介は未だ一顧だにされておらぬのです」

「正介さんよ、おれたち犬以下だと」

「忠吉さん、おれは加太峠で育った捨て子だ。江戸に出てきてびっくりすることばかりでな、信玄がおれを信じないのはよう分かる」

「ふーん、どうすれば犬に好かれるのかね。いや、犬に好かれなければ生きてはいけぬのか」

と忠吉が言い出した。

「忠吉、犬を飼わんでも人は生きていけよう。だが、考えてもみよ、人だけで生きていく暮らしと犬や猫や鳥が周りにいる暮らしとどちらが楽しい」

「おこもは犬連れでは生きていけんでな、犬から邪険にされたが、可愛《かわい》いと思ったことはない。大黒屋に奉公して犬といっしょに暮らすとはな」

「深浦にも犬はおろう」

九輔が忠吉に尋ね返した。

「あそこには七、八頭飼われておってな。こたびも犬の一頭が異人の見張り所を見つけたぞ、九輔さん」

「聞いた。さように深浦の犬たちも富沢町のこの三頭もこれまで私らといっしょになって手柄を上げてきたではありませんか。その犬たちに応えてしっかりと散歩させるくらいの信頼を得なければ一人前の大黒屋の奉公人にはなれませんぞ」

九輔が二人の小僧に言い聞かせた。

この朝、甲斐、信玄、さくらの三頭は、いつもの大黒屋の裏手の敷地に戻ってきて用を足した。

「九輔さん、犬たちが用を足すと自分がしたよりもほっとしますぞ」

正介が言った。

「正介、信玄の糞《ふん》を始末するのは嫌ですか」

「甲斐や信玄やさくらの糞を汚いと思ったことはありませんね」

「富沢町で初めて信玄たちに会ったときからですか」

「いや、近頃そんな気になってきました」

「それは甲斐たちを好きになってきた証《あかし》です。もう少し辛抱すれば甲斐たちから信頼される小僧さんになりますぞ」

生き物好きの九輔から正介はお墨付きをもらった。

総兵衛は湯殿にいて掛かり湯を被《かぶ》り、湯船に身をつけた。そして長いこと黙然と沈思した。

朝餉《あさげ》を総兵衛は大番頭の光蔵と摂《と》ることにした。

給仕はおりんだ。

「昨夜の一件です、気がかりなことがあります」

箸《はし》を使いながら、昨夜来の動きを整理した総兵衛が言い出した。

光蔵も朝餉をいっしょにと、おりんを通じて命じられたときから話があるのは察していた。

「私の根岸行きは本庄邸からの帰路、私の思い付きでした。ですが、待ち人がいました」

「これまでも根岸からお戻りの折に、待ち伏せにあったことがございましたな」

「ありました。一度や二度ではきかなかったと思いますが、こたび、また新しい敵が私どもの前に現れたようです」

「天松が気付いて、総兵衛様の許しも得ずにあとを付けたのでございましたな」

光蔵が念を押した。

昨晩、駕籠《かご》に乗った総兵衛と天松は、四つ半（午後十一時頃）過ぎに富沢町に戻ってきた。そして、陰警護してきた面々の姿もほぼ同じ刻限に大黒屋にあった。最後に帰ってきたのは、やぞうに決めた町人風の待ち人四人を尾行していった田之助と新羅次郎らだ。

彼らが戻ってきたのは九つ（深夜零時）の時鐘が鳴ったあとのことだ。

緊張を顔に浮かべた田之助が総兵衛に報告した。

「面目次第もございません。あの者たち、町人の形《なり》をしておりますが、身分を隠しておる者たちかもしれません」

尾行できなかった理由を総兵衛に報告した。

その折、報告を聞いたのは総兵衛だけだ。

「よし、ご苦労であった。一晩考えてこれからのことを皆と相談しよう」

総兵衛は言い、田之助らを休ませた。

「田之助らが尾行をしくじったことは今朝方当人から聞きました」

「私の駕籠をどこからつけてきたかは知りませぬ。天松を屏風坂門におびき寄せた面々は、私に陰警護がついておることを知ると、深追いをすることなくあっさりと引き下がりました」

「その辺が嫌な感じでございますな」

「いかにもさようです、大番頭さん」

「新たな敵がまたぞろ私どもの前に姿を見せましたか」

「田之助らは、忍ヶ岡に誘い込まれ、なんと東照大権現宮《とうしょうだいごんげんきゅう》の鳥居を潜《くぐ》ったそうな」

「神君家康様を祀《まつ》る東照宮にございますか」

と光蔵も訝しい顔をした。

「田之助らが間合いを詰めようとすると、彼らが投げてよこしたものがあったと」

「ほう、文なんぞを投げてよこしましたかな」

「大番頭さん、歩み寄ってきた田之助らに目くらましの爆裂弾を投げて、田之助らの視界を塞《ふさ》ぎました」

「な、なんと」

「数瞬後、田之助らの目が見えるように戻ったときには、辺りから奴《やつ》らの姿は搔《か》き消えていたそうです」

「驚きました」

と漏らした光蔵が、

「東叡山寛永寺の境内で、それも神君家康様を祀った東照宮でさような不届きを働きましたか。許せませぬな」

と言い足し、

「目くらましの爆裂弾など聞いたこともございません」

とおりんも漏らした。

「もしやして深浦のオロシャ人に関わる者たちにございましょうか」

「おりん、今の段階では深浦の一件とつながりがあるかどうか、なんとも言えませぬ」

と答えた総兵衛がしばし瞑目《めいもく》し、言い出した。

「気になることがあります」

「ほう、なんでございましょう」

「もはやそなた方も承知のことです」

総兵衛が腹心二人を見た。

「小僧の正介さんにこたびの一件が関わりがあるのでは、と総兵衛様は考えられたのではございませんか」

おりんが総兵衛に問い返した。

「そうなのだ、おりん」

総兵衛の言葉におりんは、柘植の郷に捨て子された赤子が首にかけていた紙片の最後に、

「元幕府火術方佐々木五雄、一子正介に書き記す」

とあった一文を思い出したのだ。

「もしおりんが言うことが的を射ておるならば、幕府火術方がどのような方法で、だいなごんこと大黒屋の小僧の正介が佐々木五雄の忘れ形見と知ったか、そして、幕府火術方にとって正介の存在は邪魔、あるいは厄介な存在なのか」

総兵衛の疑問を考えていたおりんが、

「総兵衛様、父親の佐々木五雄という方がなぜ火術方を離れたか分かりませぬが、正介さんが首からかけていた革袋に入っていた紙片が幕府火術方を動かし

たのではございますまいか」

火術方は仲間内の呼び方で、公《おおやけ》には鉄砲玉薬《たまぐすり》方と呼称される。そしてこの役の奉行職は代々、田付《たつけ》家と井上家が伝承してきた。

「おそらくおりんの申す通りであろう」

と答えた総兵衛は絵や細字がびっちりと書かれた紙片は、新たな火薬の作り方を記したものかと考えていた。

「ただ今のところあまりにも情報が少なすぎます。大番頭さん、まず富沢町の防備を固めるとともに火術方を調べる手配をしてくれませぬか」

総兵衛は光蔵に命じた。

「畏《かしこ》まりました。総兵衛様はどうなされますか」

「私は、イマサカ号と大黒丸がいつ戻ってきてもよいように深浦の一件を調べます」

総兵衛は、深浦の一件と昨夜の尾行騒ぎは別物として行動すると言っていた。

「相分かりました」

と光蔵が畏まって、新たなる危難に対して鳶沢一族が動き出した。

第二章　江尻湊《えじりみなと》の船隠し

一

夜明け前、大黒屋の船隠しの二重扉が次々に開かれ、新栄橋下に琉球《りゅうきゅう》型快速帆船が姿を見せた。

橋の幅が五間半（約一〇メートル）に広がったために船隠しの水路も広がり、以前に比べ出入りが楽になっていた。

船頭の坊主《ぼうず》の権造《ごんぞう》の指揮の下、船は櫓《ろ》を使い、入堀を河口に向かって進み始めた。

総兵衛は、背に視線を感じて片手を上げた。

新栄橋の隠し窓から光蔵《みつぞう》とおりんが見送っているのを感じたからだ。だが、振り返ることはしなかった。

大蜘蛛《おおぐも》が蜘蛛の巣を張った図柄が背に大胆に描かれた白地の浴衣《ゆかた》姿の総兵衛の前に正介《しょうすけ》が座っていた。その他の乗船者は手代の天松《てんまつ》だけだ。

薩摩《さつま》屋敷の動きを探っていた北郷陰吉《きたごうかげよし》は、

「薩摩に新たなる動きなし」

と総兵衛に報告してきた。そこで総兵衛は、爆裂弾を使った町人の形《なり》をした一団のことを探索せよと新たな使命を陰吉に与えた。

「なにっ、忍《しのぶ》ヶ岡《おか》の東照大権現宮《とうしょうだいごんげんきゅう》で爆裂弾を使った悪《わる》がいたというか、また新手の敵が現れたか」

総兵衛から経緯を聞いた陰吉が首をひねり、さてどこから探索の糸口をつけたものか思案していたが、

「総兵衛様、わしはしばらく根岸の里の坊城《ぼうじょう》様の屋敷を見張っていてよいかね。総兵衛様が訪ねた帰りにそやつらが姿を見せたことが気になる」

と言った。

「許す。もし坊城家を監視する輩《やから》がいたら、即座に大番頭さんに報告して鳶沢《とびさわ》

一族を動かすのじゃ」

「承知しましたよ」

北郷陰吉が総兵衛の前から姿を消した。

本庄義親《ほんじょうよしちか》からも坊城麻子《あさこ》からも連絡はなかった。

総兵衛は本庄家を今いちど訪ねるかと思ったが、義親はこのところ御用で多忙ゆえ動けないのだろうと判断し、使いを本庄家に立てて近況を記した書状を届けさせた。

すべての手配を済ませたのち、総兵衛は深浦へと向かうことにした。

そのことを知った忠吉が、

「総兵衛様、おれも深浦に戻ったほうがよいか」

と尋ねた。

「いや、そなたは富沢町に残ってくれぬか。新たなる敵が大黒屋の前に現れたかもしれぬ。もしそなたがなんぞ感じたのなら、大番頭さんの許しを得て動いてみよ」

忠吉に下谷車坂町での待ち伏せの一件を告げた。

「爆裂弾ってどんなものか」

「人を殺傷する目的というより尾行者の視界を奪って、その間に自らは逃げ果《おお》せる狙《ねら》いの火薬弾だな。煙が一瞬にして広がり、時に目から涙が出るように唐辛子の粉などを仕込んだものがある。だが、田之助らは煙と音にまかれただけという。そのような細工がこの江戸でできるのは、限られておろう。探ってみよ」

と忠吉に命を授けた。だが、小僧の正介の父親が、

「元幕府火術方」

とは告げなかった。

その代わり、深浦に正介を伴うことにした。やぞうを決め込んだ「町人」が幕府火術方だとするならば、正介の身が危ないと考えたからだ。

大川を下った琉球型快速帆船に帆が張られ、巧みに風を捉《とら》えた船が江戸の内海から浦賀水道に向けて走り始めた。

「おおお」

正介が驚きの声を漏らした。

もう一人の乗船者の天松は、船頭の権造の支配下、琉球型快速帆船の帆方として操船に加わっていた。

「そなた、加太峠《かぶと》育ちゆえ海に乗り出すのは初めてでしたな」

「総兵衛様、京からの道中、琵琶湖《びわこ》も諏訪湖《すわこ》も見ましたが、さすがに海は広いですね。しげさんは嘘《うそ》を言わなかった」

道中の会話を思い出したように呟《つぶや》いた。

「正介、まだ江戸の内海です。外海に出れば果てまで海が広がっております」

「えっ、海はこんなものじゃないのですか」

仰天する正介に総兵衛が小声で、

「そなた、私が注意したことを守っておりますな」

「首から下げていた革袋なら肌身離さずもってきました」

総兵衛が頷《うなず》き返した。

爆裂弾を使った男たちが正介の父親に関わりがある幕府火術方ならば、その革袋の中にある書付を狙ってのことだと総兵衛は見ていた。

坊主の権造が操舵《そうだ》する琉球型快速帆船が風を帆に受けて順調に南下を続けて

いた。すると正介が急に黙り込んだ。

「正介、気分が悪いのか」

天松が正介の船酔いを気に留めた。

「天松さん、吐き気がしてきました。海は揺れますね」

ふっふっふ
と総兵衛が笑った。

「海が揺れるですと。こんな波は揺れるうちには入らぬぞ、正介」

「天松さんは気分が悪くなりませんか」

「船が風を食らって疾走しておるのです。これ以上の爽快《そうかい》な気分はありませんぞ」

と天松が威張って、総兵衛の顔を見た。

「いえ、総兵衛様、だれにも初めての経験はございます。不肖天松もイマサカ号に初めて乗せて頂いた折、腰を抜かしました。そのことよう覚えております」

「泣き泣きイマサカ号の帆柱にしがみついておりましたな」

「はい。ですが、私め、すぐに立ち直りイマサカ号の主檣《メインマスト》の高桁《たかげた》に取り付き、今坂一族の方々に混じって帆の縮帆やら拡帆を手伝い始めました」

「ほう、そのような記憶はございませんな」

「総兵衛様、そこは一番大事なことですぞ」

と言った天松が正介の元に走り寄り、体を抱えると艫《とも》に連れていき、

「ほれ、吐きたければ海に顔を突き出して吐くのです。そうすれば楽になります」

と教えた。

げえげえと吐き始めた正介の背をさすりながら、しっかりと天松が正介の帯を摑《つか》んで海に転落しないように気遣った。

一頻《ひとしき》り吐いた正介が海水に手をつけて口の周りの汚れを洗った。そして、艫にへたり込んで、

「これで楽になった。船酔いがこれほどのものとは思わなかったぞ」

と青い顔で呟いた。

「そなた、船酔いは始まったばかりだ。胃の腑《ふ》の中の洗いざらいを吐いたとこ

ろから本式の苦しみが始まると覚悟するのだ」

「天松さん、人の苦しみに付け込んで脅すものではありませんぞ」

小僧が手代に口応《くちごた》えしたが、その言葉の途中でまた顔を艫から突き出し、再び吐き出した。そんなことが何度か繰り返されるうちに、琉球型小型帆船から深浦の船隠しがある断崖《だんがい》絶壁が見え始めた。

大きく断崖絶壁を回り込むと、入江への道が見えた。

深浦の津だ。

だが、琉球型小型帆船の舳先《へさき》はそちらに向かわず高さ二十七丈（約八〇メートル）余の断崖へと向けられた。

「あああー」

と悲鳴を上げ、

「総兵衛様、頭、断崖にぶつかるぞ。ああ、段々と近付いてくるぞ」

と正介が騒ぎ出した。

だが、だれも騒ぐ気配はない。

深浦の津が見えなくなったところに断崖絶壁が屹立《きつりつ》して立ち塞《ふさ》がり、複雑な断崖の切れ目の洞窟《どうくつ》の入口が見えた。

「正介、それ見よ。船隠しへの入口が見え始めましたぞ」

と天松が教えた。

だが、正介は青菜に塩、もはや応える力もなく、両眼を閉ざした。それでも勇気を振り絞って眼を見開いた。

正介は初めて船隠しへ通ずる、自然が創《つく》り出した狭隘《きょうあい》な洞窟水路に目を止めた。

岩場に波が打ち寄せ、波が砕け散っていた。それを風が吹き飛ばして洞窟水路を隠していた。

「天松さん、岩場に船が近付き過ぎておる。衝突すると木端《こっぱ》微塵《みじん》に壊れてしまうぞ」

正介が悲鳴を上げた。

「となると海に投げ出されるだけだ」

「じょ、冗談はよせ、意地悪はいうな。おれは山の中の加太峠育ちだ、海なんぞに投げ出されても泳げぬぞ」

正介は今や動転してわけの分からぬ言葉を発していた。小便がちびりそうだが、なんとしてもそれだけは我慢した。

「泳げぬのか、それは困った」

と応じた天松が艫に正介を残し、琉球型小型帆船の舳先に走った。船が水路に突っ込み、波のうねりで岩場にぶつからぬように、そこで竹棹《たけざお》を手に見張っていた。

権造が舵《かじ》を巧みに操り、波が砕けて散る中に船の舳先を突っ込んだ。坊主の権造は元々江戸の内海程度しか海は知らなかった。

鳶沢一族の一員となった池城《いけぐすく》一族の幸地《こうち》達高《たっこう》らの教えで外海を知り、深浦の船隠しの出入りも自在にできるほど腕を上げていた。今では、十代目総兵衛とともに海と航海に長《た》けた今坂一族が加わったことで、権造には新たな夢が芽生えていた。

いつの日か、イマサカ号に乗り組んで大海原を航海し、異国にいく夢だった。だが、そのことを権造は未《ま》だ総兵衛に言葉にして伝えてなかった。ただ今の勤めを果たすことが異国への航海に繋《つな》がると信じていた。

「あーあー」

と正介が悲鳴を上げた。

その数瞬後には、琉球型小型帆船は、自然が造った洞窟水路の中へと入り込んでいた。ここで船頭の権造は帆を天松に命じて下ろさせ、櫓に変えさせた。

そのとき、総兵衛は、どこからか見張る、

「眼」

を意識した。

オロシャを思わせる道具や絵図面などを残した者らは未だ深浦の船隠しを監視していた。

洞窟水路の左右の岩壁の松明《たいまつ》の明かりが水路を照らし、人影が立っていた。

琉球型小型帆船は、人の助けを借りなくても櫓で水路を進むことができた。

だが、イマサカ号のような大型帆船は水路の幅とぎりぎりのために帆を下ろし、岩場に設けられた左右の通路に張られた太い麻縄の先端が舳先に結ばれ、船隠しへと引っ張って移動していく仕掛けだ。

熟練した船長や操舵方でも深浦の水路に侵入するのは恐怖を伴った。そこで総兵衛は、断崖絶壁に口を開けた自然の穴はそのままにして、奥へと入り込んで緩く蛇行する部分を広げる工事を一族の者たちに命じていた。それには今坂一族が当たってきたが、柘植《つげ》衆が一族に加わったことで作業はほぼ完成していた。

その岩場の拡張工事をなす一族の面々が、

「総兵衛様、お出《い》でなされ」

と次々に声をかけてきた。

その二人に一人は弩《ど》や鉄砲を手に警戒していた。オロシャ人を装《よそお》ったか、あるいはオロシャ人か、彼らがこの船隠しに襲いくることを警戒しているのだ。

「ご苦労です」

総兵衛の傍らから正介が茫然《ぼうぜん》として、船隠しへの巨大な洞窟水路を眺めていた。そのあまりにも壮大な仕組みに船酔いを一瞬忘れているらしい。

「総兵衛様、この洞窟も大黒屋の持ち物か」

「だいなごんどの、驚かれましたかな」

「腰が抜けた、魂消《たまげ》るどころではない。加太峠で怖いものなしの正介もかたなしじゃ。大黒屋は何者か」

「そなたはもはや承知ではありませんか」

「そうだ、おれはだいなごんではない。鳶沢一族の正介でした」

と正介が思い出したように呟いた。

そのとき、琉球型小型帆船は最後の緩やかな水路の曲がりを通り過ぎた。すると前方から光が差し込んできた。

「正介、船の舳先に這《は》ってこられますか」

と天松の声がして正介が胴ノ間をよろよろと中腰で舳先の天松のところに歩み寄った。すると水路を抜けた小型帆船を大きな船隠しの海が待ち受けていた。

岩場と鬱蒼《うっそう》とした原生林に囲まれ、南北八十間（約一四〇メートル）余、東西三百六十間（約六五〇メートル）余の静かな海だった。この静かな海には水底に湧水《わきみず》が何か所かあり、塩水と真水の混じった汽水湖だった。

その汽水湖に大黒屋の持ち船の相模丸《さがみまる》や深浦丸など四隻《せき》が停泊し、その他に作業用の船や伝馬《てんま》や、正介が見たこともない大小いろいろな船を見ることができた。

静かな海の一帯に緊張があった。発見された見張り所がもたらした警戒が船隠しにいつもとは違う張りつめた空気を漂わせていた。

「天松さん、ここが深浦の船隠しですか」

「そうです」

天松が応じて手にしていた棹を舫《もや》い綱に持ち替えた。

船隠しの奥に船着き場が見えた。その傍らには船大工が群がって働く造船場もあり、新しい船が建造されていた。

船隠しの向こうには異国と紛《まが》う家並みがあった。

「魂消た」

「正介、そなた、同じ言葉をなんど繰り返しておる。それより船酔いは直ったか。そなたが惚《ほ》れた砂村お葉《よう》さんの前で吐くなよ、そんな醜態を見せてみよ、愛想《あいそ》を尽かされるぞ」

「天松さん、だれがお葉さんに惚れたというんです」

「野分《のわき》の手伝いに来たお葉さんを見ているそなたの目を見ればだれにも分かる」

と天松が言い放った。

「く、くそ。また気分が悪くなった」

と正介が喚《わめ》いた。だが、船の揺れがなくなったことでだいぶ正介は元気を取り戻したようだった。

船隠しの浜に松葉杖《まつばづえ》をついた男がいた。

深浦の長《おさ》の壱蔵《いちぞう》だ。さらにその傍らに柘植満宗《みつむね》がいて、お香ら女衆《おなごし》も総兵衛を迎えに出ていた。

むろん総兵衛が乗る琉球型快速帆船の到来は深浦の見張り所が見て、壱蔵らに手旗などで知らされていた。

イマサカ号と大黒丸、大黒屋の持ち船の中で一番大きな帆船二艘《そう》が異国交易に出ていってから、深浦の船隠しは若者や壮年の一族の男衆《おとこし》が少なくなっていた。

そこに総兵衛の京行きの道中で知り合った山の民の柘植衆が加わった。

富沢町、深浦の船隠し、さらには駿府《すんぷ》の鳶沢村に柘植満宗、新羅《しらぎ》次郎、三郎ら柘植衆が分散して加わったことで、深浦の船隠しにも働き盛りの男衆の姿が目立つようになっていた。

「ご苦労にございます。忠吉は使いの役を無事に務めたようにございますな」

壱蔵が総兵衛を迎えた。

「海路を使わずに陸路で忠吉を使いに立てたのは壱蔵、よき判断でした」

「なあにそれはわっしの判断ではございませんよ。満宗さんの考えだ」

と答えた壱蔵が、正介を見て、

「おや、新しい小僧さんですか」

「満宗なれば承知の小僧、柘植の郷ではだいなごんと呼ばれておりました。ですが、当人の願いで正介と名を改めたのです」

総兵衛の言葉に満宗が大きく頷いた。

「壱蔵、満宗、考えあって忠吉を江戸に残し、正介をこの深浦にてしばし修行させることに決めました。壱蔵、正介に異国の火薬の性能やら使い方を学ばせるため、火薬方の風吉《かぜきち》に引き合わせなされ」

と命じた。

風吉は今坂一族の一人で火薬の扱いに長けていた。本来イマサカ号に乗船して交易に行くべきところ、交易船団の出立前に病を患《わずら》い、下痢が止まらぬために深浦に残ることになった者だ。

総兵衛が帆船を下りた。

「お香、野分の折は世話になりました」

「なんのことがございましょう」

と答えたおりんの母親が、

「忠吉さんがいなくなったと思ったら、だいなごんどのが深浦にお見えでございますか」

「そなたの下でな、言葉遣い、読み書きを教えて下され」

「承知致しました」

とお香が受け、総兵衛が、

「今、お葉はどうしております」

と尋ねた。

「総兵衛様のお館《やかた》で縫物をしております。御用でございますか」

総兵衛は、筒袴《つつばかま》の帯に結んだスイス製の懐中時計を見た。

夜明け前に富沢町を出立したので五つ半（午前九時頃）過ぎには深浦に到着していた。

「忠吉が初めて監視の眼を感じたという岩場に行きたい。お葉に案内《あない》を願おう」

「お葉だけでようございますか」

「よい」

と総兵衛が警護方を断った。

「直《す》ぐに呼びまする」

お香が近くに控えていた男衆に命じた。

「総兵衛様、私め、同行してようございますか」

天松が願ったが、

「ならぬ」

と言下に総兵衛が拒絶した。

「天松、暇なれば正介といっしょに風吉について火薬のことなどを教えてもらいなされ」

と船隠しに留まることを命じた。

「総兵衛様、敵の見張り所があったところは見ぬともようございますか」

と壱蔵が気にした。

「まずは忠吉とお葉が立った岩場に参ろう。見張り所にはそのあとに廻ろう」

と総兵衛が言い、壱蔵が頷いた。

砂村お葉が小走りに姿を見せた。しっかりと足元を固めているところを見ると、総兵衛の案内に立つことをすでに承知なのであろう。

お葉を見た正介がそわそわとし、天松がにやにやと笑った。

「天松、緊張が欠けておるぞ」

坊主の権造が怒鳴り上げ、

「迂闊《うかつ》でした」

と天松が詫《わ》びた。

四半刻《しはんとき》（三十分）後、総兵衛とお葉は、つい先日忠吉とお葉が秋の草花を摘みにきた、江戸の内海への入口浦賀水道や安房《あわ》の岬を望める断崖絶壁の上で風に吹かれていた。

その眼下を大黒屋の持ち船、相模丸が出船していく様子が眺められた。異国交易には無理だが、南蛮型帆船の操舵性、操帆性、気密性などの利点を取り入れた和洋折衷型の帆船だった。

お葉は、無言で総兵衛をこの場まで案内した。

長いこと無言でつい最前帆走してきた海を眺めていた総兵衛が、

「お葉、深浦の暮らしに慣れたか」

と尋ねた。

「はい、慣れましてございます」

「どうだ、富沢町にて奉公する気はあるか」

しばし沈思したお葉が、

「私に大黒屋の奉公が務まりましょうか」

と尋ね返した。

「お香に育てられたのだ。そなたがその気なればおりんの下で務まろう」

お葉がまた沈黙した。

「数日、返事をする時を貸してもらってようございますか」

「自分の気持ちが定まったときでよい。その折、この総兵衛に返答をくれ」

と答えたとき、総兵衛は遠くから見張られている感じを持った。だが、素知らぬ表情で、

「お葉、参ろうか」

と断崖絶壁の上から静かな海へと下り始めた。

二

いったん静かな海の一角に下りた総兵衛を柘植満宗、天松、新羅三郎ら一族の七人が弩を携え、それぞれ海馬《かいば》と呼ばれる軽舟に乗って待ち受けていた。三郎のそれには茶色の犬が一頭同乗していた。海馬には一人乗りから三人乗りまであり、福助という名の犬が乗っているのは三人乗りの海馬だ。

総兵衛が乗る一人乗り海馬を正介が抑えていた。

総兵衛にはなにも言わなかったが、お葉と総兵衛の二人だけでの岩場行を陰警護していた連中だ。むろん総兵衛も承知のことで、そのことを追及するつも

りはない。互いが阿吽《あうん》の呼吸で総兵衛の陰警護を務めるのは、富沢町であれ、深浦であれ慣わしだった。

「お葉、助かった」

と総兵衛がお葉に礼を述べ、総兵衛館に戻らせた。

満宗は海馬の櫂《かい》を巧みに使いこなしていた。

栢植衆がこの深浦の船隠しに加わった時、鳶沢、池城、今坂三族の海と船を知る働き盛りの面々が交易船団に乗り組んで異国にいた。ために新参の栢植衆が深浦の戦闘部隊の中核にすわらざるをえない事態となった。

このことは栢植衆にとってわるいことではなかった。

加太峠の山の民だった栢植衆は、深浦の船隠しに残っていた今坂一族、池城一族の者たちから海や船に慣れ親しむ訓練を受け、短い間に海馬の扱いが巧みになっていた。

「見張り所があった場所へご案内します」

数少ない鳶沢一族で深浦に残った四十七歳の初五郎が総兵衛に話しかけた。

初五郎は、鳶沢一族では珍しく富沢町の大黒屋で古着商いに携わったことがない男衆であった。

駿府の鳶沢村の家が代々鍛冶《かじ》を営んでいたこともあって、深浦に十五で移り住んで以来、鍛冶仕事を続けてきた。ために富沢町の古着商いの奉公経験がなかった。初五郎はそのことを悔やんでいる風もなく、鍛冶の仕事を続けてきた。

だが、鳶沢一族の一員である以上、武芸は必須のことであった。鍛冶の技を利用して、独特の飛び道具を制作し、習得していた。

昔から深浦の鳶沢一族に伝わる弧状の飛び道具で、本来は木製のところを鍛冶の技を生かして鍛え上げた薄鉄板製のそれは、回転しながら飛んでいく弧状の刃が恐ろしいほどの破壊力を見せた。そして、この飛び道具の独特の動きは敵方に思わぬ方向から襲いかかって傷を負わせたあと、投げた当人の手元に、
くるくる
と回転しながら戻ってくることだった。

初五郎はこの飛び道具を後ろ帯に差し込んでおり、海馬船隊の中で総兵衛と初五郎だけが弩を携帯していなかった。

「頼もう、初五郎」

総兵衛が名を呼んで願い、海馬の船隊が静かな海を突っ切り、洞窟水路へと入っていった。

いつものように洞窟水路は波でうねっていたが、総兵衛らは難なく初五郎の傍らについて進んでいく。

この中で三人乗りの前の席に乗る天松がいちばんの未経験者だった。柘植衆の満宗らは波がうねる洞窟水路の中でも巧みに乗りこなしていく。

天松の乗る海馬の同乗者は、新羅三郎だ。

「天松さん、櫂の動きを合わせて下さいよ。一、二、一、二」

一本の櫂を巧みに操り、天松のぎこちない動きと合わせた。

天松は初五郎と異なり、最初から富沢町の大黒屋奉公を始めた。ゆえに正介に威張ってみせたほど海と船に慣れているわけではなかった。

洞窟水路の両岸の上の松明が海馬船隊を深浦の入江へと導き、最後の難関の出口へと打ち寄せる荒波をなんとか乗り切って、入江に出た。

初五郎は深浦の津を横目に入江を横切り、船隠しの断崖絶壁と入江を挟んで対岸になる岩場へと一行を導いていった。

岩の間をすすむと小さな浜が現れた。

海馬船隊は次々に舳先を乗り上げて、真っ先に福助が浜に飛び降り、それに続いて一行が軽舟を浜に引き上げた。

「福、見張り所の道に案内せよ」

初五郎が命ずると機敏そうな福助がワンと一声吠《ほ》えて生い茂った林の中へと一行を案内していった。

四半刻後、一行は最前まで総兵衛とお葉が立っていた断崖絶壁を見上げる小高い岡の上に出た。

総兵衛一行が立っている岡と断崖絶壁の間には入江が五丁（約五五〇メートル）ばかり広がっていた。

この岡から深浦の津も静かな海への出入り口も見えた。

見張り所は大きな楠《くすのき》の下に設けられていた。その根元に二畳ほどの小屋が造られ、楠に登ると船隠しへの出入り口がよく見通せた。

総兵衛はまず見張り所の小屋を見た。

北に住み暮らすオロシャ人の見張り所に装《よそお》われていたがどことなく作為が窺《うかが》

えた。オロシャ人とどのような関わりを持つか知らないが、見張りの中心は和人であったと、総兵衛は推測した。

「初五郎、この見張り所に人が戻ってきた様子があるか」

「忠吉の報告でこの場を見つけて以来、時折見回りに来ますが戻った様子はございません」

初五郎が答えた。

「見張り所を発見されたゆえ、奴《やつ》らは見張りを放棄したと思うか」

総兵衛の問いに満宗が、

「いえ、見張り場所を変えて続けておるように思います」

と即座に答えた。

「総兵衛様のお許しがあれば、新たな見張り所を見つけて一つひとつ潰《つぶ》していくことも出来ます」

新羅三郎が言った。

どうやらこのことは総兵衛の判断を待つように壱蔵や柘植満宗から命じられているようだった。

しばし沈思した総兵衛が口を開いた。

「当分そやつらの好きにさせておこうか」

総兵衛が答え、一同が頷いた。

さらに見張り所の周りを改めて調べたあと、変りがないと判断した一行に、

「よし、静かな海に戻ろう」

と総兵衛が命じた。

総兵衛ら海馬船隊は、静かな海の船着き場に戻ってきた。

刻限は昼を回っていた。

総兵衛はお香が仕度してくれた朝餉《あさげ》と昼餉を兼ねた食事をして、久しぶりに今坂一族の女衆や柘植衆の女たちと会い、談笑して時を過ごした。

そして、七つ半(午後五時頃)の刻限、坊主の権造が船頭の琉球型小型帆船に総兵衛一行が乗り、洞窟水路を抜け出て入江から江戸の内海へと戻っていった。

ただし、小型帆船の船上には正介の姿はなく、その代わりにお葉が同乗して

いた。それは富沢町の大黒屋奉公へと向かう姿だった。

お葉は、総兵衛の言葉をお香に伝えて、意見を聞いた。お香の考えははっきりとしていた。

「お葉、そなたはもはや江戸に戻ってよい時期です。そなたが受けた心の傷は生涯残るかもしれません。ですが、深浦の暮らしでそのことに立ち向かう体力と気力を身につけたはずです、そなたはもはや鳶沢一族の女子《おなご》です。ならば、主様《あるじさま》のお心に従い、大黒屋で奉公しなされ。おそらくそなたはわが娘のおりんの下で働くことになろうと思います」

との言葉にお葉は、江戸の大黒屋に奉公することを即座に決断し、総兵衛に願ったのだ。

柳沢吉保《やなぎさわよしやす》が全盛の折に造った駒込《こまごめ》の六義園《りくぎえん》に百年にわたり棲《す》み暮らし、闇祈《やみき》禱《とう》を繰り返してきた陰陽師《おんみょうじ》賀茂《かも》火睡《かすい》に、鳶沢一族と敵対する本郷康秀《やすひで》から捧《ささ》げられた貢物《みつぎもの》がお葉ら二人の娘であった。

だが、総兵衛は二人のうち一人の娘砂村葉の命を助け、その心の傷を癒《いや》すために深浦の船隠しで静かな暮らしをさせていたのだ。それが二年前のことだった。

総兵衛もお香も、お葉が世間に戻るべき時期がきたと判断したのだ。

お香の頭にはおりんが信一郎と所帯を持ったあと、奥向きの女衆としておりんの跡継ぎにという考えが密《ひそ》かにあった。だが、そのことを総兵衛に口にすることはなかった。主が判断することだからだ。

そんなお葉の乗る琉球型小型帆船を、

「監視の眼」

は見届けていた。

今から江戸へと向かえば、夜になってからの入堀新栄橋到着になる。琉球型小型帆船はそのまま富沢町の船隠しに入ることができる。

一方、深浦の総兵衛館の広大な敷地の一角にある御堂《みどう》に一人の長身の男が籠《こも》り、思念を遠い時空のかなたに送り続けていた。

その刻限が四半刻、半刻、一刻半と過ぎ、ついには二刻（四時間）に達しようとしたとき、思念に応じる者がいた。

総兵衛館の御堂に籠る長身の男は、十代目鳶沢総兵衛勝臣《かつおみ》だ。ということは琉球型小型帆船に乗っていた総兵衛は、一族の者が扮装《ふんそう》した、「偽《にせ》総兵衛」であった。

（総兵衛様、お久しゅうございます）

総兵衛の頭に遠くから伝わってきたのは、唐人卜師《ぼくし》の林梅香《はやしばいこう》のかすかな声だった。

（ご苦労であったな）

（ははあ）

と林梅香が答えた。

思念の交流には莫大《ばくだい》なエネルギーが消失された。ゆえに遠くになればなるほど短い思念の交流しかできなかった。

（師よ、交易船隊はいつ和国に戻るな）

（十数日後かと存じます）

（ならば交易船隊の寄港地は駿府江尻の船隠しとせよ）

（駿府船隠しですな）

（待っておる）

（楽しみにしております）

短い会話に総兵衛の体力は消耗していた。

だが、林梅香師と思念を交流したことで、次なる総兵衛の目標が明白になった。

しばし弾む息を整え終えた総兵衛は館に戻った。するとそこには壱蔵、柘植満宗、お香、天松ら十数人が総兵衛を待っていた。つまり琉球型小型帆船に乗船していた天松も偽天松ということになる。

お香が二刻ほど前に見た総兵衛の頰が削《そ》げ落ち、疲労困憊《こんぱい》の様子に驚きを隠《おお》し果せなかった。

「総兵衛様、何事がございましたので」

「お香、案ずるな」

と短くも答えた総兵衛の声に女衆が膳《ぜん》を運んできた。その中には総兵衛の実妹のふくもいた。

「おお、ふくか」

ふくは、ただ兄の総兵衛に会釈《えしゃく》を返しただけだった。だが、黙ってその場に残った。お香から命じられていたのであろう。

安南《アンナン》からイマサカ号に乗って逃げおおせた今坂一族は、およそ百五十余人であった。総兵衛の家族で船に逃れ得たのは弟の勝幸《かつゆき》とふく二人だけだった。その勝幸はただ今交易船隊に乗り組んでいた。

和国に逃れた今坂一族の運命は大きく変わった。

グェン・ヴァン・キが鳶沢一族の頭領にして大黒屋の十代目に就き、実の弟妹ではあっても家族から主従関係に変わっていた。

全く見ず知らずの異郷で暮らすことが、どれほど幼いふくにとって大変なことか、総兵衛にも気付かないわけではなかった。だが、皆の手前親しげに言葉を掛け合うことは遠慮せねばならなかった。

「そなたらも未だ夕餉を摂《と》らなかったのか」

「総兵衛様と膳をいっしょにするのは久しぶりにございますればな」

と壱蔵が答えた。

「総兵衛様、お疲れのご様子、酒《ささ》は遠慮しましょうか」

とお香が総兵衛を気遣った。

「いや、そなたらと酒を酌《く》み交わしたい」

「ならばすぐに」

お香がぽんぽんと手を打つと膳を運んできた女衆が酒や葡萄酒《ぶどうしゅ》を運んできた。

見れば鳶沢一族の女衆に今坂一族、柘植衆の見知った顔が混じっていた。

「総兵衛様、和国の酒にされますか、それとも異郷の酒に致しますか」

お香が聞いた。

「お香、和国の酒をもらおう」

総兵衛が願い、その場にいる男衆に酒が注がれた。

「総兵衛様、なんぞご挨拶《あいさつ》がございますか」

壱蔵が総兵衛に尋ねた。

「挨拶はないが報告がある」

「おや、改めてなんでございましょうな」

「イマサカ号と大黒丸がおよそ十数日後に戻ってくる」

総兵衛の突然の予告にしばし沈黙があったあと、
うおおおっ！

という歓声が広間に上がった。

「総兵衛様、長崎経由の異国船に文が載せられておりましたか」

「お香、そうではない」

とだけ総兵衛が答え、

「当初の予定ではこの深浦の船隠しに二艘ともに戻ってくる予定であった。だが、深浦はたれぞに見張られておる。ゆえにこちらには入津《にゅうしん》できぬ」

「それまでにあの者たちを始末する策もございますぞ」

と柘植満宗が言った。

「その策もないではない。だが、見張りの者を始末したところでその背後に控えておる者の正体が分からなくなる。それでは却《かえ》ってこちらが困る羽目にならぬか」

「いかにも総兵衛様の申されるとおりでございました」

満宗が総兵衛の言葉に同意した。

「となるとどこで荷揚げを致しますな」

壱蔵がいささか残念そうな顔で総兵衛に聞いた。

「壱蔵、駿府江尻の船隠しがあるではないか。ここは異なり、人工の石積みの船隠しじゃが、石垣の高さ十数間、その石垣上に松を植えさせたでイマサカ号の帆柱がわずかに覗《のぞ》くくらいであろう。船隠しは南北百間（約一八〇メートル）東西六十数間（約一一〇メートル）のコの字型、江尻の海からそのまま二艘ともに船隠しに入ることができる。この江尻の船隠しを使い、深浦丸や相模丸に荷を積み替えて江戸に送り込み、またイマサカ号と大黒丸に加賀と京の積荷を載せて、加賀金沢、若狭《わかさ》へと交易船隊を回そうと思う」

「おお、それなればなんの差しさわりもございませぬ」

「長老安左衛門どのの工夫が早速役に立つことになった」

「総兵衛様、京の荷はなにも加賀回りでのうてもようございましょう。駿府から摂津にうちの船で送り込み、淀川《よどがわ》を川船で上がらせたほうが早うございます」

とお香が言った。

「おお、その手があったな」

酒を飲みながら遅い夕餉を摂った一同は、夜半九つ（零時頃）近くに就寝した。

ふくは翌日、兄の総兵衛に会えることを楽しみにしていたが、翌朝目覚めたときには、総兵衛と天松の姿はなかった。

「お香様、兄さんは、いえ、総兵衛様はどこにおるか」

と拙《つたな》い和語で質《ただ》すと、

「ふく、総兵衛様と天松さんはもはや深浦の総兵衛館にはおられぬ。交易船隊が戻ってくるのです、しばらく総兵衛様は忙しゅうございましょう。しばし辛抱なされ」

とお香に諭された。

静かな海の船隠しの外れに石組みの建物が二棟あった。一棟は弾薬庫で、もう一棟は、弾薬筒を充塡《じゅうてん》する作業場だった。

正介は、総兵衛から今坂一族の火薬方であった和名風吉の下で火薬のことを学べと命じられていた。

イマサカ号の火薬方だったという風吉親父《おやじ》は、和語があまり話せなかった。というより同郷の今坂一族の者ともあまり喋《しゃべ》らなかった。無口なのだ。

風吉は、正介を弾薬筒に火薬を充填する頑丈な棟に案内し、

「カヤク」

と言った。

石造りの厚壁の作業場には、木樽《きだる》に入った火薬樽が並び、その中の火薬を弾薬筒と呼ばれる筒に詰めることをやってみせた。さらにこの火薬を詰めた弾薬筒を隣の部屋に運び込み、大砲に装填する動作をしてみせた。

風吉親父が見せた動きはただそれだけだ。

だが、別棟の弾薬庫にあった鉛製の重い砲弾を遠くまで飛ばすのが異郷の火薬だとすると、途方もない爆発力だということだけは、正介にも理解できた。

だが、火薬の作り方がどうなのか、さっぱり分からなかった。幕府の火術方だという父親の血がこの深浦の地に誘ったのだが、何年かかれば異国の火薬を

知ることができるか、正介は茫然自失した。

総兵衛様に相談してみるか、と正介がようよう見つけたお香に総兵衛の居場所を聞くと、

「もはや深浦にはおられませぬ」

とあっさりと言われた。

「えっ、風吉親父はなにも喋りません。私はどうやって火薬の作り方を習えばよろしいので」

「正介、一つことを理解するには何年もかかります。そなたが火薬のことを知りたいのならば、風吉親父どのに十年従い、親父どのが喋らなければなにを為《な》しているか、動き一つを見逃さないようにして、夕刻にはその日、風吉どのが行った動作を書き残すのです」

「お香さん、私、字がかけません」

「ああ、そうでした、そのことを忘れておりました。ならば私の下で読み書きを習うことが先です。おこものちゅう吉さんもここに連れて来られたときには、一文字も読み書きができませんでしたが、今では富沢町で奉公できるようにな

りました。そなたもまずは私のところで文字を習うことが先です」

「お香さん、読み書きできなければ火薬方にはなれませんか」

「異人も和人も職人仕事を学ぶのは、師匠の真似《まね》をしてその技を盗むことが始まりです。ですが、その先、正介さんが頭になったときのことを考えると、読み書きはどうしても要ります。それも火薬方ならば、和語だけではすみません、異人の書物を読んで、学ぶことが必要です」

お香の言葉に正介はさらに頭を打ちのめされた気分になった。

「さあ、ぼうっとしている暇はありません。忠吉さんが残していった筆、硯《すずり》を渡します。まずは丁寧に洗って、文机《ふづくえ》の前に正座なされ」

と命じられた。

三

総兵衛と天松は、深浦の長壱蔵の倅《せがれ》、十五歳の銀造を道案内に船隠しを離れ、三崎湊《みなと》を目指していた。

深浦育ちの銀造は、この界隈《かいわい》のことならば海から陸までなんでも承知だった。

まず一行は、断崖絶壁と生い茂った森に囲まれ、孤立してある深浦の津から三浦海岸沿いに三崎湊に向かう街道に出ることにした。

明かり一つない道なき道だ。

さすがの総兵衛も天松も鼻を摘《つま》まれても分からぬような闇の中、竹棒を持った銀造が先頭に立ち、二人は竹棒に摑《つか》まりながらの一刻（二時間）余の道中だった。歩いて深浦の津や船隠しに辿《たど》り着こうとすると、これほど難儀な道はなかった。案内人なしに初めての人間が陸路で辿り着くのは至難の技と、総兵衛は改めて六代目の用心深さを思い知らされた。

忠吉もこのようにして銀造に導かれて街道まで出たという。

夜が白み始めたとき、総兵衛らはようやくにして三崎への街道に出ていた。あとは四里（約一六キロ）足らずの街道をほぼ南に向かって進めばよい。

三浦海岸に別れを告げて半刻後、鎌倉から南下してきた道との合流部に達した。となれば目指す三崎湊は、もうすぐそこだと銀造が言った。

総兵衛一行三人は昼の刻限に三崎湊に達していた。

城ケ島との狭い海峡に大黒屋の持ち船の相模丸が総兵衛らを待っていた。

相模丸は、総兵衛とお葉が断崖の上に立ったとき、交易にでも出かける体で深浦を出立し、三崎湊へと先行していたのだ。

総兵衛の道案内をしてきた銀造は、

「総兵衛様、わしの役目は終わりました。深浦に戻りますか」

と尋ねた。

「そなた、壱蔵を助けて深浦に暮らしてきたのだな」

「はい」

「駿府の鳶沢村を知らぬのか」

「いえ、二度ほど船に乗って訪ねたことがあります」

「住んだことはないのだな」

「はい」

「過日、野分のあと始末に江戸に出てきたな」

「富沢町は初めてでした」

と銀造が答えた。

総兵衛は銀造が黙々と汚れ仕事をこなす光景を何度か見ていた。

鳶沢一族の若者にあって、銀造は寡黙《かもく》で地味な存在だった。だが、手を抜くこともなく体を動かし続ける銀造に道案内が父親から命じられたとき、その顔に喜びが走ったのを総兵衛は見逃さなかった。

銀造は、鳶沢一族の頭領の総兵衛と行動をともに出来ることを素直に喜んでいた。

総兵衛は壱蔵に、

「倅をしばらく借り受ける」

と言い残してきていた。その折の壱蔵の返答は、

「あやつは口下手でございましてな、富沢町の奉公には向きませんぞ」

「壱蔵、野分の手伝いに来た折の働きを見ておる。人にはそれぞれ働き場所があろう。海を知り、船を承知の銀造の働き場所は、ゆくゆくはイマサカ号や大黒丸に乗っての交易かも知れぬ」

「あやつを仕込んでくれますか」

「しばし預かる。その先のことは交易船隊が戻ったあとにそなたに相談しよ

う」

という話が総兵衛と壱蔵の間で成っていた。

「親父の壱蔵には話してある。そなた、私どもといっしょに相模丸で駿府の江尻の船隠しに向かうのだ」

総兵衛の言葉に銀造の顔が、ぱあっ、と明るくなった。だが、直ぐに平静な表情に戻り、

「分かりました」

と答えた。

三崎湊に停まる相模丸に向かって銀造が、

「油吉《ゆきち》の父《とっ》つぁん」

と叫んだ。すると直ぐに、和船の装いながら南蛮型帆船の操舵《そうだ》性と操帆性と気密性を持った相模丸の船倉から油吉の父つぁんが飛び出してきて、

「お待ちしておりましたよ」

と総兵衛らを迎えた。

相模丸は船底に水樽を積んだほぼ空船状態で、喫水が浅くなっていた。

船の大きさは千石船より一回り大きな程度だが、船幅が広く荷を千石船の二倍は船倉に積み込めた。

総兵衛らは相模丸に乗り込んだ。相模丸の乗組員たちは鳶沢一族の老練な六人で、船にも海にも詳しい面々だった。だが、長期の交易は厳しい年齢の者たちだった。

「総兵衛様、これから下田に向けて一気に走るには風具合も悪い、それに相模灘《なだ》の真ん中で日がくれる。明朝早く出立したほうがよかろうと思う。どう致しましょうか」

「油吉、相模丸の船頭はそなただ。長の判断に従おう」

船頭油吉と総兵衛の間で話が決まった。

そこで総兵衛ら三人は朝餉と昼餉を兼ねた食事をして、仮眠することにした。

その日の八つ半（午後三時）の頃合い、富沢町の大黒屋に大目付首席の本庄義親の乗り物が着いた。刻限から考えて下城の途中かと思った大番頭の光蔵が帳場格子《ごうし》を出て、本庄を出迎えた。

だが、登城の行列ではなく乗り物に腹心の高松文左衛門と岩城《いわき》省吾《しょうご》を加えただけのものであった。

「過日、総兵衛がわが屋敷を訪ねたそうな。城中におって会えなんだ」

「いかにもわが主がお屋敷をお訪ね致しましたところ、約定もなき訪《おとな》いゆえお会いできなかったと残念がっておりました」

「本日はどうだな」

「それが生憎《あいにく》と所用で駿府鳶沢村に出ております」

「すれ違ったか」

本庄義親が悔やむ顔を見せた。

「お殿様、私ではお役に立てぬことでございましょうが、折角の訪い、しばし休んでいかれませぬか」

と願うと本庄が頷《うなず》いた。

高松と岩城の二人は店座敷に通され、本庄義親だけが離れ屋の居間に案内されて落ち着くなり、

「交易船が戻って参ったか」

と光蔵に尋ねた。

本庄義親と総兵衛は、歳《とし》の差はあったが、本庄家と鳶沢家には代々、親類同様の付き合いがあり、お互いが深い信頼と絆《きずな》に結びつけられていた。それだけに十代目の総兵衛と本庄義親は、肝胆相照らす間柄を短期間に築き上げていた。

「未だはっきりは致しませぬ。ですが、総兵衛はその心積もりで動いております」

と光蔵も正直に答えた。

そこへ茶菓をおりんとお葉が運んできた。

富沢町に深浦から総兵衛の命で転じたお葉は、早速おりんの下で奥勤めの女中奉公を始めていた。お香の厳しい躾《しつけ》を受けてきただけに武家方が客であっても慌《あわ》てることはない。このことは京行きに同行した、鳶沢村育ちのしげでは出来ぬ相談だった。

「おや、大黒屋ではおりんの跡目がおったか」

「お殿様、鳶沢村より江戸に出て参った葉にございます。以後お見知りおきをお願い申し上げます」

とおりんが願い、砂村葉が頭を下げた。

「いずれおりんに劣らぬ美形の奥勤めの女中が育つか。総兵衛は幸せ者じゃな」

と珍らしく本庄が軽口を叩《たた》いた。

お葉が下がり、その場におりんが残った。

「過日は総兵衛、わしに火急な用があったのではないか」

と本庄義親が大黒屋の大番頭に質した。

「ございました」

「なにかな、用とは」

光蔵はまず、総兵衛が本庄家を訪問したあと根岸の里の坊城家に回り、その帰路に尾行がついた経緯と出来事を語った。

「なに、総兵衛を尾行した者が爆裂弾を使ったとな」

「はい」

「総兵衛の考えはどうであった」

「御公儀には火術方なるところがございますとか」

「なに、総兵衛はその者らを火術方と見定めたか」

「いささか事情がございまして」

と光蔵が本庄義親を見た。

しばし沈思した本庄が、

「火術方とは正式な呼び方ではない。正式には鉄砲玉薬《たまぐすり》奉行というて火薬の製造と管理に当たるお役であり、その長である奉行は代々田付《たつけ》家と井上家である。奉行は二十人扶持《ぶち》で二人が交替であたる。その下に同心が三十数人おって、四谷の紀伊藩下屋敷傍に屋敷があり、千駄ヶ谷に火薬を保管する焔硝蔵《えんしょうぐら》があったかと思う」

と記憶をたどって光蔵とおりんに言い、

「そなたら、なぜ総兵衛を尾行した者を幕府鉄砲玉薬奉行に関わりの者と思うたな」

と問い質した。

当然の問いだった。

「お殿様、それにはいわくがございますので」

と前置きした光蔵が総兵衛一行の京行きの道中で加太峠を越えたことを告げると、

「おお、その話、総兵衛から聞いた。加太峠に長年棲み暮らしてきた柘植衆と総兵衛が関わりを持ったのではないか」

「はい、旅の道中で知り合《お》うたようでございます」

光蔵は総兵衛がどこまで本庄義親に明かしているか判断に迷ったので、簡単に答えて言い足した。

「その折、柘植衆に育てられていた捨て子を貰《もら》い受け、ただ今大黒屋にて小僧として働かせております」

「なに、旅の途中で捨て子を貰い受けたとな。赤子か」

火術方の話とどう結びつくか分からぬ表情の本庄が尋ねた。

「詳しい生年の月日は分かりませぬが十三、四と思えます」

「小僧として奉公させておるか」

「その者、赤子の折に捨てられておりました際、首から革袋を下げておりまして、『元幕府火術方佐々木五雄の一子正介』と父親の姓名が記され、子の名も分かりましてございます」

「なに、鉄砲玉薬奉行配下だった者が加太峠で捨て子を為したというか」

「はい。その父子の姓名を記した紙片には謎《なぞ》めいた言葉が書き込まれ、総兵衛は、こたびのことと佐々木五雄が子の正介を捨てた経緯とが関わりがあるのではないかと考えておるのでございます」

ふうっ、と本庄義親が一つ息を吐いた。そして長い沈思に落ちた。

「十三年余前、火術方の同心の一人に佐々木五雄という者がおり、その者が鉄砲玉薬方から火薬の調合の秘伝を外に持ち出したと、総兵衛は考えたか」

「およそのところはさようでございます」

「だが、その一子がこの江戸におり、火薬調合の秘伝を携帯しておることを幕府の鉄砲玉薬方がいかにして承知したのであろうか」

「お殿様、今のところその辺りのことは皆目見当もつきませぬ。ただ、私どもの主が尾行を受け、その者の正体を突き止めようとしたわが奉公人に爆裂弾を投げつけて、姿を暗ますなど、そのような知識がなければできることではないと存じますが」

「幕府の鉄砲、火薬の扱いは殊《こと》の外厳しい」

「はい。その割にはただ今わが国の近辺に出没する異国の火薬の威力とは雲泥の差、百年も二百年も立ち遅れた技法なのではございませぬか」

「異国をよう承知のそなたならではの言葉かな。わしでなければ、そなたらの首が飛ぶわ」

「本庄のお殿様でなければ私めもかような話は致しませぬ」

「光蔵、総兵衛は鉄砲玉薬方に佐々木五雄なる者がいたかどうか調べてくれぬかとわしに頼みに参ったか」

「恐れ入りまする。主の存念は分かりませぬがおよそそのようなところかと思われます」

　本庄が頷き、言った。

「総兵衛がどのような曰《いわ》くでこの捨て子を江戸に連れてきたか知らぬが、気になることではある。この者、今も富沢町で小僧をさせておるのだな」

「その気でおりましたが、こたびのことが起こって以後、用心のために駿府鳶沢村に身を移しております」

「総兵衛の鳶沢行に同道させたというか」

「はい」

「相変わらずそなたらの動き、素早いな」

「恐れ入りまする」

と光蔵が頭を下げた。

「お殿様」

「なに、未だ用が残っておるのか」

「いえ、このところお殿様を始め、幕閣の方々が神経を尖《とが》らせておられるようにお見受け致します。なんぞございますので」

「大黒屋の大番頭とて軽々に城中の出来事、外に漏らすことができようか」

「いかにもさようでございました」

「そなた、なんぞ隠しておらぬか」

「先年、東蝦夷地《えぞち》、松前領の一部を御公儀は直轄《ちょっかつ》になされました。オロシャの影がちらつくゆえでございますか」

光蔵が踏み込んだ。

北辺のオロシャの進出に対し、幕府では松前領の一部、東蝦夷地を幕府に永久上知する決定を将軍家斉《いえなり》が下し、その地に箱館《はこだて》奉行をおいて直轄領とした。二年前、享和《きょうわ》二年（一八〇二）七月二十四日のことだ。

幕府に上知された東蝦夷地の代わりに松前藩主松前章広《あきひろ》は、年額三千五百両を与えられることになった。

幕府にとって北からのオロシャ進出への備えは急務の施策であった。

「大黒屋はなんぞオロシャと関わりがあるのか」

「ございません」

本庄義親の問いに光蔵が即答した。だが、深浦でオロシャのにおいがする見張り所が発見されたことは口にしなかった。総兵衛自らの判断に任せられるべきと思ったからだ。

「ならばよし。この一件に関わるでない」

と釘《くぎ》を刺した本庄義親が沈黙し、なにか再び考え込んだ。そして、

「総兵衛はいつ江戸に戻るな」

と尋ねた。

「交易船が戻ったとなりますと、その手配諸々《もろもろ》に半月は要しましょう。江戸への戻りはそのあとかと存じます」

「近頃、独り言を漏らすようになったと奥がいう」

「な、なんとお殿様が独り言を、でございますか」

光蔵の訝《いぶか》しげな問いに本庄義親が語調をゆったりと改め、

「幕閣内で西国大名の抜け荷の扱いを厳しくせよとの談義が起こっておるでな。関わりのある者は、これまで以上に気を配ることだ」

とぼそりと言うと座を立った。

翌朝未明、東の空がうっすらと白み始めた三崎湊で相模丸が静かに碇《いかり》を上げ、海峡の潮の流れを利用して相模灘に船出をしていった。

天松と銀造は、船頭油吉の命の下できびきびと動いて操帆の手伝いなどをしていた。

一方総兵衛は、相模丸の舳先《へさき》に立ち、瞑想《めいそう》していた。だれも総兵衛に話しかけようとはしない。

潮風を正面から受けた総兵衛の気が陸地にいるよりも鋭敏になってきた。

思念をはるか南の海へと送った。するとそれを受け止める者がいた。

林梅香卜師だ。その声なき声は、過日より明瞭《めいりょう》だった。

船頭の油吉は自ら舵棒《かじぼう》を握り、舳先を伊豆半島の南端に向けた。

進路としてはほぼ南東だ。

海上最短距離で二十五里（約一〇〇キロ）ほどだ。

緩やかな風を帆にはらんで相模丸は慣れた海路を進んでいった。

朝餉の匂《にお》いが甲板に漂い始めたとき、舳先に屹立《きつりつ》していた総兵衛が甲板に下りてきた。

朝日がすでに東の水平線上にあった。

「総兵衛様、相模丸の乗り心地はいかがでございますか」

船頭の油吉親父が尋ねた。

相模丸は一見和船を装《よそお》っているが帆柱は主檣《メインマスト》の他に舳先付近に前檣《フォアマスト》があって、停泊している折は倒される仕組みになっていた。それが海上に出ると立てられて補助帆と三角帆が張られた。

洋式帆船のスクーナー型に似ていた。ために一枚帆の和船よりも風を摑み易《やす》く、船足も早かった。

また舵も和船のように上げ下げする仕組みではなく固定型だ。安定した操舵ができるが、水底が浅い湊には入れなかった。

操舵性、操帆性、気密性を重視した造りのせいで、全般に和船よりはるかに安定した航海ができた。

武と商に生きてきた鳶沢一族の長年の工夫が国内交易に使われる相模丸や深浦丸にはあった。だが、和洋折衷のために外洋航海には不向きだった。

「油吉親父、想像したよりも乗り心地がよい」

総兵衛が答えると油吉が満足げに笑った。

相模丸は船底に水を入れた樽を積んだだけで、船倉はほぼ空だった。ゆえに軽やかな走りを続けていた。

朝餉は、三崎で買い求めた金目のぶつ切りに野菜たっぷりの味噌《みそ》仕立ての汁に漬物が菜だった。

総兵衛は久しぶりに潮風に五体を晒《さら》して腹が空いていたせいもあるが、魚と野菜仕立ての汁が美味でどんぶり飯を天松らと競うようにして食した。

「やはり海で食する食べ物はなんでもうまい」

満足げに総兵衛が笑った。

「総兵衛様、いつもより麗《うるわ》しいお顔と拝見致しました」

天松が総兵衛に丁重な口調で言った。

「今坂一族はやはり海の民なのです。海に戻った喜びを天松は分かりますか」

「鳶沢村の育ちですから海には慣れ親しんできました。ですが、かように大きな船で航海する本式の経験は、総兵衛様といっしょに乗り込んだイマサカ号が初めてでございました。あの折はびっくりしました」

総兵衛はその折の天松を思い出した。

「天松さん、船酔いしたか」

と銀造が聞いた。

「船酔いどころではない。魂消《たまげ》て腰が抜けた。相模灘とは違い、北の海の波の荒さは尋常ではないぞ、銀造」

天松が真剣な顔で訴えた。

操舵場から、

「大島が見えてきたぞ」

雲に隠れていた大島が見えてきたという報告があった。

相模丸は緩やかな船足ながら確実に伊豆半島南端へと航海を続け、石廊崎《いろうざき》を昼の刻限に回り込んで、こんどは進路をほぼ北西に向け直した。

駿河《するが》湾を海上から浮かぶ富士山に向かって進むかたちだ。

「ああ、江戸から見る富士山と違ってでっかいぞ!」

天松が興奮して叫んだ。

「なに、天松さんは海から見る富士は初めてか」

「銀造は見たことあるのか」

「江尻湊に何度も使いで行ったでな、承知だ」

あっさり銀造に答えられた天松が総兵衛に視線を向けた。

「イマサカ号から富士山を見たことがあります。いつみても霊峰富士は見事です」

とこちらにもあっさりと応じられ、天松の興奮が覚めた。

「海から初めて富士山を見る者は私だけですか」

「天松さん、なんでも初めてはあるものよ。いくら喜んでも富士山は天松さんの気持ちをしっかりと受け止めてくれるぞ」

年下の銀造に諭されるように言われ、天松が白けた顔になった。

相模丸は駿河湾に入り込み、ゆっくりと三保松原に向かって距離を縮めていた。

四

海から見ると海岸線に三保松原が江尻宿を隠すようにあった。そして、その右手に富士の高嶺《たかね》が天に聳《そび》え、海上から見る人の眼を松原と富士山へと惹《ひ》きつけた。

だが、総兵衛は承知していた。

三保松原が江尻湊を駿河湾から隠すように巻き込んで、その先端の真崎を回り込むと、江尻の内海が広がり、江尻宿が見えてくることを。

その内海からさらに三保松原の北側へと入ると、鳶沢一族の三長老の一人にして、鳶沢一族の国許《くにもと》というべき鳶沢村の長、安左衛門が長年企ててきた船隠しが、真崎が生み出した複雑な地形と三保松原の緑に巧妙に隠されてあった。

相模丸が船隠しに近づいていくと、どこからともなく見張る眼が相模丸に注がれているのが分かった。むろん敵方ではない。

鳶沢村の一族が船隠しに接近してくる船を警戒しているのだ。だが、駿河湾にあるときから深浦の相模丸であることも、総兵衛が乗船していることも遠眼鏡で確認されていた。

ゆえに急ぎ長老の安左衛門に知らせがいっていた。

いつもなら船隠しへの水路を鳶沢一族の漁《いさ》り舟が巧妙に塞《ふさ》いでいるのだが、すでに相模丸入港のために片付けられて水路が開けられていた。

「なんだこれは」

天松が驚きの声を上げた。

江尻湊の奥に建築物の正面が見えた。幅六十余間（一〇〇メートル以上）の前面の左右は石垣で固められ、巨大な門のように築かれていた。

鳥の目となって上空から見れば、石垣と松林に囲まれたコの字型をした大きな船隠しであることがわかったであろう。

前面の幅広い門は、船隠しの出入り口であったが、海辺に接した造船場か船倉の扉と思わせるように偽装されていた。

相模丸の接近に合わせ、幅三十五間（約六〇メートル）余の扉が左右に広げられていった。すると奥行百間（約一八〇メートル）余、幅六十余間の長方形の船隠しが広がっていた。

コの字型の船隠しの石垣下に二階建ての船倉がいくつも並んであった。二階の一部は、宿舎になっているように見受けられた。

「出来ましたな」

相模丸の舳先から総兵衛が呟《つぶや》いた。

相模丸が船隠しに入り込むとふたたび正面の左右の扉が閉じられて、相模丸をすっぽりと船隠しの中に包み込んだ。

「魂消た」

天松が驚きの声を漏らした。

相模丸が船隠しの右手の船着き場に右舷《うげん》を寄せた。船着き場に鳶沢村の長老安左衛門と柘植衆の頭分であった柘植宗部《そうぶ》らが迎えていた。

「ようお出《い》でなされました」

相模丸から船板が渡され、総兵衛が下りた。

「出迎えご苦労です」

ほぼ一年ぶりに再会する総兵衛が安左衛門に返礼した。

「京行きの折、立ち寄られて以来でございましたな」

安左衛門がなにか異変が起きたかと言外に聞いていた。

「交易船団二艘《そう》がおよそ十数日後に戻ってきます」

「イマサカ号から連絡が届きましたか」

安左衛門は長崎辺りから早飛脚が来たかと考えていた。

「まあ、そのようなことだ」

「で、二艘は深浦に戻りますな」

「いや、この江尻の船隠しを使うように命じてある」

「それはまたどうしたことで」

「安左衛門、その理由はあとで話します。この船隠しにイマサカ号と大黒丸が入津するとしたら不都合がありますか」

「ございません。いつなりとも寄港は可能です」

「石垣の下の船倉も出来ましたな」

「出来ましてございます。総兵衛様、ご検分願えますか」

安左衛門の言葉に総兵衛が頷き、コの字型の壮大な船隠しを検分することになり、天松に従うように命じた。

高さ十間(約一八メートル)余幅三間の石垣下に天井高五間の船倉がいくつも並んでいた。それは壱から拾弐《じゅうに》まで番号が振られていた。

「安左衛門、二艘の積荷をすべて収められますな」

「収められます。船倉の二階部分は一族の船が立ち寄った折の宿舎として設備が整えてございます。二百人は泊まれますぞ」

と安左衛門が確約した。

「ようやりましたな。これで一つ難儀が消えました」

「総兵衛様、富沢町でなんぞございましたか」

総兵衛、安左衛門、そして宗部三人の周りにはだれもいなかった。

天松は少し離れた場所にいて、鳶沢一族の十代目と長老らの話を聞かぬようにしていた。

柘植衆を率いて鳶沢一族に加わった柘植宗部には、鳶沢村の安左衛門、富沢町の光蔵、そして、大黒屋琉球出店の店主仲蔵《なかぞう》と同格の長老扱いの身分が総兵衛から与えられていた。

「富沢町ではない。深浦の船隠しがたれぞに見張られております」

総兵衛は、深浦に何者かが造った見張り所が発見された一部始終を語って聞かせた。

「何者か分かりませぬのか」

と宗部が聞いた。

「オロシャとの関わりを示す品々が残されておりました。近年、オロシャの動きが慌《あわ》ただしくなり公儀は東蝦夷を直轄地にして蝦夷奉行を設けられたと聞きます。もしかしたらオロシャは蝦夷の松前藩と交渉するよりも江戸で幕府と直談判するほうが早いと考えたのではなかろうか。ゆえに江戸近くに船隠しを持たんとして、わが鳶沢一族の船隠しに目をつけたことはありえます」

「総兵衛様の江尻訪いは、深浦にイマサカ号と大黒丸が戻ることを案じられてのことでございますな」

安左衛門が尋ねた。

「いかにもさよう。ここなれば二艘が積み荷を仕分けしながら行き先ごとに別々の倉に納めることができますな」

と総兵衛が念を押した。

それぞれの倉は、収納する品物によって内装が異なり、貴重品を収める倉は、二重扉になって大きな錠前がついてもいた。また安左衛門がいうように船隠しには鳶沢一族の面々二百余人が泊まれる宿舎もあった。

「総兵衛様、できます。ただし人足などをこの江尻に集めねばなりませんな」

安左衛門がこのことを案じた。

「イマサカ号、大黒丸には百五十余人が乗組んでおります。鳶沢村からの助勢を加えれば一族の中で手配がつきましょう」

「柘植衆がわれらに加わったことが、早速こたび役に立ちましたな」

安左衛門が宗部を見た。

「江戸が野分に襲われた折も、柘植衆は大いに役立ってくれました」

総兵衛の説明に宗部が満足げな顔をし、安左衛門が頷き、

「イマサカ号ら二艘がこの江尻に到着するのが十数日後と申されましたか」

と尋ねた。

「帆船は風頼り、もそっと早くなることも遅くなることもありますが、まずその見当です」

「ならばただ今より諸々の仕度をなさせます」

「安左衛門、鳶沢村のそなたの屋敷に世話方らを集めよ。イマサカ号と大黒丸の入津《にゅうしん》と荷降ろしの手配りを話し合っておきたいのです。そのあと、富沢町に早飛脚を立てます。また深浦からも連絡《つなぎ》を付けさせます」

との総兵衛の命で事が動き出した。

鳶沢村の長老屋敷に、総兵衛、安左衛門、恒蔵《つねぞう》ら鳶沢村の世話方、柘植衆の長であった柘植宗部、相模丸の船頭油吉親父、それに記録方として天松が列座した。

安左衛門から大黒屋の交易船団イマサカ号と大黒丸が急遽《きゅうきょ》江尻の船隠しに入津し、交易してきた品々をこの地で仕分けすることが告げられた。

当然恒蔵らから、

「深浦の船隠しでは不都合がございますので」

という疑問が上がった。

その問いに対し、総兵衛から安左衛門に話したと同じ説明がなされた。

「総兵衛様、言わずもがなのことでございますが、イマサカ号と大黒丸には大勢の鳶沢村の若い衆も加わっております。故《ゆえ》に鳶沢村も深浦も富沢町も手薄になっておりました。その折、新たに柘植衆がわれら一族に加わってくれましたことは大いに力強いことでございました。柘植衆の男衆はもちろん、女衆もわれら鳶沢一族が見倣《みなら》わねばならぬほどよう働かれますぞ。総兵衛様、交易品の仕分けに女衆も大いに役立ちましょうな」

恒蔵が言い、宗部はここでも嬉《うれ》しそうな顔をした。

総兵衛は、偶然のことから加太峠で長年暮らしてきた柘植衆と知り合い、彼らが鳶沢一族の傘下《さんか》に加わる決断を為《な》し、女子どもも引き連れて鳶沢村に引き移ったことが、これほど早く一族に同化し、実を結ぶ結果をもたらすとは思わなかった。このことは嬉しい予測違いであり、その一方で今坂一族の女衆が未《いま》だ鳶沢一族に同化しえていないことを危惧《きぐ》した。それはやはり言葉の問題が大きかった。

異国の安南育ちの女たちが和国の、それも秘命を帯びた鳶沢一族に同化するには何年もの歳月が要ると頭では考えていた。その一方で男たちは交易船に乗り組み、あるいは石工頭の魚吉《うおきち》のように特技を生かしてすでに鳶沢一族に溶け込んで働いていることに安堵《あんど》もしていた。

今の総兵衛の眼前の危惧は深浦に暮らす今坂一族の女衆のことであり、その深浦に目をつけた者たちの始末だった。

「総兵衛様、交易船二艘の受け入れはこの江尻の船隠しを使うとして、深浦を監視する者たちの始末はどうつけましょうか」

安左衛門が総兵衛にお伺いを立てた。

「江尻の船隠しがかように立派に出来上がったことをわが眼で確かめました。これで私どもに、数日、深浦を監視する者どもの正体を突き止め、始末する日にちが生じました」

と答えた総兵衛は、

「まず富沢町にただ今の状況を早飛脚で知らせねばなりません。その上で富沢町からどれほどの人数が交易船の荷降ろしと品物の仕分けに動員できるか、大番頭の光蔵方に判断してもらいましょう」

一同が総兵衛の言葉に頷き、次の指示を待った。

「相模丸を使い、私が長になり、急ぎ深浦に引き返します。そして、監視する者たちを突き止めます。深浦にも働き盛りの男衆を多少残してありますゆえ、鳶沢村からは七、八人の戦闘員を選び、深浦と呼応すればなんとかなりましょう。戦士選びは、宗部に任せます」

と総兵衛が命じ、宗部が畏《かしこ》まって受けた。

「いつ出立なされますか」

安左衛門が総兵衛に尋ねた。

「富沢町に宛《あ》てた書状を認《したた》めたあと、久能山《くのうざん》に詣《もう》でて参ります。その間に江尻の船隠しの相模丸に戦士らを乗せて船出の仕度をしておいて下され」

宗部と油吉親父の顔を見ながら総兵衛が命じた。

二人が畏まり、一同が散会して動くことになった。

一刻《いっとき》（二時間）後、富沢町の大黒屋の光蔵に宛てた書状を認めた総兵衛の姿は、久能山の霊廟《れいびょう》の前に見られた。

霊廟には御霊《みたま》は存在せぬ。

徳川幕府の祖となった徳川家康が駿府で亡《な》くなった折、その亡骸《なきがら》は家康の遺言により久能山の霊廟に仮埋葬された。

徳川一族の聖地を守るように命じられたのが鳶沢一族の初代鳶沢成元《なるもと》だ。

成元は久能山裏に拝領地鳶沢村を家康から頂戴《ちょうだい》して「国許」とし、江戸の富沢町の古着商い大黒屋を「江戸屋敷」として、徳川の危機に対処する影御用、陰の旗本を務めてきた。

鳶沢一族の初陣は、家康の御霊を久能山衛士《えじ》として霊廟に祀《まつ》ったあと、その亡骸を陰ながら警護し、日光に設けられた壮大な伽藍《がらん》の立ち並ぶ霊廟、日光東照宮まで従ったことだ。

この影御用によって鳶沢一族の徳川幕府内での特異な存在としての位置が確固としたといえる。

久能山の霊廟は家康が一年余眠った、

「空の霊廟」

に過ぎなかった。だが、鳶沢一族にとって今もこの先も変わりなき、

「聖地」

であった。

総兵衛は、家康の御霊のいない霊廟の前で結跏趺坐《けっかふざ》して瞑想した。

精神と肉体を超えた、

「無」

の境地に到達するのに半刻を要した。

その境地に達したとき、総兵衛は結跏趺坐を解いてゆるゆると立ち上がり、その手に三池典太光世《みいけでんたみつよ》一振りがあった。茎《なかご》に葵《あおい》の紋が刻まれた一剣は、

「葵典太」

として知る人ぞ知る存在だった。

徳川家康が死の床で成元に授けた一剣はその後、代々の鳶沢一族の当主に受け継がれてきた。

総兵衛は腰に差し落とすと、霊廟に正対して一礼し、葵典太をゆっくりと抜いた。

鳶沢一族の流儀祖伝夢想流《そでんむそうりゅう》の技の中でも六代目総兵衛勝頼《かつより》が独創した落花流水剣の構えに入った。

「家康様、祖伝夢想流落花流水剣を披露仕る《つかまつ》」

と告げた総兵衛がゆるゆるとした歩みで霊廟に向かい、その霊廟の前で馬手《めて》の方角に体を向け直すと、霊廟前の地面に足裏が吸い付いたようにも見える動きで、ゆったりと円を描き始めた。

まるで能楽の舞のようで、この動きを見る人がいれば、

「永遠の時の流れ」

を感じたかもしれない。右手に翳《かざ》された葵典太は舞扇のように保持され、総兵衛の体の一部と化して、

「円舞」

を演じ続けた。

剣術を生半可に修行した武芸者や剣の道に疎《うと》い人間には、まるで隙《すき》だらけの構えと思えたかもしれない。だが、ゆるゆるとした円運動には、始まりなく終わりなくただその、

「時と空間」

だけが存在して目に映らぬほどの緩やかな速さで移動していく。しかし、そこには一点の緩みもなく支配された、

「時と空間」

があった。

四半刻の円舞が不意に終わった。

総兵衛は一礼すると、霊廟の前を去り、久能山の頂に上がった。

駿河湾の海面からわずか七百十余尺（約二一六メートル）の標高しかない。だが、家康はこの久能山に霊廟を建立《こんりゅう》し、己が骸《むくろ》を一年余眠らせたことで西国大名の謀叛《むほん》の意志を牽制《けんせい》した。

その頂に一つの古木の切株を見付け、それに座した。そして、再び瞑想に入

った。

こたびの瞑想は無の境地を呼び込むことではない。遠き果てに航海するイマサカ号に乗船する林梅香卜師へ思念を送り届ける瞑想だった。

霊廟の前の瞑想には力を使う要はない。心身を緩めて静かにその時を待てばよい。だが、遠き果てに思念を送る瞑想は、莫大《ばくだい》な精力《エネルギー》を費消した。

総兵衛の思念に応《こた》える思念があった。

(総兵衛様)

と林梅香の声なき声が応じた。

(鳶沢村近くの江尻湊の船隠しの仕度は終えた)

(有難きことにございます)

林梅香の声は一段と明瞭《めいりょう》に総兵衛の脳裏に届いた。

(久能山沖に船を出しておこう)

(承知仕りました)

(二艘の乗組員に変わりはないな)

(鳶沢一族の与助が心臓《しんのぞう》の病にて身罷《みまか》りました。不意なことでございました)

総兵衛はしばし答えなかった。

与助は大黒屋の商い船に十数年乗組んできた老練な水夫《かこ》だった。家族が鳶沢村に住んでいることも総兵衛は承知していた。

（総兵衛様、ツロンに帰りも立ち寄りまして行きに立ち寄った際に乗船させた十三人と、帰路に乗船させたものとを加え、新たなる今坂一族は都合四十一人となりました。ゆえにイマサカ号と大黒丸合わせて総員百九十二人になりましてございます）

総兵衛は喜ばしい知らせを告げる林梅香の声に力が薄れてきたことを察知した。

（江尻にて待ち受ける）

（およそ十日後の夜にお目にかかりましょうぞ）

林梅香の気配が脳裏から消えた。

切り株から立ち上がった総兵衛の目に西日が黄金色にきらきらと輝く駿河湾の海が見えた。

いつしか夕暮れの刻限に達していた。

総兵衛は久能山から鳶沢村には立ち寄らず、江尻湊の船隠しに向かった。すでに相模丸は、鳶沢一族と栢植衆の七人を新たに乗込ませて総兵衛の来るのを待ち受けていた。

船隠しには安左衛門と宗部がいた。

「安左衛門、宗部、イマサカ号と大黒丸は十日後の夜に江尻湊に入る。久能山の頂に篝火《かがりび》を灯《とも》して目印にせよ」

「承知しました」

「それまでには戻る」

と総兵衛が応じて、

「考えを変えた」

と不意に言った。

「考えを変えたとはどのようなことにございますか」

「イマサカ号と大黒丸が戻ってくるまでに深浦を監視する者どもをひっ捕らえて詮議《せんぎ》致す。オロシャであれ、異国に加担している者であれ、われら鳶沢一族の行く手を阻《はば》む者を放っておくわけにはいくまい」

「いかにもさようかと存じます」

と安左衛門が答え、

「二艘の帰りまでに片が付きましょうか」

「宗部、片を付けねば鳶沢一族を新たな危機が見舞うことになる」

「総兵衛様、加太峠で柘植衆は長い眠りに就いていたようでございます。鳶沢一族の端に加えて頂き、退屈せずに生きられそうでございますぞ」

と宗部が破顔した。

「それはなにより」

と答えた総兵衛が、

「二艘が戻ってくるまでそなたら二人の胸に仕舞っておけ。与助が航海中に心臓の病で亡くなった」

「なんと」

と応じた安左衛門が、なぜそのことを総兵衛が承知かとは聞かなかった。

「与助の家族のことはお任せ下され」

「願おう。必ずイマサカ号と大黒丸の入津までに江尻に戻ってまいる」

と言い残した総兵衛は相模丸に乗り込み、引き船に引かれた相模丸が江尻湊の船隠しから出ていった。

夜の航海になるが油吉船頭は平然として真崎を廻り、駿河湾へと相模丸を導いていった。

第三章 オロシャの影

一

富沢町《とみざわちょう》の大黒屋を坊城麻子《ぼうじょうあさこ》と桜子《さくらこ》の親子が訪ねた。すると店の中が、
ぱあっ
と春の陽射《ひざ》しが差し込んだように明るくなった。
二人の女性《にょしょう》は艶《あで》やかな、それでいて気品に満ちた雰囲気を漂わせていた。
「これはこれは麻子様、桜子様。ようこそいらっしゃいました」
大番頭の光蔵《みつぞう》が出迎え、二人は直《す》ぐに三和土《たたき》廊下の先にある内玄関から奥へと通された。
ちょうど店には、安房《あわ》から仕入れに来た古着屋がいて、二人に魅入られたよ

うな視線を向けていたが、

「えらい別嬪《べっぴん》さんだな、だれだべ」

と仲間に尋ねた。

「安房辺りでは見かけられねえだな。潮風で真っ黒に日焼けしているのが漁師の女子《おなご》だべ。今奥に通った女子の顔は肌が白くてすべすべだ。ありゃ、漁師の女房にはなれねえべ」

と言い合った。

「おまえさん方、南蛮骨董商《こっとうしょう》の坊城麻子様と娘の桜子様を知らないかえ」

仕入れに来ていた江戸の古着屋が二人の話に割って入った。

「知らねえな。南蛮骨董なんてよ、古着屋とは関わりねえだよ」

「もっともだ。だがな、江戸には長崎から入ってきた異国の値の張る絵、装飾品、女子衆が使う飾り物に調度品などを大名、大身旗本、大店《おおだな》の旦那衆《だんなしゅう》相手に扱う商いがあるんだよ。京の公家《くげ》の出の坊城家は百年も前から江戸で金持ち相手に南蛮骨董を扱ってこられたお家だ」

「ふーん、さすがに江戸だな。安房にはねえ商いだ。あの女子衆の扱う品はやっぱり一分は下らねえだか」

「馬鹿《ばか》ぬかすんじゃないよ。安くて何両、高くなれば何十両何百両という品ばかりだ」

「そりゃどえれえ商いだね。大八車で運ばせるだべかね、その品をよ」

「南蛮骨董は大きさじゃない、親指の先くらいの石が目の玉が飛び出るほどの値だ」

「ふああ、そりゃ安房では商いにならねえだ」

嚙《か》み合わない会話を繰り広げた。

奥に通った坊城親子を光蔵とおりんが接待していた。

「麻子様、桜子様、主《あるじ》は生憎《あいにく》と留守でございましてな。鳶沢《とびさわ》村に出かけておりますので」

「おや、この時期、総兵衛様が鳶沢村にお出かけやいうと、なんぞあったんどすか」

「桜子様、ご安心を。そろそろ戻ってくるイマサカ号と大黒丸の受け入れの仕度にございます」

光蔵は総兵衛が深浦から駿府《すんぷ》に出向いた事情を告げた。

「大黒屋はんの船の帰りが待ち遠しいのはうちらだけと違いますんやな」

桜子が案じ顔で洩《も》らし、

「大番頭はん、総兵衛様が気にしておられたオロシャの影やがな、幕閣の中には見当たらしまへんのどす。けどな、いささか気になる話がおましたんや」

と麻子が本題に入った。

「ほう、それはなんでございましょうな」

「二年前の享和《きょうわ》二年の七月、幕府は東蝦夷《えぞ》地《ち》を上知され、直轄《ちょっかつ》領に変えられましたな」

「オロシャがしばしば姿を見せるとかで、蝦夷奉行を新たに命じられましたと聞いております」

「幕閣は小納戸《こなんど》衆の戸川安論《やすのぶ》様と目付羽太正養《はぶとまさやす》様を最初は蝦夷奉行の名で起用なされましたんや。さらに三月後に蝦夷奉行の名を箱館《はこだて》奉行に改められました」

さすがは幕閣の動静に詳しい坊城麻子だ。

「羽太様は蝦夷地巡察を勤められ、前々より蝦夷地取締御用掛を命じられたお方、蝦夷事情にもオロシャ事情にも詳しい打って付けの奉行就任どす」

「麻子様、羽太様がこたびの深浦の一件に関わりがございますので」

「幕府の中にはオロシャを利するようなお方はおへん。けどな、東蝦夷地を取り上げられた松前藩の中にはわずか年間三千五百両で領地を奪われたと考えられるお方がおられる気配どす」

「まさか松前藩の殿様ではございますまいな」

「松前章広《あきひろ》様はご存じおへんと思います。また家老職は下国《しもぐに》豊前季武様にございますが、このお方も関知しておらしまへん。不満に思うておられるのは中老飯田茂高様と目されております。また松前藩でオロシャと関わりがあった飯田様と親しい繋《つな》がりがあり、江戸にても松前藩の海産物などを扱う御用商人蝦夷屋儀左衛門《ぎざえもん》なる者がこたびの上知にえらい不満を漏らしておられるそうや」

麻子の話は続いた。

松前藩は、松前氏のアイヌ交易独占権を許され、蝦夷島に成立した和国最北の外様《とざま》小藩だ。当初、石高は無高《むたか》。

九代目章広の代、寛政十一年（一七九九）に七年間の東蝦夷地上知の代わりとして武蔵国埼玉郡に五千石を与えられたが、享和二年七月に期限を迎えても領地の返還はなされなかった。

鎌倉時代以降、蝦夷は津軽の安藤氏の管轄下にあった。

だが、十四世紀半ばごろから和人の移住が始まり、百年後の十五世紀半ばには蝦夷島南西端部に安藤氏配下の豪族たちがそれぞれ館《やかた》を築いて勢力を伸ばしていった。

こうした和人の蝦夷進出はアイヌ民族との対立を深め、康正《こうしょう》三年（一四五七）には、アイヌ民族の大蜂起《だいほうき》をみた。

コシャマインの蜂起である。

この蜂起の鎮圧で大きな役割を果たした上《かみ》ノ国《くに》の蠣崎《かきざき》氏が群雄割拠した豪族を臣下において勢力を伸ばした。

永正十一年（一五一四）には、居を上ノ国より大館（松前）に移し、蝦夷島における唯一《ゆいいつ》の現地支配者に就いた。

その後、第五代蠣崎慶広《よしひろ》の代、秀吉より船役徴収権を公認され、ついで慶長九年（一六〇四）には家康よりアイヌ交易独占権を公認されて一藩を形成するに至った。

この蠣崎慶広は慶長四年（一五九九）に姓を松前と改め、翌年には福山館の築城を始めた。

この館は、松前氏が城主ではなかったために江戸では福山館あるいは福山陣屋と称された。だが、当地では「松前之城」と称された。

松前氏の存立基盤は、将軍から松前氏に授けられた「知行」にあった。だが、他大名とはいささか異なり、領地そのものではなく、アイヌ交易の独占という特異な形態であった。また古書『北海随筆』に記されたように、

「西は熊石、東は亀田、両所に関所ありて、是《これ》より外は蝦夷地とす。此所《このところ》にて往来を改む、故《ゆえ》なくて蝦夷地への往来を禁ず」

と蝦夷島を和人専用の地域と、それ以北の「蝦夷＝アイヌ」の居住地及び支配層の独占的交易地の二つに明確に区分した。

松前氏には幕府からの石高安堵《あんど》がなかったために二百年近く、異例の無高が続いてきた。

その代わり前述したように松前氏にはアイヌ交易独占権が与えられた。徳川幕府体制では極めて特殊なもので、

「商場知行《あきないばちぎょう》」

と称された。

この当時、商場知行の交易品は、アイヌ側からの品目は、

「干鮭《ほしざけ》、干鰊《ほしにしん》、干鱈《ほしだら》、串鮑《くしあわび》、串海鼠《くしなまこ》、昆布《こんぶ》、オットセイ、魚油、干鮫《ほしざめ》、塩引鮭」

などであり、松前藩側からのものは、

「米、麹《こうじ》、古着、糸、針、酒、木綿、鍋《なべ》、椀《わん》、茶碗《ちゃわん》、鉞《まさかり》、鎌《かま》、鉈《なた》など刃物」

であったという。

蝦夷は、江戸中期においても物々交換の時代であったのだ。

二百年余も続いた商場知行は、商人資本に強く依拠して実現するもので、藩権力と商人資本が他藩以上に密着依存し合う藩運営がなされてきた。

寛政元年（一七八九）になると御用商人新宮屋久右衛門、飛騨《ひだ》屋久兵衛、小林屋宗九郎などの請負人らによる公訴が頻発するようになった。

また和人地での漁民一揆《いっき》も起こった。つまりは商場知行には、幕府が松前藩に安堵した年額三千五百両を超える相当の収益があり、それをめぐって藩と御用商人が争う事態も生じるようになったことを意味した。

この騒ぎの折に台頭したのが新興商人蝦夷屋儀左衛門であった。

当時、諸国を襲った天明の大飢饉《だいききん》の前後、経済の建直し策を迫られた幕府は天明五年（一七八五）から六年にかけて、

「蝦夷島調査」

を開始した。

時を同じくして始まった新たな脅威、オロシャの南下の実状の把握も兼ねる派遣であった。

そんな最中《さなか》、松前藩ばかりか幕府をも揺るがす大きな事件が起こった。

第八代藩主松前道広《みちひろ》の治世下、寛政四年（一七九二）にオロシャ使節ラクスマンの船が東蝦夷地の根室へ来航し、交易を求めた。

また寛政八年（一七九六）の八月には、英国船プロビデンス号が東蝦夷地虻田《あぶた》へ来航して、カラフト沿岸、日本沿岸の測量を行った。

これらの出来事を契機に寛政十一年、幕府は浦河以東の地を仮上知して直轄地としたのだった。

このような状勢の最中に江戸湾口の深浦の船隠しにオロシャと思える者たちが現れ、見張り所を設けたことになる。

麻子の詳細な説明に光蔵はしばし沈思した後、

「麻子様、助かりました。相手が分かれば対応の仕方もございましょう。早速わが主に知らせます」

と請け合った。

坊城親子が根岸の里に戻った日の昼下がり、大目付本庄義親《ほんじょうよしちか》から総兵衛に使いが来て、

「屋敷にお出《い》で乞《こ》う」

との言付けが届いた。

光蔵は使いには総兵衛不在は告げず、

「参ります」

とだけ答えて光蔵自らが本庄邸に出向いた。

本庄義親は代理の光蔵を見て、訝《いぶか》しい顔一つ見せず、

「総兵衛は不在か」

と質《ただ》した。

「お殿様、いささか気に掛かる一件がございまして、主は駿府の鳶沢村に出向いております」

と前置きした光蔵は、鳶沢村から届いた総兵衛の書状による指示に従い、オロシャと思える者たちが鳶沢一族の江戸湾入口の船隠しを見張る監視所を設けている一件を、さらに坊城麻子からもたらされた話とともに伝えた。

麻子のもたらした一件は総兵衛には無断であったが、本庄義親と大黒屋の深い信頼関係に鑑《かんが》み、さらには緊急性を要すると光蔵が判断してのことだった。

話を聞いた大目付本庄義親の顔が険しくなった。

大名家が異国と手を組んで江戸近くで不審な行動を見せているとは、大名を監督する大目付にとって見逃せぬ出来事である。

「光蔵、その一件、確かな話であろうな」

「お殿様、話は申し上げたとおりにございますが、道具類を見張り所に残して逃げたことを総兵衛自身は不審に思うております。あるいはオロシャの仕業と思わせるように他国が仕掛けたことかもしれませぬ。ともかく何者かが私どもの深浦の船隠しを今後のために利用しようと考えての企てかと考えられます」

「いかにも松前藩の中老程度の知恵ではあるまいて」

本庄義親は言い、この一件、進展があれば直ぐに知らせるよう総兵衛に伝えよと命じた。

畏《かしこ》まって受けた光蔵に、

「本日総兵衛を屋敷に呼んだのは、元御鉄砲玉薬《たまぐすり》方佐々木五雄の一件である」

と告げた。

「佐々木某はやはり御鉄砲玉薬方に在籍しておりましたか」

「おった」

「やはりさようでございましたか」

「およそ十七、八年前、松平定信様が老中に就任なされ、寛政の改革に手を付けられた頃のことだ。佐々木五雄は、御鉄砲玉薬方でも研究熱心な同心であったそうな。この者は、昼夜を惜しんで新たなる火薬の開発に取り組んできたという。新しい火薬の目途《めど》が立ったころ、与力吉阪兵右衛門の若い女房と佐々木五雄が互いに惹《ひ》かれ合い、他の者が知るところとなった。そして、御鉄砲玉薬奉行井上某に注進する騒ぎになった。佐々木はそのことを知ると、吉阪の若い女房小夜を連れて江戸を逃げ出した。その折、佐々木五雄は、自らが開発した火薬の造り方を紙片に認《したた》めて隠し持ち、その他の書付やら薬は始末して同僚には造り方が分からぬようにした上で、小夜とともに江戸を離れたという。その節、小夜は佐々木五雄の子を孕《はら》んでいたという者もおる」

「となると正介は佐々木五雄様と小夜様の子にございますか」

光蔵の念押しに本庄が頷《うなず》いた。

「吉阪は公儀に届けることなく二人を配下の者たちに追わせた。佐々木五雄と小夜の逃亡劇がどこでどう結末がついたか、追尾した者も江戸に戻ってこぬで分からぬ。はっきりとしていることは、玉薬方の佐々木はなかなかの剣術の腕前の上に、密《ひそ》かに連発式の短筒を工夫して造り上げ、携帯していたことだ。

加太峠《かぶと》の柘植《つげ》衆の郷《さと》の近くに赤子が捨てられていたところを見ると、もはや逃れられないと覚悟したか、小夜と二人となった佐々木が御鉄砲玉薬方の追尾の者たちと斬《き》り合いの末、双方ともに落命したか。今となっては想像するしかない」

「そして、捨てられた子はなぜかだいなごんとよばれ、柘植衆に育てられ、ただ今では大黒屋の小僧になっております」

こんどは本庄が頷いた。

「お殿様、玉薬方与力吉阪様はいかにして佐々木五雄と小夜の間に生まれた子が江戸に生きており、その正介が父親の開発した新しい火薬の造り方を記した書付を持っておることを摑《つか》んだのでございましょうかな」

「玉薬方与力吉阪は、女房小夜に逃げられたあと、酒浸りになって四年後に病のために亡《な》くなっておる。現在の御鉄砲玉薬方与力の吉阪次蔵は、兵右衛門の弟の子でな、佐々木五雄のことは知らず、小夜のことも曖昧《あいまい》にしか覚えておらぬそうな」

「となると今の御鉄砲玉薬方が佐々木五雄と小夜の遺児に関心を持つことはご

ざいませぬな」

「わしの調べでは、先代の御鉄砲玉薬方の一与力の醜聞を今になって探り出す者はおらぬというのだがな。正介に関心を持つと総兵衛が考えたことは、いささか思い違いかもしれぬぞ」

本庄義親が言い、光蔵もしばし沈思したあと、呟《つぶや》いた。

「私ども、いささか考え過ぎましたかな」

その場を沈黙が支配した。

やがて光蔵が口を開いた。

「お殿様、もしや深浦を見張る連中と、総兵衛様を尾行し田之助らに爆裂弾を投げて姿を消した一味とはいっしょと考えられませぬか」

「爆裂弾の一味もオロシャと思《おぼ》しき関わりの者というか」

光蔵の見解に本庄も考え込んだ。

「幕府は箱館奉行を設置なされ、東蝦夷地を上知された代わりに五千石を松前藩に授けられたが、享和二年の七月にはそれを永久上知とされ、武蔵国の知行地の代わりに毎年三千五百両が給されることになった。事が動いておるのはこちらだ、商場知行に絡《から》んでうごめく商人もおろう。そなたが申すとおり、爆裂弾の一味は小僧正介の父親の一件ではのうて、こちらかも知れぬな、光蔵」

と本庄義親が言い、

「光蔵、総兵衛にオロシャのこと、くれぐれも注意して処置に当たれと早急に告げよ」

と言うと慌《あわ》ただしくも座を立ち上がろうとした。

オロシャ、あるいはほかの異国と、これまで蝦夷地の商場知行で美味《うま》い汁を吸ってきた松前藩の中老と御用商人が結託する一件は、本庄義親にとって緊急の出来事といえた。早急に手を打つためであろう。

「お殿様、一つだけお考えを聞かせて下さいまし」

光蔵が城中に向おうとする本庄を引き留めて願った。

「なんだ、光蔵」

「深浦の船隠しに関心を寄せる者たちが松前藩の中老、御用商人と組んだ異人であるとしたら、私どもはこれらの面々をただ追い払えばよいことでございますか」

立ち上がりかけた本庄は再び腰を下ろした。そして、沈思した本庄義親が、

「江戸近くに異人に船隠しなどを設けられては叶《かな》わぬ。もっとも鳶沢一族が長年保持してきた深浦の船隠しなどというものをこの目にしたことはなく、ありやなしやと問われても知らぬと応《こた》えるしかない」

「お殿様ゆえ敢《あ》えて申し上げますが、われら一族は徳川のため公儀のために血を流してきた影旗本にございます。深浦を維持して参りましたのもそのためにございます」

「すべて徳川一族と公儀のためというか」

「はい」

「とは申せ、正体の知れぬ者たちを幕府の手勢が始末したように異人らに勘繰られるのは厄介じゃな」

「まず正体を知ったのち、われらの一存と力でそれなりの方策で始末せよと申されますか」

「火の粉が幕府に降りかかることだけは老中方は避けたいであろうな」

本庄義親が正直な気持を語った。

「相分かりましてございます」

光蔵が答え、本庄が急ぎ出仕するために立ち上がった。


光蔵が総兵衛に宛てて長い書状を認《あ》めているとき、鳶沢村からの使いが大黒屋に到着し、総兵衛が江尻湊《えじりみなと》の船隠しにイマサカ号、大黒丸の受け入れ支度を終えたあと、急ぎ深浦に戻ったことを知った。ために鳶沢村へと認めていた書状を深浦に宛てて書くことにした。


総兵衛らを乗せた相模丸は、深浦の津に戻ってきた。

夕暮れの刻限だ。

相模丸の舳先《へさき》に色鮮やかな更紗《サラサ》の打掛を着て、髪を潮風に靡《なび》かせた総兵衛が立ち、波立つ洞窟《どうくつ》水路へと入って行った。

未《ま》だ監視の眼はあった。

相模丸が洞窟水路の松明《たいまつ》の灯りに導かれて静かな海に姿を見せると、深浦の船隠しにはいつもの暮らしがあり、総兵衛らを壱蔵《いちぞう》や柘植満宗《みつむね》らが迎えた。

「ご苦労にございました」

と総兵衛一行を迎える壱蔵らに、

「変りあるか」

と監視の眼について質した。

「いったんわが里から退いていた見張りが里を囲むように戻ってきたと思えます。ですが、総兵衛様の命に従い、われらは素知らぬ顔をしております」

と満宗が答えた。

「明日にも富沢町から援軍が来よう」

とだけ答えた総兵衛は、

「満宗、船の面々をそなたらの海馬《かいば》組に配置しておけ」

「近々反撃に出ますか」

「交易船二艘《そう》は、江尻湊の船隠しに入る。だが、この深浦の動きがどなたかに伝えられるのは、腹が立つことよ。この際、大掃除をしておこうか」

「おお」

と満宗が張り切った。

「だが、イマサカ号と大黒丸がこの深浦の船隠しに戻ってくるような動きを相手に見せつけておけ」

「承知しました」

二隻《せき》の交易船隊が近く深浦の船隠しに戻ってくる風に装《よそお》う手配を命じた総兵衛は、総兵衛館に一族の幹部連を集めた。

深浦の船隠し付近の絵図面が広げられた。

満宗が見張りの面々は三か所に潜んでおり、彼らを運ぶそれなりの大きさの帆船をどこかに隠している気配があることを告げた。

「数日後にイマサカ号と大黒丸が戻ってきたとせよ。帆船が何隻か知らぬが見張り程度の人数ではわれらをどうすることも出来まい。なにをする気か」

「そこでございます。交易帆船が戻ってきたことを確かめた後に動くのではと思われます」

「江戸が絡んでのことか」

「そこが判然としませんな」

と壱蔵が答えた。

海馬隊を編成し、敵方の見張り所に動こうとしたとき、富沢町の光蔵の書状を乗せた琉球型小型快速帆船が深浦の船隠しに到着した。

船頭は坊主《ぼうず》の権造《ごんぞう》で、手代の田之助、新羅《しらぎ》次郎、信楽《しがらき》助太郎ら、鳶沢一族の戦士たちが七人ほど乗船していた。これで鳶沢村の柘植衆を含めると、それなりの数の鳶沢戦士が深浦に集結したことになる。

総兵衛はいったん海馬隊を引き止め、光蔵からの分厚い書状を何度も熟読した。

坊城麻子と本庄義親の知らせは、総兵衛に今一度じっくりと考え直す時間を必要とさせるものだった。そこで出陣の仕度を完了していた海馬隊を、

「いったん解散し、しばし待機せよ」

と命じた。

二

夜明け前、深浦の船隠しに停泊していた二艘の交易帆船相模丸と深浦丸が相次いで洞窟水路を抜けて入江に出て、浦賀水道へと向かって行った。一見交易

に出るそんな様子で、そのまま外海へと南下していった。

すると深浦の船隠しには男衆《おとこし》の姿が急に見えなくなったようで、洞窟水路に常に灯《とも》されている松明が一つふたつと消えて、真っ暗な洞窟へと変った。

朝が訪れる前、夜の闇《やみ》の中でもいちばん暗い漆黒の刻限が訪れる。

深浦の船隠しは、再び眠りに就いたようであった。

そのとき洞窟水路に異国人の短艇と思《おぼ》しい、三人が櫂《かい》で漕《こ》ぐ小舟が侵入してきた。

潮の流れを上手に使い、入り口付近でぶつかり合う波を難なく乗り切り、真っ暗な水路に入り込むと、しばらく息を凝らしたように潮の流れにまかせて様子を窺《うかが》っていた。

やがて小さな灯りが灯された。

異人が用いる携帯用のランタンの灯りと思えた。

洞窟水路の海面に灯りが映り、ゆっくりと両手漕ぎの櫂三組が静かに水をとらえて水路の奥へと再び進んでいく。

洞窟水路は、奥に入って緩やかにくの字に曲がり、静かな海へと入っていく。

そのくの字を曲がり、前方の深浦の静かな海からの風が侵入者の顔にあたった。

静かな海の名のとおり、無音静寂の内海に見えた。

無言裡《むごんり》に短艇が静かな海へと入っていこうとしたとき、静かな水面が波立った。軽舟の海馬の群れが短艇の行く手を阻《はば》むように半円に塞《ふさ》いでいた。軽快にして機敏な動きの軽舟には一人乗りと二人乗りが混じり、それぞれが弩《ど》を携帯していた。

そして、その全員が銀色の仮面をつけて顔を隠していた。それだけに不気味だった。

ああ！

という悲鳴が零《こぼ》れた。だが、反応は素早かった。直ぐに短艇は反転して洞窟水路に戻り込もうとした。

静かな海で待ち受けていた海馬隊は動かない。

侵入者の短艇が再び洞窟水路に逃げ込むのをただ見ていた。

短艇はなんとか反転して船足を挙げた。

三組の櫂が呼吸を揃《そろ》えて水面を捉《とら》え、急ぎ深浦の入江へと逃げ戻ろうとした。

短艇には三人の漕ぎ手の他に四人が乗り込み、三人が鉄砲を構えていた。四人のうち艫《とも》に座しているのが頭分と見えた。

洞窟水路の波間に櫂が水を捉える音が慌ただしく響いた。

頭分は、静かな海を見下ろす見張り所が鳶沢一族の行動を見間違えたことに気付いた。いや、見間違えたのではない、武と商の二つの顔を持つ鳶沢一族の企《たく》みにまんまと乗せられ、二隻の交易帆船が出発して静かな海の船隠しが手薄になったと思い違いをさせられたのだ。

くの字に曲る洞窟水路の中ほどに差し掛かったとき、洞窟内に一斉に松明が灯され、南蛮帆船が備えている、夜の海を照らす強い光が二条、水路の両岸の上から短艇を浮かび上がらせるように照らしつけた。

悲鳴が上がり、櫂が止まった。

「漕げ、漕がぬか」

「光を鉄砲で壊せ、消すのだ」

頭分の悲鳴に近い声が次々に響き、鉄砲を携帯していた三人の内、二人が両岸の強い光に向かって銃を構え、引き金に力を込めようとした。

その寸前、洞窟水路の潮の香の漂う空気を裂いて二本の短矢が飛来し、鉄砲を構えた男たちの胸に吸い込まれるように突き立った。

弩から放たれた短矢だ。硬質な弦音《つるおと》が響き、両岸の上方から飛来した短矢は、正確にも圧倒的な破壊力で胸から背に抜けた。

二人は悲鳴を上げる暇もなく海面に崩れ落ちた。残りの仲間が鉄砲を構えたが、その銃口はぶるぶると震えているのが見えた。

いつの間にか短艇の後方から二人乗りの海馬に乗った男たちが接近してきて、停止を余儀なくされた短艇を取り囲んだ。

海馬に乗った前方の一人が弩を構えているのが松明の灯りに見えた。

「鉄砲を下ろせ、さすれば命だけは助けてやろうか」

早走りの田之助の声が命じた。

侵入者の頭分は迷っていた。

逃げられるものならば逃げ出したい。だが、鉄砲とはまるで異なる飛び道具の凄《すさ》まじい威力を見せ付けられた今、恐怖に声が出なかった。それでも捕縛されるのは避けたかった。二つの思いが混沌《こんとん》として頭の中で鬩《せめ》ぎ合った。

「か、頭」

と鉄砲を構えた一人が声を絞り出した。

「漕げ、漕いで外の海に出るぞ」

頭分は短矢に射抜かれる恐怖心を退け、逃げる途《みち》を選択した。

「撃て、撃って蹴散《けち》らしてしまえ」

頭分はさらに命じた。

動きを止めていた櫂が再び水を掻《か》いた。止まっていた短艇が動き出し、頭分の短筒と鉄砲が狙《ねら》いも定めず撃たれた。

銃声は洞窟水路に木霊《こだま》していつまでも繰り返し響いた。

その木霊する銃声の間を縫ってふたたび弩が発射される音がして鉄砲手の胸に短矢が突き立った。だが、こんどは洞窟水路の両岸の断崖《だんがい》に刻まれた通路からではない。海馬に乗った弩の使い手が放った短矢だった。

悲鳴も上げずに鉄砲手が倒れ込み、短筒を握った頭分と漕ぎ手の三人だけが短艇に取り残された。

「無益な抵抗は止《や》めよ」

田之助の声がして、短艇の生き残った四人が櫂と短筒を離して両手を上げた。

頭分は茫然《ぼうぜん》自失していた。

海馬隊が短艇を音もなく取り囲んだ。

黒衣に銀色の仮面でそれぞれ顔を覆《おお》った男たちが海馬から立ち上がり、松明の灯りに弩を突き出して侵入者の動きを牽制《けんせい》した。

侵入者の残党四人は、あまりにも冷静にして冷酷な組織立った相手方の行動に声も出ず、ただ五体を恐怖心が金縛りにしていた。

短艇に黒衣と銀色の面を付けた男たちが飛び乗ってきて、生き残った四人の眼と口を布できつく封じ、そのあとで手足を麻縄で縛《いまし》めた。

なんとも手際《てぎわ》のよい男たちだった。

縛り上げられた頭分は恐怖心から失禁していた。だが、当人はあまりの恐怖心に失禁したことすら気付かなかった。

一方、二か所の見張り所にも犬を連れた鳶沢一族の男たちがそれぞれ迫っていた。

一組五人の頭分を猫の九輔《きゅうすけ》が務め、もう一組は柘植満宗が務めていた。二組は深夜から闇に紛れ、犬たちに先導されて二か所の見張り所に接近し、その時を待っていた。

九輔と満宗は、総兵衛からヨーロッパのスイスなる国で造られた懐中時計をそれぞれ持たされて予《あらかじ》め命じられた行動の時を知ることができた。

黒衣と銀色の仮面をつけた柘植満宗は、七つ半、時計では朝五時の刻限に行動を開始した。

柘植衆は京に向かう総兵衛一行から弩の威力を見せ付けられ、以来日々弩の扱いと発射法に習熟するよう訓練を続けてきた。ゆえにもはや、使い慣れた今坂一族や鳶沢一族に伍《ご》しても遜色《そんしょく》ないほどに上達していた。

元々加太峠で山賊の稼ぎを掠《かす》めてきた柘植衆だ。弓の扱いには慣れていた。そのこともあって弩の扱いもいち早く身につけられたのだ。

ただ、満宗は相模丸と深浦丸二隻の出船に即座に反応して敵方が動くとは想像していなかった。

しかし、総兵衛はそのことも予測して軽舟の海馬隊を配置させていた。

満宗は、静かな海を見下ろす断崖上の見張り所の一人が深浦の入江を見下ろす崖《がけ》に走り、入江に向かって松明の灯りでなにか合図を送ったのを見た。

その合図がどのような意味かは、分からなかった。

時が来て、総兵衛の命に従い、見張り所に接近した。その見張り所は断崖上の岩の割れ目を利用して、その辺から切り出した木の枝を屋根代わりに葺《ふ》き、さらに小さな岩を載せて遠くからでは小屋とは見えぬようにしていた。

入口は静かな海を見下ろす断崖側に面しており、そこには岩を積んで風除《かぜよ》けにしていた。

入口の前に立ったのは満宗と新羅三郎と船隠しに飼われている犬だ。

屋根から薄く煙が上がっていた。煮炊《にた》きをしているのか。

満宗が犬に合図を送ると、
わーん！

と力強く一声吠《ほ》えた。

「な、なんだ」

と驚き慌てふためく声が見張り所からして、入口から浪人風の男が飛び出してきた。男は黒衣と銀色の仮面という異様な姿に、

「な、なんだ」

と驚く声を発したが、その声が途中で消えた。

新羅三郎が手にしていた樫《かし》の棒の先端で鳩尾《みぞおち》を強く突いたからだ。後ろ向きに小屋の中に崩れ落ちて行き、小屋の内部に残った仲間が、入口が塞がれたとみて、木の枝と小さな岩で葺いた屋根を崩して、そちらから逃げようと企てた。

だが、屋根を崩したとき、三挺の弩が慌てふためく二人を狙っていた。機先を制せられて、抵抗する気力は残っていなかった。

深浦の入江の南岸の見張り所も猫の九輔の一行に奇襲を受けて難なく三人が捕えられた。

洞窟水路で捕えられた短艇の四人と骸《むくろ》三つ、見張り所二か所の都合六人ともに異人ではなかった。十人がそれぞれ深浦の総兵衛館の焔硝蔵《えんしょうぐら》の一つに閉じ込められた。焔硝蔵がいちばん頑丈で逃げ出せないからだ。それに総兵衛館に住み暮らす住人の気配を感じることができない場所にあった。

順次連れられてきた十人の内、短艇の頭分だけがいったん入れられた焔硝蔵から連れ出され、調べられることになった。

調べを担当したのは深浦の船隠しの長《おさ》、壱蔵だ。

顔に銀色の仮面をつけ、松葉杖《まつばづえ》の壱蔵が口を封じられていた布と目隠し布を解き、頭分の前に回った。

頭分は恐怖に震えていたが、松葉杖をついた壱蔵を見て、

(ひょっとしたらこやつら大した陣容ではないのではないか)

と最前失禁したことも忘れて、望みを持った。

「名はなんというか」

と壱蔵が問うた。

「足を失うたのはどのような理由《いわれ》か」

いきなり背中に痛みが走った。革鞭《かわむち》で叩《たた》かれた痛撃で口が利《き》けなくなった。

背後に別の人間が控えているとは考えもしなかった。

頭分は呻《うめ》いた。

「二度と口答えなどするでない。問われたことに答えよ」

壱蔵の言葉に痛みを堪《こら》えながら、

「わ、分かった」

と答えた。

「分かりました、と答えよ」

「は、はい。分かりました」

「名は」

「一之瀬正五郎」

「屋敷奉公の武家方か」

「いや、浪人者だ。ただ金子で頼まれた者だ、なにも知らぬ」

壱蔵の手が上がり、再び背に痛撃が走った。

「い、言う。答える。蝦夷松前藩檜山《ひやま》奉行下代《げだい》一之瀬正五郎だ」

檜山とは江差のことだ。

「松前藩檜山奉行下代がなぜ江戸近くにおる」

一之瀬正五郎が答えを迷った。

壱蔵の手が上がりかけると、

「話す、喋《しゃべ》る。もう打つな」

と一之瀬正五郎は哀願した。

相模丸と深浦丸は、三浦半島の南端剣崎沖で反転し、再び深浦へと戻り始めた。

総兵衛らは、三浦半島の東海岸を目を皿のようにして、見張り所に命を発するはずの船を探していた。だが、その気配のないことに訝しさを感じていた。いかに巧妙に隠れ潜んでいたとしても必ず気配はあるものだ。それが総兵衛には感じられなかった。

「総兵衛様」

深浦丸の舳先に立った総兵衛は、主檣《メインマスト》の帆桁《ほげた》上に上がった天松に呼ばれた。

「どうした。久しぶりに船に乗り、身が竦《すく》みましたか」

総兵衛は大黒屋の持ち船の主の口調で応じた。

「イマサカ号の帆柱に比べたら深浦丸なんて玩具《おもちゃ》の帆船でございますよ。身が竦むどころか、朝明けの潮風が気持ちようございますよ」

と威張った。

「ふっふっふ」

と笑った総兵衛は、

「帆桁上で退屈なさいましたかな、手代さん」

「いえ、そうではございません。この天松が愚考致しますに、半島の海岸線に怪しげな船は見当たりませんよ」

「ほうほう、愚考なされたか」

「総兵衛様のお考えはいかがでございますか」

深浦丸の船頭の注連飾《しめかざ》りの勝太郎が二人の会話を操舵場《そうだじょう》で聞いて、

「見習い手代から手代に出世した天松め、えらく上機嫌ではないか」

と苦笑いした。

注連飾りの異名は鳶沢村で勝太郎の家が代々注連飾りをこしらえてきたことに由来する。舵方《かじかた》の水場の智次《ともじ》が、

「イマサカ号に一度乗ったくらいで深浦丸を小ばかにしくさるなど、面白うないわ」

と応じた。

「天松、そなたと同じく奴《やつ》らの気配を感じませぬな。とはいえ、小舟で深浦近くに来たとも思えませんな」

と答えた総兵衛の視線が浦賀水道を挟んで対岸の上総国《かずさのくに》金谷辺りに向けられた。

青く澄み切った空は、夏が去り秋が来たことを示していた。そして、秋蜻蛉《とんぼ》が一匹船に紛れ飛んできた。

上総の海岸線も山並みも一望できた。

「天松、相模と上総の間の海はどれほどありますな」

総兵衛が天松に尋ねた。

「なんですと、浦賀水道の幅を問われますか」

「いかにもさようです」

天松が大仰にも小手をかざして上総の海岸を見ていたが、

「海と陸では感じが違いますな。指呼《しこ》の間《かん》としか答えようがございませんよ」

と応じた天松に操舵場の勝太郎主船頭が、

「総兵衛様、狭いところではおよそ一里二十五、六町（六、七キロ）でございましてな、二里みれば上総まで渡れますよ」

「この風具合でどれほどかかりますか」

「一刻（二時間）もあれば十分にございましょうな」

「勝太郎船頭、相模丸の油吉主船頭に上総の海岸へ船を向けよと命じて下され」

「承知しましたよ」

と答えて手旗で相模丸へと総兵衛の命を伝え、

「ほれ、舵方、天松の胆《きも》を冷やしてやんなされ」

と囁《ささや》いて、

「面舵いっぱい！」

と転進の報が告げられ、智次が舵輪を面舵へと回した。

船が急に上総の海岸線へと方向を転じると、

「おおおっ、帆柱が揺れるぞ。智次さん、もっと丁寧に転進ができませんか」

と帆柱に蟬《せみ》のようにしがみ付いた天松が悲鳴を上げた。

「手代さんよ、深浦丸はイマサカ号に比べて玩具の帆船と小ばかにしなかったか。玩具の帆船ではこれぐらいせんと乗り心地が悪かろうが」

「えっ、私めが、そんな失礼を申しましたか、これは迂闊《うかつ》でした。いえ、相模丸や深浦丸を小ばかにしたつもりはございませんよ」

「どうだ、取り舵に大きく切って見せようか」

「天松が悪うございました。もはや深浦丸の切れ上がりの良さを十分に堪能《たんのう》致しました、勘弁して下さい」

帆柱の上から天松の泣き言が落ちてきて、操舵場の二人が、
にやり
とほくそ笑んだ。

深浦の焔硝蔵では、銀色の仮面をつけた正介《しょうすけ》が捕囚たちに水を飲ませていた。未《ま》だ頭分の一之瀬は壱蔵の調べを受けていた。この場にいるだれもが気力を失っていた。

だが、手足を縛った縄が解かれたわけではない。

竹柄杓《たけびしゃく》で水を口にゆっくりと飲ませながら、

「おまえさん方の後ろに控えていなさるお方はだれですね」

と尋ねた。

「小僧、われらはなにも知らないのだ。江戸で一日二朱の手間賃で見張りを命じられただけだ」

「頭分は屋敷者だな」

「ああ、一之瀬様だけわれら浪人と違い、奉公者だ。だがな、われら、頭がだれの指図で動いておるか承知だ」

「一日二朱とはまた安い日当ですね」

「小僧に言われたくないが、働き次第では五両までの報償が出るというのだ。まさか仲間が命を落とすとは考えもしなかった。小僧、おまえらは何者だ」

「最前から小僧小僧と立場を弁《わきま》えておりませんな。この正介、元を正せばだいなごんと呼ばれたこともある貴人ですぞ。小ばかにするなればここにいる間、飯も水も抜きです」

と正介が言い放ち、焔硝蔵から出ていこうとした。

「待った、小僧さん」

別の仲間が悲鳴を上げた。未だ水を貰《もら》ってない浪人だった。

「それがし、あんな世にも恐ろしい弓を見たのは初めてだ。喉《のど》がからからだ、水を恵んでくれぬか、頼む」

正介が思わせぶりに出ていこうとした動きを止め、

「おまえ、なんぞ一之瀬の後ろに控える者たちを承知か」

「蝦夷の松前藩が絡《から》んでおることは確か」

「松前藩、そんな藩があるのか」

と正介が首を捻《ひね》った。

「ある、確かにある。陸奥国《むつのくに》より海を隔てた蝦夷島が松前藩の領地だ」

「ふうーん」

と鼻で返事をした正介が、

「松前藩がなぜこの船隠しに関心を持ったんやろか」

と呟いた。

「なんでも松前藩の背後に異人が控えておるそうな。時に異人から指図が来るのだ」

「異人とはだれや」

「小僧、いや、小僧さん、われら、雇われ者が詳しい話を知るわけもない。偶《たま》さか一之瀬どのが連絡《つなぎ》にきた同輩と話しているのを藪《やぶ》の陰で用をたしていたそれがしが耳にしたのだ。正直、知っておることはすべていうたぞ」

と必死の形相で叫んだ雇われ者が、

「み、水をくれ」

と正介に願った。

三

注連飾りの勝太郎船頭の深浦丸は同僚船の相模丸を従えて、浦賀水道を横風に帆をばたつかせながらも一刻《とき》ほどで渡り切り、上総国の金谷付近の沖合に到着した。

海岸近くに小高い、峩々《がが》とした岩山が聳《そび》えて見えた。

総兵衛の五官に神域のような特異な空気が漂い、押し寄せてくるのを感じた。

「勝太郎船頭、あの一帯に神々《こうごう》しい空気が漂っていますが、なんですな」

総兵衛は勝太郎に聞いた。

「総兵衛様よ、日本寺《にほんじ》だな」

「日本寺ですと」

「おおさ、神亀《じんき》年代というから今から千百年も前、聖武《しょうむ》天皇の勅願を受けた行《ぎょう》基菩薩《きぼさつ》によって開山された寺でな、この界隈《かいわい》では最も古い勅願所だな。あの岩山を鋸山《のこぎりやま》と土地の人は呼んでおるが、その境内はおよそ十万坪と広く、伊豆から運ばれた石の像やら岩壁にだれが彫ったかしれない磨崖仏《まがいぶつ》があるぞ。石の切り出しも室町の頃から行われておるそうだ」

勝太郎船頭の話に総兵衛は得心した。

日本寺の神域の南に川が流れ込んでいたが、異人の帆船が入り込める川幅の流れではない。

（この辺りではない。異人らがこの雰囲気に魅せられるとも思えない）

と総兵衛は考えた。

異人が求めているのは海だ。それも江戸に近く、この国を統《す》べる徳川幕府が開国をするまでの、当座の船隠しだ。

総兵衛は相模丸と深浦丸を海岸沿いに北と南に分けて異人船が隠れていそうな場所を探らせることにした。もしそのような場所を見つけたなら、二艘の船は合流し、対応を協議することになっていた。

再会の海岸は金谷と決めて左右に分かれた。

総兵衛の乗った深浦丸は、金谷から勝山方面へとゆっくりと南下しつつ海岸線を肉眼や遠眼鏡で見ていった。また深浦丸に乗船している今坂一族の明史《あきふみ》と忠太郎に命じて、甲板下の中層甲板に積載してある大砲二門、左右一門ずつを点検させ、いつでも砲撃できるように仕度させた。

相模丸も深浦丸も和国内の交易帆船である。

普段の交易では大砲など搭載しない。だが、こたびの騒ぎのあと、十二ポンド砲を中層甲板に設置させた。船体には砲門が両舷《りようげん》に三門ずつ切り込ませてあった。

異人帆船がどの程度の砲装備をしているか分からなかったが、相模丸、深浦丸で対応できなければイマサカ号、大黒丸の帰国を待つしかない。

だが、出来ることならば、交易船団が戻ってくる前にカタをつけておきたいと、総兵衛は考えていた。そのためには相手の異人船が、なんの目的で深浦の船隠しに眼をつけたか、船の大きさと砲装備はどうかを知りたいと思った。

今坂一族の明史と忠太郎は、四十を超えた水夫《かこ》であり、イマサカ号で砲撃方を務めていたこともあった。

昨年の交易には、安南《アンナン》からの船中で体を壊したこともあって乗組むことが叶《かな》わなかった。しかし深浦で規則正しい暮らしと食生活を続けたお蔭《かげ》で完全に元の体調に復していた。

総兵衛の命に二人は張り切った。

「総兵衛様、大砲うつか」

「そのようなことは避けたい。江戸に近い内海で砲撃するのは、後々私どもが困ることになりますからね」

二人に分かるようにゆっくりとした和語で説明した。

「うんうん」

「いかにもいかにも」

と二人が了解し、

「相手次第、いつでもうてるようにしとく」

と請け合った。

むろん相模丸にも今坂一族の者を乗り込ませ、深浦丸同様に十二ポンド砲を二門積み込ませていた。

異人船を発見した場合、まず交渉で相手の要求を聞くことが肝心と総兵衛は考えていた。オロシャと手を組んだかもしれぬ松前藩の中老一味がはっきりすれば、それは江戸で始末がつけられるとの総兵衛の読みだった。

深浦丸の帆柱上の天松は、小さな岬から一気に聳えている岩山を眺めた。

だが、長閑《のどか》な上総の漁師の浜が広がっているだけで、異常はどこにも感じられなかった。さらに深浦丸は一里半ほど海岸伝いに南下すると、円弧状に伸びた海岸が消えて岬が海に突き出し、その沖合に島があった。

勝山沖に浮かぶ、その名も浮島だ。

深浦丸に浮島の周りを一周させたが目当ての異人船は見つからなかった。そこで対岸の勝山から岩井袋と呼ばれる複雑な岩場辺りに視線を移した。

海岸沿いに館山へと南下する道が海岸から外れて、その岩場一帯には人家は見えなかった。そこに大きめな帆船でも入り込めるほどの入江が見つかった。

総兵衛はなんとなくこの界隈に異人船が潜んでいる感じがして、帆柱上の天松にしっかりと遠眼鏡で見よと命じた。

「総兵衛様、異人船がいればこの天松が見逃すことはございませんよ」

と張り切った天松が帆桁にまたがり、片手で帆柱を摑《つか》んで体を支え、遠眼鏡を見ていたが、

「うっ」

と声を漏らした。

「手代さんよ、なんぞ見つけたか」

勝太郎船頭が帆柱上に叫ぶと、遠眼鏡を目から外した天松が片手で口を押え、

「遠眼鏡を覗《のぞ》いているから、気持ちが悪くなったんですよ」

となんとか応答した。

「天松、船を汚してみろ。わしがよしと言うまで掃除をさせるからな」

「分かってます」

と言いながら帆桁からゆっくりと下りてきた天松が、

「総兵衛様、すまんことですが、しばらく横にならせて下さいまし」

と願った。

帆柱上で遠眼鏡を使い慣れるにはコツがある。

「天松のようにあまり遠眼鏡ばかりに頼っておると、船酔いになります」

総兵衛は天松に水を与えて甲板の片隅で休ませた。

「総兵衛様、綾縄《あやなわ》小僧なんて威張っているのも陸《おか》にいるときだけのことかね」

と勝太郎船頭が苦笑いして、

「次なる異国交易に半人前の天松を加えるのは未だ未だ考えものですよ、総兵衛様」

「どうやらそのようです」

二人の話を聞いた天松が、

「総兵衛様、勝太郎船頭、ちょっと気分が悪くなっただけですよ。しばらく休めばまた帆柱上に上がりますよ」

と力のない言葉を二人に返した。

さらに深浦丸は南下を続けた。

上総の西海岸は緩やかに円弧を描く海岸線と海に突き出した岬の繰り返しだ。

金谷からそれなりの距離を南下して、対岸の深浦の断崖が見えなくなっていた。

総兵衛は勝太郎主船頭に引き返すことを命じた。

西に傾いた日が相模湾の向こうの山へと落ちていこうとしていた。

和船ならば湊《みなと》に入ってなければならない刻限だ。

和船の航海法は基本的に陸影を見ながらの地廻《じまわ》り、あるいは地方《じかた》乗りとよぶ沿岸航海だ。だが、長年異国交易を含めて帆船交易に従事してきた大黒屋の帆船は、海岸からかなり離れた陸影の見えない沖合を航海する「沖乗り」を身につけていた。

一見和船と見える深浦丸だが、洋式帆船の利点である沖乗りの技術や夜間航海に備えての用具や海図を携帯していた。

勝太郎船頭は、慎重な操船で深浦丸を海岸線から沖合に移して、相模丸との再会場所、金谷へと向かわせた。

夕暮れどき、天松が元気を取り戻したか、再び帆柱上に昇って行った。

総兵衛は黙ってその様子を見ていた。

沖合に浮島が浮かぶ岩井袋と呼ばれる岩礁《がんしょう》の向こうに、岩山と人の手が入らない緑が混じる一帯に差しかかっていた。

帆柱上の横桁に立った天松が小手を翳《かざ》していたが、

「総兵衛様、どうやら人の気配がしておりましてな、焚火《たきび》が見えますぞ」

と得意げな声で報告した。

「ほう面白いな、大きな帆船が入れそうかな」

「岩場の間に波が造り出した水路がございますよ。イマサカ号は無理ですが、大黒丸ならば入り込めるかもしれませんよ」

遠眼鏡を使い、岩礁の間に延びる水路を確かめていた天松が報告してきた。

総兵衛は勝太郎船頭に確かめた。

「この地から深浦まで二刻とかかりませんな」

「風次第では半刻で乗り切れますよ。今の風ならまあ一刻あれば渡れましょうな」

「どうやらこの奥に異人船が隠れ潜んでいるとみました。二手に分かれましょうか」

「と申されますと」

「深浦丸に海馬は積んでありますな」

「二人乗りと一人乗りが一隻ずつ載せてございますよ」

「ならば二人乗りを下ろしなされ。天松、私に従いなされ。焚火の主を確かめようではありませんか」

「えっ、総兵衛様自ら参られますか」

勝太郎が驚いた。

「船に乗っておるだけでは退屈します。天松と海馬で入り込み、漁師ではのうて異人船と分かったら合図を送ります。勝太郎、そなたらは相模丸を金谷まで迎えに行きなされ。もし異人船なれば夜明け前に決着をつけておきたい」

総兵衛の命に深浦丸の船上が一気に動き出した。

天松が張り切って弩《ど》を負うと、海馬を深浦丸から波間に下ろし、総兵衛が乗り込むのを待った。

深浦丸の船上から帆布製の袋が下ろされ、天松が乗り込んだ。遠眼鏡や火打石や火縄や食いものが入っていた。

「甲板方、受け取りましたよ」

天松が答え、縄ばしごを使い、総兵衛が下りていく。三池典太光世《みいけでんたみつよ》を腰に差した姿で海馬に乗り込むと深浦丸の船腹を櫂で突いて離れさせた。

天松と総兵衛二人の櫂が波を捉えて岩礁の間の水路へと向かった。

日没間近だ。

総兵衛は、

（なんとか間にあった）

と思い、

（あの火は漁師のものではないか）

と天松は、自分が見た焚火の主が異人ではないのではないかと不安になっていた。

海馬は岩礁の間の水路に入り込み、夕暮れの最後の光を頼りに奥へと進んだ。

すると岩場と緑が水路に立ち塞がっていた。

「あれ、行き止まりだぞ」

海馬の前に乗る天松の声が狼狽《うろた》えた。

「天松、右手の岩場を回り込むのです」

と総兵衛が命じると、日が落ちた秋空をわずかに焦《こ》がす残照の中に水路が続いているのが確かめられた。

「あった、ございましたぞ。水路が曲がって延びておりました」

天松の声が安堵《あんど》して、

「天松、岩場に攀《よ》じ登ってみなされ」

総兵衛が命じ、海馬を岩場に寄せた。

弩を負った天松が帆布袋を下げて岩場の割れ目に足をかけてするすると登り、岩場の向こうに姿を消した。

総兵衛は岩場に海馬を舫《もや》うと天松の帰りを待った。

四半刻《しはんとき》（三十分）が過ぎようとしたとき、黒い影が岩場に這《は》ってきて、

「総兵衛様、おりましたぞ。黒い船影が深浦の船隠しをだいぶ小さくしたような潮水と真水が混じり合う池に窮屈そうに停泊しております」

「異人船に間違いありませんか」

「遠眼鏡で確かめましたゆえ間違いございません。大きさは大黒丸より一回り小さな船で二本柱の帆船です」

「乗り組んでおる人間は見えましたか」

「和人も二人ほど確かめられました。乗り組んだ異人の数は二十人から三十人でございましょうか。この天松にはオロシャ人かどうか区別はつきませぬ」

「よし、天松、深浦丸の勝太郎船頭に命じ、相模丸を迎えにやらせなされ。夜半過ぎに戻ってくれれば、夜明け前に異人船を奇襲できますからね」

「ふっふっふ」

と天松が笑い、

「鳶沢一族の船隠しに手を伸ばすなど、不届き千万でございますよ。総兵衛様、この際、手酷《てひど》い目に遭わせておきましょう。さすれば船隠しに見張り所を設けるなど馬鹿《ばか》な真似《まね》は二度と致しますまい」

「天松、そなたの考え、聞いておきます」

総兵衛は天松と交替して岩場に上がり、天松が海馬を海に向けた。

独りになった総兵衛は岩場に残されていた弩と帆布袋を下げて、焚火の明かりを目指して岩場伝いに数丁（数百メートル）ほど奥に入った。

すると深浦の船隠しの四分の一の大きさもない汽水池に二本の帆柱を持った帆船が停泊していた。相模丸より一回りほど大きいようだ。イギリス帆船の中でも、ブリッグ型と呼ばれる船影に似ていた。

総兵衛はさらに近付き、遠眼鏡を布袋から出すと岩場に寝そべって船上を見た。

どこにも国籍を示す旗印などはない。

夕餉《ゆうげ》の最中か、甲板見張りが二人、それに異人船が舫われた近くの岩場にも二人ほど見張りがいて、焚火に当たっていた。

段々と夜の闇《やみ》が更《ふ》けていき、焚火の灯りが目立つようになった。

一隻だけでの来航ということはおそらく測量のために和国に訪れたのであろう。坊城麻子の話では、オロシャの船であれば松前藩の中老が手引きをしているかもしれぬということであったが、それ以上のことは分からない。

砲備は十門から精々十二門か。

こんな狭い場所ではまず砲撃は無理だ。

夜が更け、肌寒さを感じてきたころ、人の気配がした。

天松が明史と忠太郎を連れて姿を見せたのだ。

「総兵衛様、気付け薬を持ってきましたぞ」

天松が潜み声で言い、相模丸の常備薬のマディラ酒の瓶と器を差し出した。

「よう気が付きました」

総兵衛は器にマディラ酒を注いで一気に呑《の》み、ほっと一息ついた。

「海岸にも相模丸と深浦丸が戻ってきたときのために人を残してございます」

と天松が報告し、

「どこの国の異人でございましたか」

と総兵衛に尋ねた。

「船標も掲げておらぬし、船名も消してあります。またこの距離では話し声が聞こえぬゆえ分かりませんな。ともかく相模丸と深浦丸を汽水池に入れて一気に決着をつけましょうか」

「総兵衛様、何人か」

明史が総兵衛に尋ねた。

「はっきりとは分かりませんが、船の大きさからいって三十人ほどでしょう。ということは相模丸と深浦丸の乗組みの者を合せた人数とほぼ同じとみました。明け方気付かれずに奇襲できれば、一気に制することができましょう」

総兵衛は鳶沢一族の相模丸と深浦丸を相手方に気付かれないように汽水池に入れることが勝負を決するだろうと思った。

「総兵衛様、もう少し焚火の連中に近寄ってようございますか」

天松が許しを乞《こ》うた。

「気配を感じられてはなりません、出来ますか」

「綾縄小僧にお任せ下され」

背中から弩を外してその場に残し、身軽になった天松が姿を消した。だれもが鉤《かぎ》の手のついた綾縄を懐《ふところ》に隠しているのを知っていた。

総兵衛は明史と忠太郎にマディラ酒を飲ませた。

「総兵衛様、和国の夜は秋でもさむい」

と忠太郎が言った。その声音は安南を懐《なつ》かしく思っている様子をありありと伝えていた。

「忠太郎、もはや私どもが生きていく土地はこの和国しかないのです」

「わかってます」

と忠太郎が答え、黙り込んだ。

夜が静かに更けていく。

天松はなかなか戻ってこなかった。

総兵衛のいるところには微《かす》かな星明りがあるばかりだ。近づかなければ人の区別もつかなかった。

夜半を過ぎたころか闇が揺らいで天松が、
ふうっ
と緊張をやわらげるような声を漏らして戻ってきた。

総兵衛がマディラ酒を天松にも渡した。すると天松がゆっくりと気付け薬と称したマディラ酒を呑み、

「生き返りました」

と息を吐いた。

「不肖天松の見るところ、あの船は戦船《いくさぶね》ではございません。とは申せ、荷船ではなし」

「大砲は積んでおりませんか」

「片舷に四門ないし五門の砲門が見えました。ゆえに多くて十門ほど積んでいると見たほうがよろしいかと思います」

「よう観察しましたな」

はっ、恐れ入りますと畏《かしこ》まった天松がなおも続けた。

「訛《なま》りが強い和人が数人、あの船に乗っていますよ。焚火の見張り二人も和人です。下っ端《ぱ》らしく、船に乗り慣れてないのか異人を避けたか、焚火のそばで夜を過ごすようです」

「武士ですか」

「いえ、中間《ちゅうげん》か小者と見ました。船には他に彼らの上役の和人が乗っているようにございます。おそらく松前藩の家臣かと思います。やはりオロシャの船でしょうか」

「オロシャのことはほとんど知りません。ゆえになんともいえませせぬな」

総兵衛は答えるしかない。

ともかく深浦の船隠しを知られたことが鳶沢一族にとって一大事だった。

天松の観察どおりに大砲十門の軽装備とすると、やはり、徳川幕府が二百年余統治する江戸を下調べに来た測量船か。

総兵衛の脳裏にヨーロッパの島国の名が閃《ひらめ》いた。

ヨーロッパやアメリカの列強国が和国を中継基地として利用したがっており、また通商を求めていることを、安南生まれの総兵衛は承知していた。

徳川幕府が長崎を唯一《ゆいいつ》の窓口としてオランダと清国《しんこく》にのみ、しかも限られた船舶数しか入港を許していない以上、この二国以外の国々の要求は年々厳しくなっていくであろうことも予測できた。

古着商人を表看板に、古着大市を開催して多彩な商いを目論《もくろ》む大黒屋としては異国との盛んな通商は歓迎すべきかもしれなかった。一方で徳川幕府の影旗本としての鳶沢一族には、幕府の政策を順守することもまた宿命づけられていた。

異国交易に励んで商いを拡大するか、国を閉ざして鎖国政策の存続を願うか、大黒屋と鳶沢一族で相反する課題を益々《ますます》強いられることが考えられた。

　大黒屋と鳶沢一族が生きるために、

「商と武と」

を両立させねばならない大事だった。

　こたびはイマサカ号と大黒丸をまず駿府の江尻の船隠しに迎え、交易の品を江戸、金沢、京へと分配することが優先事項だ。そのために深浦の船隠しに目をつけた異人と和人の一味を、

（どう始末をつけたものか）

　総兵衛は未だ迷っていた。

　一息ついた天松が、

「ちょいと忘れ物をとって参ります」

と総兵衛に断るとまた闇に消えた。

「なんだ、忘れ物って」

　明史が呟《つぶや》くところに天松が肩に一人の男を担《かつ》いで戻ってきた。

「総兵衛様、焚火の一人が小便に離れましたゆえ、用足しを終えたところを綾

縄で首を絞め、気を失わせてひっ捕らえて参りました」

天松がいささか得意げな声音で報告した。

ふっふっふ
と総兵衛が笑みを漏らし、

「天松、口に嚙《か》ませた手拭《てぬぐ》いを解《ほど》いてみよ」

と命じた。

最前までと総兵衛の言葉が変わっていた。商人の語調から鳶沢一族の頭領のそれにだ。

「畏まって候《そうろう》」

と天松が応じて猿轡《さるぐつわ》の手拭いを解いた。

四

夜明け前、相模丸と深浦丸はすでに汽水池への水路へと入り込んでいた。

天松が捉えてきた男は松前藩の中老飯田配下の小者であった。

この者は黒衣に銀色の仮面をつけた総兵衛らに囲まれると、がたがたと震え始め、自分から喋《しゃべ》り始めた。

「助けてくれ、わしは何も知らぬ。いきなり異人の船に乗せられてこの地まで連れてこられた。ここがどこかも知らぬ」

と訛りのある言葉を口から吐き出した。

「案ずるな、そなたが話してくれればそなたの好きにさせよう」

と総兵衛が答えると男が安堵したように頷《うなず》いた。

「そなたの名はなんだな」

「中老飯田様配下の郷奉行室《むろう》生松《まつ》右衛《え》門《もん》様の小者英三郎《ひでさぶろう》だ」

「あの異人船はどこから来たのです。オロシャの船ではありませんな」

「オロシャではない、エゲレスという国の船だ」

「やはりイギリス船でしたか。で、なんのための船ですか。交易船とも戦艦とも違うようだが、船の狙《ねら》いはなんですな」

総兵衛が天松の報告を受けた折に頭に浮かんだ国の帆船であることが確かめられた。

「入江の入り組み方や海底の深さなどを調べて、海の絵図にする船と聞いた」

「やはりイギリスが江戸に関心を持って派遣してきた測量船でありましたか。そなたの主《あるじ》どのとは昵懇《じっこん》かな」

総兵衛の口調はあくまで英三郎に対して穏やかな言葉使いだった。

「蝦夷で知り合ったと聞いておるが、わしら風情《ふぜい》では詳しいことは教えてもらえぬ」

「測量船にイギリス人は何人乗っておりますか」

「こたびはエゲレス人が八人、唐人が十四人、わしら和人が十八人乗って蝦夷を出た。だが、わしの仲間は対岸に見張りに出ておる。今、船に残っておるのは異人二十二人とわしら和人が五人だけだ」

総兵衛が予測したとほぼ同じ二十七人だった。

「英三郎、焚火の仲間をこちらに連れて来られますか」

「わしらをどうする気だ」

「どうもしませぬ。戦にならぬようにするつもりですが、もしそうなった場合、そなたの仲間が巻き添えになって怪我《けが》してもなるまい。それを案じてのことです」

「確かだな」

「案ずることはありません」

英三郎は総兵衛を信頼したようで天松に連れられて焚火のところまで戻り、仲間の稲造らを連れてくることになった。

総兵衛は、打掛の下の煙草《たばこ》入れの煙管《きせる》を抜くと沈思した。六代目の総兵衛が使っていた銀煙管を近頃考える折に嗜《たしな》むようになっていた。

イギリス国籍の船は、ぱしふこ海の西に位置する和国になにを求めようというのか。

英三郎の証言どおり、江戸の内海の海岸線と海底の深さを測量し、イギリス交易船などが入津《にゅうしん》するための海図制作がこたびの狙いと思えた。

徳川幕府が強固に異国との開港や通商を拒み続けるために隠密策を考え、まず江戸の内海に入る入り口に船隠しを設けようと考えたのだろう。

このことに松前藩の中老が助勢をしていた。こちらは利が絡《から》んでのことか。

測量船での調査のあと、当然砲艦に護衛されたイギリス交易船団がこの江戸に到来し、力を見せつけることになる。それが一年後か三年後か、総兵衛にも予測はつかなかった。

ヨーロッパの島国イギリスが世界に多くの植民地を持ち、産業革命を起こし、列強の雄にのし上がった経緯を総兵衛は安南で見せつけられてきた。

イギリス船団到来のための拠点として深浦の船隠しを奪うことを考えての行動と思えた。深浦の船隠しはこの汽水池よりはるかに規模が大きく、整備がなされ、静かな海には何隻《せき》もの大型帆船が停泊することが可能で、造船場まで備えられていた。

なにより洞窟《どうくつ》水路を使う深浦の船隠しの隠密《おんみつ》性は、異人にとって理想の拠点であろう。

六代目の鳶沢総兵衛以来、鳶沢一族が百年の歳月と巨万の費用をかけて作り上げた船隠しだ。

(決してイギリス国に渡してはならない)

それが総兵衛の決断であった。

煙管を前帯に差し込んだ。

夜半過ぎ、相模丸と深浦丸が汽水池への水路に月明かりを頼りに入り込み、イギリスの測量船を制圧する談義が深浦丸船上で行われた。

総兵衛は談義のあと、独りになってイギリス測量船の扱いについていったん下した決断を繰り返し点検した。

奇襲すれば測量船を破壊に追い込むことは可能だと思った。

だが、この破船行為は、イギリスの砲艦群や東インド会社を刺激し、江戸の内海に砲艦を招く結果となる。欧米列強の戦力は、安南や清国で嫌というほど見せつけられて承知の総兵衛だった。

沈思したのち、総兵衛は一通の英文の書状を認《したた》めた。今坂一族の跡継ぎとしてグェン・ヴァン・キは幼い頃から英語と仏語を異人教師について学ばされてきた。久しぶりの英文の書状だったが、なんとか認め終えた。

行動の刻《とき》だった。

八つ半（午前三時頃）過ぎ、深浦丸に積み込まれていた海馬を使い、総兵衛、天松の二人がイギリスの測量船に静かに漕《こ》ぎ寄せた。

天松がまず綾縄を使い、するすると上がり、総兵衛が続いた。

測量船の甲板に身を寄せ合うようにして居眠りしていた唐人の見張り二人に総兵衛と天松が近づいて、拳《こぶし》を鳩尾《みぞおち》に叩《たた》き込んであっさりと気を失わせた。天松が汽水池の入口に待機していた相模丸と深浦丸に作戦どおりに合図を送った。そして、続く海馬がイギリスの測量船の碇《いかり》に繋《つな》がれ、海馬に乗った鳶沢一族の四人が測量船の甲板に上がってきた。黒衣に銀色の仮面をつけた天松ら五人は弩を手にし、腰に刀を一本差し込んだ姿だった。

総兵衛は無言裡《むごんり》に天松らの配置を示して弩を構えさせた。相模丸と深浦丸も測量船を右舷と左舷から挟むように停船して、両船の砲門が静かに開かれ、二門ずつ四門の十二ポンド砲が突き出された。その上で両船の帆桁《ほげた》や舳先《へさき》、操舵場《そうだじょう》に弩を構えた鳶沢一族が配置についた。

総兵衛は測量船がカートライト号という船名であることを知った。着流しに打掛を羽織った総兵衛は腰に三池典太光世を差した形《なり》で、カートライト号の操舵場に上がり、乗組員の起床や交替や食事の合図に使う鐘を力いっぱいに鳴らした。

鐘の音が汽水池に響き渡り、船室で乗り組みの者たちが慌《あわ》ただしく起きる気配がした。

ぱしふこ海の西に位置する島国日本は、イギリスにとって謎《なぞ》めいた国であっても、脅威とは感じていなかった。

それはイギリスが多くの植民地を擁して富国強兵に走り、世界の七つの海を支配しているという過剰過ぎるほどの自信からくるものだった。

服を着ながら慌てて甲板に飛び出してきたのは唐人が先で、あとからゆっくりとイギリス人が姿を見せた。飛び出してきた者たちの半数も手に武器を持参していなかった。

その中に武士が一人いた。

松前藩の郷奉行室生松右衛門であろう。深浦の船隠しを見張る和人の中で一番身分が高く、中老の腹心と思えた。小者の英三郎らの証言から推し測ってのことだ。

カートライト号の操舵場に立つ総兵衛が甲板を見下ろした。

イギリス人、唐人らが視線を総兵衛に向けた。

最初異人らは茫然《ぼうぜん》自失していたが、突然口々になにか叫び始め、中には手にしていた鉄砲の銃口を向ける者もいた。

総兵衛はしばし無言だった。

甲板上の面々が落ち着きを取り戻したか、

「何やつか」

と唯一の和人の室生松右衛門が質《ただ》した。

「室生というたか。そなた、私を知らずして深浦の船隠しを見張り、奪う算段に加わりましたか」

「だ、大黒屋総兵衛か」

「いかにも大黒屋総兵衛です」

「何用あって来船か」

「それはこちらが問いたいことです。松前藩の家臣がイギリス人と手を結んでなにを企《たくら》んでおるのですな」

総兵衛の口調はあくまで丁寧な商人の主の言葉使いだ。

「分かり切ったことよ。もはや徳川の幕藩体制は終った。蝦夷にはオロシャ国の船がしばしば来航して通商を求めておる。われら、オロシャではのうてイギリス国と交易を始めることを考えた」

「それは松前藩主松前章広様が承知のことですか」

「殿は未《ま》だ異国の脅威を認めようとはなされぬ」

「ゆえに中老飯田茂高が主導して御用商人蝦夷屋と組んでイギリスと手を結ばれましたか」

「富沢町の古着問屋大黒屋は裏の貌《かお》を隠し持つ者と聞いたが、あれこれと探ったとみえる」

「室生とやら、深浦の船隠しは私どもにとって百年の歳月と莫大《ばくだい》な費えを投じて築き上げた大事な拠点です。イギリス人や松前藩の中老風情一味にむざむざ渡すわけには参りません」

二人の会話を唐人が主のイギリス人らに通詞していた。すると、カートライト号の船長か、あるいは測量隊の長か、唐人に向かって何事か話しかけた。

「フカウラニマネケ、センチョイウネ」

と唐人が総兵衛に言った。

「断る」

「イギリスノフネタクサンクルヨ」

「歓迎せざる事態かな」

「ドウスルカ」

「どうもせぬ。大人しく引き上げてもらおう」

唐人がイギリス人の船長らしき男に通詞した。するとイギリス人が仲間たちに何やら下知した。

鉄砲を持ったイギリス人と唐人が総兵衛に銃口を向けた。

突然総兵衛がイギリス人船長に流暢《りゅうちょう》な英語で話しかけた。不意を突かれた船長は唖然《あぜん》とした顔で総兵衛を見た。

総兵衛の片手が揚げられた。

イギリスの測量船カートライト号の甲板が強い灯りに照らし出された。

カートライト号の両舷に相模丸と深浦丸が近接して止まり、砲門から砲口が水平に突き出されて、強盗提灯《がんどうぢょうちん》が向けられていた。そして、両船とカートライト号の舳先や操舵場の高みから何挺《ちょう》もの弩が甲板の異人たちに狙いを付けていた。
「おのれ、古着屋風情が」
と叫んだ室生松右衛門が刀の鯉口《こいぐち》を切ると同時に抜き上げ、操舵場へと駆け上がって、総兵衛に斬《き》り掛かってきた。
階段を上がりながら胸を反らせたなんとも無様な構えだった。
総兵衛は室生を引き付けるだけ引き付けて、前帯に挟んだ銀煙管を抜くと、切っ先を弾《はじ》き、二撃目を、
ばしり
と立ち竦《すく》んだ室生の額に叩き付けると、腰砕けに階段から甲板へと転がり落ちていった。
一瞬の早業だ。
イギリス人や唐人たちが銃を向け直した。
その瞬間、硬質の弦音《つるおと》が響いて銃を持つ者たちの足元の甲板に、
ぶすりぶすり
と短矢が突き立った。

測量船の者たちはようやく陥った状況に気付かされた。

勝負は一瞬にして決した。

総兵衛は、カートライト号の船長に話しかけ、二人だけでの会談を提案した。

しばし考えた船長が測量隊の隊長の同席を願った。

総兵衛が頷き、煙管を前帯に戻すと階段を下りてカートライト号の船室に招じ入れられた。

三人の談義は一刻ほど続いた。

相模丸と深浦丸の砲口と弩に制圧されたカートライト号の乗組員らは甲板の真ん中に集められ、腰を下ろしていた。

総兵衛ら三人が甲板に出てくると、カートライト号の船長が操舵場に上がり、

「出船」

を命じた。

一方総兵衛らは、室生松右衛門を連れて深浦丸に乗り移り、カートライト号を見送った。そして、四半刻後に相模丸と深浦丸は、浦賀水道を横断するため

に岩井袋の汽水池から出ていった。

　総兵衛が深浦丸の舳先に立っていると、揉《も》み手をしながら天松が総兵衛の傍らに上がってきた。

「異人との交渉、お見事なお手並みにございました。手代の天松、ただただ感服仕《つかまつ》りました」

　と世辞たっぷりに話しかけた。

「異人との交渉とな、そなた、承知ですか」

「いえ、あっさりと異人めらが引き揚げたのを見て、総兵衛様が巧妙なる脅しをかけられたに相違ないと、この天松推量致しただけにございます」

「ふん」

　と総兵衛が珍しく鼻で返事をした。

「違いますので」

「私が土下座をして願った結果です」

「えっ、総兵衛様が土下座をでございますか」

「そういうことも考えられます」

「それでは話が通りませぬ。なにを願われたのですか」

「困りましたな。未だ富沢町の大番頭さんにも伝えぬ話、手代の天松どのに話せますか」

「それはそうでございましょうが、ここは天松に話を少しばかり洩《も》らされてはいかがにございましょうか」

　偶然にも甲板の見回りに来た勝太郎船頭が、

「こら、天松、総兵衛様に差し出がましい口を利《き》きおって。手代の分際で付け上がっておらぬか」

　と怒鳴り上げた。

　天松がぴょんとその場で飛び上り、

「これは失礼をば致しました」

　と甲板に飛び降りて姿を消そうとした。すると勝太郎に、

「天松、帆柱上に上がり、深浦の静かな海に着くまで見張りをせえ」

　と命じられ、天松は帆柱に飛びつくと、するするとはためく帆を横目に上がって行った。

「総兵衛様、若い奴《やつ》らはすぐに図に乗ります。時にがつんと叩いて目を覚まさせておかねば海では使いものになりませんでな」

「いかにもいかにも」

と答えた総兵衛の機嫌は決して悪くなかった。

だが、内心では別のことを考えていた。

イギリスが力で中国を、またこの日本をねじ伏せにくるのはそう遠い先のことではない。一度追い立てたところで、再び測量船が日本に戻ってくるのは推測できた。

（そのときはそのときのこと）

と腹を決めた総兵衛は、今後とも異国交易の戻り先として深浦と江尻の二つの船隠しを上手に使いながら、幕府の眼やイギリスら列強の眼を騙《だま》していくことがいつまで可能か、そのことを考えていた。

富沢町では、大番頭の光蔵が、南町奉行所市中取締諸色掛同心の沢村伝兵衛が敷居を跨《また》ぐのを見て、

「おや、本日はお一人にございますか」

と声をかけた。

店を開けたばかりで、市中取締諸色掛同心としてはいささか早い訪《おとな》いだった。

「ちと総兵衛旦那《だんな》に話がござってな」

「それは生憎《あいにく》にございましたな。総兵衛はただ今駿府の鳶沢村に法事がございましてな、江戸をしばらく留守にしております」

「なに、旦那は留守か」

「はい。十日余りの予定で出かけましたが、沢村様、なんぞ急用にございますか。私で済むことなればお聞き致しますがな」

ううーん、と思案した沢村が、

「そなたに話しておこう」

と答えたのを見て、光蔵は沢村を店先から人目につかない店座敷に招じ上げた。

おりんが姿を見せて沢村同心に挨拶《あいさつ》して茶菓を供し、光蔵が、

「おりん、沢村様は総兵衛様に会いに来られたのですが生憎の駿府行き、私と

一緒に沢村様のお話を聞いて下され」

と大黒屋の奥向きのことを司《つかさど》るおりんに同席を求めた。

沢村は、淹《い》れ立ての茶を喫すると、

「さすがは大黒屋の茶、これほどの茶を出すところはそれがしの縄張り内にはないぞ」

と褒めた。

「さて、お話とはなんでございましょうな」

「小耳に挟んだことだ。留守居支配下、鉄砲玉薬《たまぐすり》奉行井上家の同心がな、古着問屋の大黒屋の小僧の中に元鉄砲玉薬方同心の遺児がおるとかで、それを密《ひそ》かに探しているという話を北町奉行所の同心から聞き込んだのだ。元鉄砲玉薬方同心の子がお店《たな》奉公などするものであろうかと、いささか気になったので総兵衛旦那に伝えに来たのだ」

光蔵もおりんも胸の中で、どきりとしながらも顔には出さずに、

「うちの奉公人は大概が初代の関わりで駿府鳶沢村から出て参りますでな、出はははっきりしております」

「そうか、そうなればよい」

「それにしても元鉄砲玉薬方同心の御子がうちの小僧になるなんて話がどこから出てきたのでございましょうな」

「父親の佐々木某は十年以上も前、御役を辞めさせられておる。その折、お役目上の秘伝を持ち逃げしたとかしないとか。そんなわけがあって、佐々木某の遺児を探しておるそうだ」

「お役目上の秘伝でございますか。和国近辺に異人船が姿を見せるようになった今日この頃、ご公儀の火縄鉄砲に秘伝がございますかな」

と光蔵が首を捻《ひね》って見せた。

「異国の鉄砲はなんでも連発が利く上に命中率がじつによいそうだのう。わが国の火縄は後れておるゆえ、秘伝というても異人には通じぬか」

沢村はもはや用事は済んだとばかり、菓子に手を伸ばした。

「沢村様、鉄砲玉薬方の秘伝は別にして、なぜ大黒屋の名が出てきたのかいささか訝《いぶか》しゅうございます。もしよろしければ、その辺りをお探り頂けますなれば、総兵衛が戻りましたら、沢村様のお働きあっての話ですと報告できます。

お願いできますか」

「おりん、容易《たやす》い話だ。同輩らに聞いておこう」

「ああ、沢村様、うちがそのようなことに関心を持つゆえお調べをお願い致しているのではございません。あくまで沢村様の関心あってのことということで願えますか」

「おりん、その辺のことはこの沢村伝兵衛に任せておけ」

と胸を叩いた沢村が菓子を食い、茶を呑み干して店座敷を出ていった。

光蔵とおりんは，顔を見合わせて、

（この話、根が深い）

と期せずして考え、正介を深浦に移しておいてよかったと胸を撫《な》で下ろした。

第四章　松前藩の野望

一

大黒屋の店前《みせさき》に黒羽織の武家が立った。従者を二人連れて、三人の顔にはありありと緊張があった。

沢村伝兵衛が正介《しょうすけ》のことを告げていった日の昼前の刻限だ。

光蔵《みつぞう》も二番番頭の参次郎も見知らぬ顔だった。

むろん大黒屋に武家方が訪れることは珍しくない。

長い付き合いのある大目付本庄豊後守義親《ほんじょうぶんごのかみよしちか》を始め、古着屋を八品商売人の一として監督する南北町奉行の内与力、与力、同心らが主だった武家方だった。

だが、三人の黒羽織は富沢町では見かけぬ顔だった。身形《みなり》がなんとなく野暮ったい。

光蔵は、直参でも中級以下の身分と踏んだ。

三人は大黒屋の店構えに目を凝らしたあと、働く奉公人に厳しい視線を送った。その眼差《まなざ》しが小僧の松吉らを見ていることに光蔵は気付いた。

「お武家様、なんぞ御用でございましょうかな」

光蔵は帳場格子《ごうし》を出て、店前に立つ三人に呼び掛けた。

その声に覚悟を決めた様子の上役が敷居を跨《また》いだ。

「穏やかなお日和《ひより》にございますな。お仕着せなんぞをお探しにございますか」

光蔵は素知らぬ体で、四十代半ばの武家に尋ねた。

「大黒屋と申すはこの店じゃな」

権柄《けんぺい》ずくの口調で質《ただ》した。

「はい、さようでございます。富沢町で古着商いの大黒屋はうちだけにございます。普段づかいのお召し物なればいかようにも用意させて頂きます」

光蔵はあくまで恍《とぼ》けた体で応じた。用件はすでに分かっていた。沢村同心が告げていった一件だ。

「古着を買い求めに参ったのではない」

「おお、これは失礼を致しました。と申されますとなんぞ他の御用でございますか」

「わしは御鉄砲玉薬《たまぐすり》奉行井上家の与力日下兵衛《くさかひょうえ》である」

と名乗り、光蔵は胸の中で得心したが、それを顔に出すような光蔵ではない。

「は、はい。御鉄砲玉薬方様、でございますか」

光蔵は、沢村の懸念《けねん》がぴたりと当たったと思いながらも、あくまで表情には見せず、

「私どもは御鉄砲玉薬方様に関わる品は扱っておりませぬがな。なんぞ事情がございますなれば、店前ではなんでございます。座敷にお通り下さいまし、お話を聞かせて頂きます」

光蔵が三人を店の端の土間の沓脱《くつぬぎ》に案内しようと立ち上がろうとした。すると日下と名乗った御鉄砲玉薬方与力が、

「番頭、この場に小僧を集めよ」

相変わらずの横柄《おうへい》な口調で命じた。

「えっ、こ、小僧に用でございますか。うちの小僧がお武家様に何か粗相でも致しましたか。小僧の粗相は大番頭の私めの責任にございます。失礼の段があればお聞かせ下さい」

仰々しくも恐縮の様子で光蔵が上げかけた腰を下ろし、その場に両手をついて見せた。

「小僧をすべて一人残らず、この場に呼び集めよと命じておる」

与力はさらに猛々《たけだけ》しい口調で命じた。

店には仕入れに来た小売りの店の番頭やら荷担《にかつ》ぎの商人らが大勢いて、大黒屋の手代らと品物を前にやり取りしていたが、全員がちらりちらりと光蔵と武家の駆け引きを見ていた。その視線は一様に、場違いな武家の奇妙な命に好奇心を露《あら》わにしていた。

だが、日下ら三人はそれに気付いた様子はなかった。

「小僧でございますか。ええと、天松は手代に上がりましたで、これ、そこにおる小僧さんはと、新三、梅次、松吉、ええと、そうじゃ忠吉《ちゅうきち》、ここに集まりなされ」

四人の小僧を光蔵が集めた。

「お武家様、これらがうちの小僧にございます」

三人の眼が四人の小僧に注がれ、光蔵の言葉など聞いていなかった。

新三ら三人はどことなく怯《おび》えた感じがしたが、忠吉はふてぶてしい顔で日下らを睨《にら》み返した。

「おまえ、名はなんというか」

日下の関心が忠吉に向けられた。

「忠吉」

わざとぶっきら棒に忠吉が答えた。

「これ、忠吉、お武家様に向かってなんという言葉使いですね。忠吉でございますとお答えなされ」

わざわざ光蔵が二人の間に割って入って言葉をかけた。

「ふぁーい、忠吉でございまーす」

忠吉は、光蔵が武家を弄《もてあそ》んでいることを承知で、わざと間の抜けた返事をした。

「どこの生まれか」

「お侍さん、そりゃ無理な話ですよ」

「なぜだ、小僧」

「おれはよ、いや、私は湯島天神の床下でさ、物心ついた親知らずの捨て子だ」

「なに、捨て子じゃと」

日下らがどことなくいきりたった。

「ああ、捨て子のおれはよ、湯島界隈《かいわい》の人たちの温情でさ、おこも暮らしをしながら育ってきたんだ。だがよ、大黒屋の旦那《だんな》さん方がおこもの暮らしを気の毒がってよ、奉公人にしてくれたんだ。つい一年も前のことかね」

「父親はだれか知らぬか」

「お侍、捨て子と言ったぜ。物心つかないうちに湯島天神で捨てられた子に親の名を聞いたところで分かるものか」

ふてぶてしく受け答えする忠吉に、日下が従者の二人をふり見た。

二人は忠吉の顔や体つきをしげしげと見ていたが、首を捻《ひね》って上役を見返した。昔の同輩の佐々木五雄と似ていないという表情が浮かんでいた。それでも日下が粘った。

「おまえ、捨て子なればなんぞ親が身に着けさせていたものはないか」

「身に着けていたものだって。着た切り雀《すずめ》だって湯島天神の宮司さんがおれの面《つら》を見るたびに言ってたっけな。着ていた産着《うぶぎ》もひどいもんだったそうだぜ」

「旅をしていた記憶はないか」

「はああ、お侍、変なことを言うなよ。おりゃ、捨て子の末におこもに出世した忠吉だ、これでも神田川で産湯を使い、湯島天神の床下で育った、れっきとした江戸っ子だ。旅して江戸に出た在所者だっていうのか、お侍、ばかにするねえ」

「これ、忠吉、言葉使いが段々とひどくなってますよ。それではとても大黒屋の小僧にしておけませんな、おこもに戻りますか」

忠吉に合わせた光蔵が注意をしたふりをして、視線を日下に向け直した。

「日下様、忠吉のことをお聞きになりたければ湯島天神にお尋ねくださいまし。おそらくあの界隈の裏長屋で生まれた子でございましょう。まあ、止《や》むにやまれぬ事情があって、親は、泣く泣く湯島天神に預けたのでございましょうな。で、こんな半端《はんぱ》な小僧が出来たってわけでございます」

光蔵がさらに言い足した。

「えっ、おれが半端もんだって」

と忠吉が不満顔をし、日下が念を押した。

「しかとその言葉に相違ないな」

「ございません。もう一度繰り返しますが、忠吉の幼い頃のことは湯島界隈で聞けばだれでも知っておりますから教えてくれますよ」

と光蔵も言い切った。

「それともお屋敷で小僧を探しておいでならば、主《あるじ》に話してこの忠吉をお譲りしてもようございますよ。ですが、かように直《す》ぐにおこもの地を出しましてな、うちでも正直扱いに困っております。いえ、この一年の三度三度の飯のお代を頂戴《ちょうだい》すればすぐにでも……」

「黙れ黙れ！」

と怒鳴った日下が、

ふうっ

と大きな息を吐いた。

「なんぞご事情がおありのご様子、座敷にお上がりになって詳しいお話をなされませぬか。なんぞ私どもでもお役に立てることもあるかもしれませんでな」

日下は新三ら三人に視線を向けた。

「他の三人の小僧は生まれも育ちもはっきりとしております」

「小僧はこれだけか」

「はい、富沢町の大黒屋ではこの四人でございます」

日下が従者の二人を見て顔を横に振った。

「お武家様」

さらになにか話し掛ける光蔵に険しい視線を向けた日下が、くるりと背を向けると店の表へと出ていった。

しばらく店の中に沈黙があった。

「大番頭さん、あの侍、人にものを尋ねる態度じゃないね」

最初に口を開いたのは忠吉だ。その言葉にその場にあった全員が爆笑した。

笑いが収まったところで、

「おまえさんの態度も古着屋の小僧の応対ではございませんな。あれではとても大黒屋の小僧とは言えませんぞ」

「そういう大番頭さんも、だいぶお侍をいたぶっておられましたよ」

「それが小僧のいう言葉ですか。忠吉、本日の一件は見逃します。ちゃんとお香さんに躾《しつ》けられたことを思い出して小僧の仕事をしっかりと勤めなされ」

はい、と忠吉が返事をして、

「新ちゃん、梅ちゃん、松ちゃん、仕事に戻ろう」

小僧仲間に声をかけて光蔵の前から土間の隅の古着の仕分け仕事に戻った。

帳場格子に戻った光蔵に二番番頭の参次郎が、

「あの三人、なにをしにきたんでございましょうな」

「さあてな、大黒屋が川向うにも出店があることも知らず、あの横柄な口の利《き》きようでは普通に調べられることも調べがつきますまい」

光蔵が呟《つぶや》くと、参次郎が小さな笑い声を上げ、

「大番頭さんの呆《ぼ》けぶりに小僧の忠吉の突っ込みぶり、寄席《よせ》に行っておるよう

で、なかなかの芸にございました」

「忠吉を甘くみると御鉄砲玉薬方与力なんぞは手も足も出ませんよ」

と答えた光蔵が、

「二番番頭さん、あの手合い、なにをするか知れませんよ。小僧方にくれぐれも注意するように話しておいて下さい」

と命じた。

昼餉《ひるげ》のために台所の板の間の大黒柱の傍の定席に座った光蔵におりんが鶏肉《とりにく》と野菜たっぷりの煮込みうどんを供しながら、

「本日は大番頭さんと忠吉さんにからかわれてお帰りになられましたが、後を引くようではなんぞ考えねばなりませんね」

と言った。

おりんも店での話を陰から聞いていたと見える。

「忠吉の独り舞台でございましたな」

「いえいえ、大看板が老練な大芝居をされておられましたから、小僧さんも生き生きとして相方を勤めておりました。大黒屋の小僧としてはいささか風変わりですが、一族にとっては大事な小僧さんです」

「この一件、総兵衛様に知らせたものかね」

「沢村様の話といっしょに知らせるべきでしょうね」

「ならば夕暮れまでに文を認《したた》めます」

と応じた光蔵が、

「もう一件が片付くとこちらに専念できるのですがな」

と呟いて、煮込みうどんの丼《どんぶり》に手を差し伸べた。

光蔵が総兵衛への書状を書き終えた頃合い、おりんが、

「大番頭さん、ちょいと奥へ」

と呼びに来た。

店の外を見ると西に傾いた秋の日が長い影を堀向こうの家並に映じていた。

光蔵は参次郎に帳場を任せて奥に向かった。

「なんぞ用ですか」

「以心伝心、総兵衛様がお戻りです」

「おや、どちらに」

「大広間にて独り瞑想《めいそう》なされております。もうしばらくするとこちらに上がって参られましょう」

とおりんが光蔵に告げた。

その時、総兵衛は思念を脳裏に捉《つか》まえていた。

（老師、どちらにおられるや）

（琉球《りゅうきゅう》を発《た》って三日目、この風具合では駿府《すんぷ》江尻《えじり》に着くのは五日ほどかかると見ました）

林梅香《はやしばいこう》の声がはっきりと脳裏に響いた。

（琉球の仲蔵《なかぞう》たちも壮健でしょうな）

（お元気でおられますぞ）

（老師、江尻の船隠しで待っております）

（過日は江戸にいささか懸念があるように感じましたがな）

（一つの懸念は先送りできました）

（それはなにより）

何百海里も離れて交わされた思念と思念が、ふうっと消えていった。

総兵衛が隠し階段から離れ屋の居間に上がると、光蔵一人がいて、
と聞いた。

「いつお戻りでございましたか」

「つい最前です。陰吉父《かげよしとっ》つぁんの長屋からこちらに忍んで戻りました」

「おや、深浦でもなんぞ急ぎの事態が生じましたかな」

「こちらには御鉄砲玉薬方の黒羽織が訪ねて見えて、大番頭さんと忠吉の大芝居に手玉に取られたようですな」

総兵衛はおりんから聞いたか、そう反問した。

「大芝居というほどの芸でもございません」

「大番頭さん、あちらの一件と正介の一件は別物、私はどうやら勘違いしたようです」

と答えたところにおりんが茶を運んできた。

そこで一口茶を喫した総兵衛が深浦から上総《かずさ》の岩井袋の汽水池で起こった一件を説明した。

「なんと松前藩の中老が手を組んだのはイギリスの測量船でしたか」

と光蔵が応じ、おりんが、

「蝦夷《えぞ》島にはイギリスの測量船が前にも姿を見せたことがございました。確か八年ほど前の寛政八年（一七九六）のことではございませんか」

「おりん、プロビデンス号なる船が和国の四周の海底の深さを図り、海図を作成した折に、薪水《しんすい》を求めて絵鞆《えとも》湊に入ってきた騒ぎですな」

と光蔵が応じた。

絵鞆とはただ今の室蘭のことだ。

「そのこと、深浦にてその事実のみを聞きました。で、どうなりましたな、測量船プロビデンス号は」

「私の記憶ではちょうど蝦夷地を巡察中の家老松前広政様が知るところになり松前城に急使を立てたのです。その折、国許《くにもと》に戻っておられた藩主松前章広《あきひろ》様がロシアの使節ラクスマンらと応対の経験のある家臣を差し向けて、プロビデンス号のブロートン船長らと友好的に面会し、測量船はおよそ半月ほど松前領に滞在したそうです」

「つまり松前藩は以前からイギリス船と交流があったのですね」

「ということです。確かこの測量船はイギリス海軍の所属と聞いております」

総兵衛は、しばし沈思した。

「八年前は蝦夷地、こたびは江戸近くの海にまでイギリスが手を伸ばしてきたとなると、いずれイギリス艦隊が姿を見せましょうな」

「総兵衛様、それは徳川幕府にとってよろしきことですか」

「おりん、国を閉ざすのを根本に据える外交政策上は好ましからざる事態でありましょうな。ですが、いつまでも鎖国策は続けられませぬ。いずれこの国だけが門戸を閉ざす時代は終わります」

総兵衛が宣告した。

「幕府が潰《つぶ》れるということですか」

「さあて潰れるか、新たな政体に変わるか。大胆な生き延びる手立てを考えねばなりますまいな」

「それにしてもこたびの測量船はよくぞ大人しく上総の汽水池から立ち去りましたな」

「大番頭さん、イギリスにとって当面の狙《ねら》いはこの和国ではありません。和人が唐《から》と未だ呼ぶ清国《しんこく》です。清国をまず支配下に置いたあと、和国に本式に軍隊を差し向けましょうな」

「いつのことですか、総兵衛様」

「数年後か、数十年後か。イギリスなど欧米の列強が清国をいつ自分たちの都合よき状態にするかによろうと思います」

「ならば、清国に頑張ってもらわねばなりませんな」

「大番頭さん、清国は和国とは全く比較にもならないほど広大な領地を有しております、住人も多い。ですが、和国とよう似て国の政治体制は、硬直化しております。巨大な堤でも蟻《あり》の穴より崩れることもあります。清国が異国の圧力にどれほど抵抗できるか、神のみぞ知るです」

総兵衛は安南《アンナン》が辿《たど》ってきた歴史に鑑《かんが》みて、また自らの体験を通して古い国が崩壊する様を見てきたゆえに、イギリス国などの列強各国の力と遣《や》り口《くち》を十分承知していた。

「総兵衛様、最前の大番頭さんの問いにお答えになっておりません」

とおりんが思い出させた。

「なぜこたびの測量船カートライト号が穏やかに上総から引き揚げたかという問いですね」

「はい」

「もう答えましたぞ、おりん」

「えっ」

「イギリス国は直ぐには和国との交易を考えていないのです。まず清国との開国交易を確立するのが先なのです。測量船カートライト号は、すでに目的を達しております。その時のためのな」

「目的とはなんでございますかな」

「大番頭さん、江戸は内海の奥にありますな。その内海の喉首《のどくび》をわが鳶沢一族が抑えております」

「深浦の船隠しのことですな」

「さようです。彼らはイマサカ号のような大きな帆船が出入りできる船隠しがあることを知った。ただ今の段階ではそれでカートライト号は十分に遠征航海の狙いを達したと思いませんか」

「いつの日か、深浦をイギリス船隊が乗っ取ると申されますか」

「はい。ゆえに私はイギリス政府に宛《あ》てた親書をカートライト号に託しました」

「まさか譲り渡すことを記されたのではございますまいな」

「鳶沢一族百年の拠点を、私一存でそのようにすることなど、できると思いますか」

　総兵衛の問いに二人が首を横に激しく振った。

「時を、何十年かの歳月を稼ぐために友好の意思があることのみを記した親書を持たせ、上総から引き揚げさせたのです」

　と答えた総兵衛が、

「ともかくこたびはイギリス海軍の測量船は大人しく引き上げました。ですが、イギリスは今、世界最強といっていい国です。清国との角突き合いの間にわれらは時を稼ぎ、イギリス国に対抗できる国を造り上げることです」

「それは徳川幕府でございますか」

「さあてな」

とだけ総兵衛が答え、おりんに外出の仕度を命じた。

二

半刻《はんとき》（一時間）後、総兵衛の姿は大目付首席本庄義親の屋敷にあって、主と対面していた。突然の訪問を詫《わ》びた総兵衛は、即座に要件に入り、深浦の船隠しが見張られている一件の全《すべ》てを語った。

義親に隠し事はしなかった。すべてを淡々と報告した。長い話になった。

義親も黙したまま聞いた。

報告が終わったとき、義親は深い吐息を思わず漏らした。そして、今度は考えを整理するように沈思した。その沈思は長くは続かなかった。

「総兵衛、鳶沢一族の江戸の入口に構えた船隠し、異人が欲しがるほどの規模のものか」

　本庄義親は、大黒屋が、いや鳶沢一族が江戸の内海の入口に船隠しを所有していることをむろん承知していた。百年を超える本庄家と鳶沢一族の付き合いだ。当然のことだった。それに過日、このことを大番頭光蔵とも話し合っていた。だが、本庄は幕臣として、

「内々承知している」

　と、

「見聞したことがある」

　では大きな違いだ。

　代々幕閣を務めてきた本庄家ではその船隠しを、

「見て見ぬ振りをしてきた」

　のだ。

「本庄の殿様、鳶沢一族が六代目以来百年の歳月と巨万の富を費やして造り上げた船隠しにございます。海運国のイギリスにとってさえ、垂涎《すいぜん》の船隠しかと思います」

「それは一族のためのものか、それとも徳川幕府を守るための施設か」

と幕臣としての問いを発した。

「その二つに益するためと申し上げましょうか」

「そなたの立場としてはそう答えるしかなかろうな」

「本庄様、その時が来れば深浦の船隠しがどれほど幕府に役立つか、お分かりになるはずです」

「そのような時が近々来ると思うか、総兵衛」

「必ず参ります。何年後か、あるいは何十年後かに」

「その時節は強国イギリス国が清国との争いに掛ける歳月によると申すのじゃな」

「そのとおりにございます」

ふうっ、と大きな息をした本庄義親が、

「八年前、松前藩はイギリスの測量船プロビデンス号到来に幕府の許しもなく領地滞在を半月ほど許し、薪水、食べ物を与えておる。あの時以来、松前藩とイギリス国は親交を保っていたと考えてよいか」

「松前章広様のご意志かどうかは分かりませぬ。ですが、松前藩がイギリスと連絡を絶やさなかったことはこたびのことが証明しております。となれば中老飯田茂高一味の独断とも思えません」

総兵衛は、こたびの一件は、藩主の松前章広も承知のこと、藩を上げての行動と推量を変えていた。それほど松前藩はオロシャなどの南下に怯えているともいえた。そこでオロシャを阻止するためにイギリスと手を組むことは当然考えられた。

「どうしたものか」

「章広様は領地松前におられますそうな」

「蝦夷地は遠いでな、松前様の参勤上番は元禄《げんろく》以降六年一勤じゃ」

「差し出がましゅうございますが、こたびのことは松前章広様がご存じなかったこととして始末をつけることが最善の策かと存じます」

「その理由はなにか」

「一は松前藩のため、二には幕府内の混乱を招くことを避けるため、三にはイギリス国との摩擦を避けるため」

「そなた、カートライト号なるイギリス測量船に親書を託して上総から出ていかせたというが親書の内容はなにを記したな」

「徳川幕府は諸外国と友好を優先し、そのために肥前長崎にて異国との交渉の場を設けておること、ゆえに長崎に行くことを勧めましてございます」

「ようもイギリス国の測量船が引き揚げたな。その手は幕府が度々使ってきたものではないか」

「カートライト号が大人しく引き上げたのは、もう一つ大きな理由がございます。彼らはわれら鳶沢一族の船隠しの情報をすべて摑《つか》んだと思ったがゆえに、私の言葉に従ったのでございます。測量船カートライト号は所期の目的を達しておるのです」

総兵衛の言葉に本庄義親が訝《いぶか》しい顔をした。

「鳶沢一族が秘密を知られてそのまま測量船を帰したというか」

「イギリスは薩摩《さつま》とは違います。途方もなく巨大な戦力を有する国にございます。カートライト号を私どもが破壊し、乗員を皆殺しになどしたとしたら、直ちにイギリス艦隊が江戸に押しかけましょう。私は時を稼ぐために親書を持たせて、上総の地を無事に去る得を説きましてございます」

総兵衛は、カートライト号の船長に、

「和国との交易を願うとなれば、いつなりとも琉球の大黒屋出店で対応する」

ことを約定《やくじょう》していた。このことを総兵衛は本庄義親に告げなかった。

鳶沢一族は、

「武と商」

の二つの顔で生きる以上、その使い分けは必要欠くべからざることと心得ていたからだ。

「総兵衛、そなた、わしに言えぬ理由《わけ》を秘しておろう」

「ほう、それはなんでございますか」

「一番大きな理由はイギリスとの交易をそなた自身が考えているのではないか」

「カートライト号は測量とは別に交易の相手を探しにきたと申されますか」

「なぜ松前藩が幕府を裏切ってまでイギリスの測量船の手助けをしておるな」

にっこりと微笑《ほほえ》んだ総兵衛が、

「松前藩より大黒屋の取引きの規模の方が大きゅうございますゆえ、イギリスにとって断然益になると説きました」

「転んでもただでは起きぬか」

「それもこれも徳川幕府を支えるためにございます」

と言い切った。

「そなた、二年ばかりのうちに幕府を御する手を会得《えとく》したようだのう」

「滅相もない」

と答えた総兵衛が本庄義親の顔を正視した。

「よし、そなたの考えに従おう」

「ならば仕度が要ります。江戸藩邸におる中老飯田茂高を藩邸から引き離すことでございます」

「手は考えておろうな」

「こちらには、中老飯田の腹心室生《むろう》松右衛門《まつえもん》と松前領地檜山《ひやま》奉行下代《げだい》一之瀬正五郎、またイギリス測量船に同乗していた家臣が二人おりまする。足りぬのは、松前藩に従ってイギリスとの交易を目論《もくろ》む蝦夷屋儀左衛門《えぞやぎざえもん》、こちらは今晩の内に主を松前藩邸に呼び出す手はずを整えてございます。その途中、人質に取ります」

「そなた、どこまでも恐ろしいことよ」

「それもこれも」

「幕府のためか」

　ははあ、と総兵衛が首肯した。

「まずはカートライト号に同行していた室生松右衛門に命じて、中老飯田茂高を上総の汽水池まで呼び出す書状を認《したた》めさせます。その間に本庄様が松前藩江戸家老神吉《かんき》文忠《ふみただ》様と話をつけられることにございます」

「松前藩を守るために中老の首を差し出せというか」

「それと飯田中老と組んでおります御用商人蝦夷屋の始末、これをお決めになるのは松前藩にございます。大目付本庄様は江戸家老神吉様にカートライト号に室生ら松前藩の家臣が同乗していたことをお告げになればよいことです」

「そなた、空恐ろしき人物よのう」

　と本庄が繰り返した。

「本庄様、イギリスを始めとした列強国の非情冷酷は和国では夢想も出来ぬほどのものにございます。カートライト号をダシにして稼いだ歳月で幕府は、体制を立て直さねばイギリス国の前に潰されます」

「そなた、安南でそれを経験してきたか」

「はい」

「よかろう。そなたの考えに乗ろう。ただし、室生某と一之瀬某、それに蝦夷屋の主から直《じか》にわし自身で証言を得たい。松前藩の中老の運命を左右するものゆえな」

「結構にございます」

と総兵衛が応じて大目付本庄義親と鳶沢勝臣の提携がなった。


蝦夷松前藩江戸藩邸は、幕府御米蔵の西北、南側の下野烏山《しもつけからすやま》藩と北側の同じく下野宇都宮藩の江戸藩邸に挟まれた、二千坪ほどの小さな敷地であった。

この朝、六つ半（午前七時頃）の刻限、中老飯田茂高の長屋に書状が届けられた。腹心の郷奉行室生松右衛門からの直筆にて、

「急ぎご判断仰ぎたき一件出来《しゅったい》致し候《そうろう》。迎えの船によりてイギリス測量船カートライト号にお出《い》で乞《こい》願い奉《たてまつ》る」

という内容のものであった。

飯田中老は無論、測量船カートライト号が松前から今、江戸の内海近くに回航してきていることは承知していた。

飯田は江戸家老神吉文忠に許しを得て、使いに従うことにした。迎えの船は、御米蔵の北側御厩河岸《おうまやがし》の渡し場に待ち受けていた。

和船とは形が違う琉球型快速帆船だが、飯田にはそれがイギリス国測量船の持ち船かと思えた。

船頭は無口な大男で手下たちも俊敏そうな二人が乗り組んでいた。

坊主《ぼうず》の権造《ごんぞう》と手代の猫の九輔《きゅうすけ》と柘植《つげ》衆の新羅《しらぎ》三郎だ。

飯田が胴ノ間に腰を落ち着けると船は大川の流れに乗って一気に下り始めた。

その出立からおよそ半刻後、こんどは大目付本庄豊後守義親から江戸家老の神吉文忠に、

「火急佃島《つくだじま》住吉社にお出で乞う」

との書状が届いた。

道中奉行を兼帯する大目付本庄義親は首席で、大名諸家の、

「監察糾弾」

が本務であった。

大名家にとって一番怖い存在ともいえた。

神吉は側衆《そばしゅう》の家臣に、

「真《まこと》に大目付本庄義親様のお使いか」

と尋ねさせた。

「いかにも本庄義親が家臣、高松文左衛門にござる」

との返事に、急ぎ乗り物の用意をさせ、佃島に渡る鉄砲洲《てっぽうず》の渡し場に向かわせた。

神吉が訝しく思ったのは、大目付本庄の呼び出しが城中の御用部屋ではなかったことだ。なぜ佃島の住吉社なのか不分明なまま、あれこれと考えたが答えは思いつかなかった。

鉄砲洲で渡し船に乗るために乗り物を下りたとき、本庄義親の家臣という高

松文左衛門が同行していたことに気付かされた。

(なんと迂闊《うかつ》なことであった)

と思いながら、

「ご案内恐縮至極にござる」

と高松に声をかけた。そして、

「御用なれば城中にお呼び出しと思うたが」

と尋ねてみた。

「いかにも本庄義親は大目付にござれば公《おおやけ》の用なれば城中と思います。本日、佃島に招かれたのは私ごとの願いではございますまいか」

と本庄の家臣が答えた。

その瞬間、神吉は悟った。

大目付本庄は、なにがしかの賂《まいない》を求めておるのではないか、それならそれで扱いようもあると腹を固めた。

「ささ、神吉様、船にお乗り下され」

高松が神吉をすでに到着していた船の中ほどに乗せ、それに従おうとした従

者に、

「用は半刻(一時間)で済みましょう。しばしこの渡し場でお待ち下され」

と言うと、さっさと船を船着き場から離すように命じた。

どうやら神吉が乗せられたのは乗合船ではなく、神吉のために用意されたもののようだ。

「本庄様はなかなかの人物と城中で評判の大目付どのじゃが、どうやらさばけたご仁と見えた」

「神吉様、いかにもわが殿は物わかりがよい大目付にございまする」

「そうであろう。さもなくばかような場所にお呼び出しはなかろう」

「いかにもさようかと」

神吉と高松を乗せた船は、佃島と石川島の間の水路に入り込むと、住吉社の前を通り過ぎ、佃島の東、江戸の内海でも一番奥の海へと出た。

「おや、住吉社ではないのか」

「本庄はあの船にて待っております」

と高松が差したのは千石船よりも一回り大きく、荒天の海でも乗り切れそうな船体と帆柱を持った深浦丸であった。

（本庄様の用心深いことよ、これまでせずとも出すものは出すものを）

と神吉が肚《はら》の中で本庄の小心を嗤《わら》った。

そのとき、

「お待たせいたしました」

と高松が言い、

「神吉様、船には乗り慣れておられますか」

と甲板から下りてきた縄梯子《なわばしご》の下段を摑んだ。

「松前藩は荒海の瀬戸に面しておる。江戸の内海など池みたいなものよ」

と威張った神吉が縄梯子に手をかけてゆっくりと昇っていった。

（なんとも面倒なことをさせおって）

縄梯子の上段に昇り着いた神吉の手を握った者がいた。

顔を上げると城中で見知った大目付本庄豊後守義親であった。

「かような場所にお呼び立て申し、恐縮に存じます」

「なんのなんの、大目付様のお招きとあらばたとえ火の中水の中」

と言いながら本庄に手を取られつつ甲板に上がった神吉が最初に感じたのは、

「一見和船造りだがこれは異国の造船の技が加わっている」

というものだった。

大目付と異国らしき船か、と顔を上げた神吉の眼に映じたのは帆柱の根元に縛り上げられた郷奉行室生松右衛門と松前藩御用商人蝦夷屋儀左衛門の二人の姿であった。蝦夷屋は瞑目したままだ。

「ご、ご家老」

と室生が弱々しい声を上げた。

「な、なにが」

江戸家老神吉文忠の頭の中が真っ白になった。

(なにが起こっておるのか)

大目付本庄は神吉の驚きを他所《よそ》に、

「ささっ、こちらへ」

と戸が開かれた船室へと招じ入れた。そこには若い、だが、落ち着いた顔の人物が異国の椅子《いす》に座り、二人を待っていた。

「総兵衛、お見えになった」

と本庄が言い、円卓を囲んで本庄が座り、神吉は残された椅子に腰を下ろすしかなかった。

「大目付本庄どの、この所業、いささか役職を越えたものかと存ずるが、ご説明を願おうか」

と神吉が居直った体で本庄に迫った。その顔は真っ赤で憤怒《ふんぬ》がありありと見えた。

一方、本庄は落ち着いた顔で神吉を正視した。またその場にある三番目の人物について神吉に紹介する様子もなかった。

神吉のほうもその場に同席する人物がだれか気にかける余裕はなかった。

「役職を越えたとはどういう意にござろうか」

「いくら大名諸家を監察糾弾するのが大目付の主務とは申せ、城中ではのうてだれの持ち船とも知れぬ船に、あたかも私用を装《よそお》いて招いたうえに、その船上にはわが松前藩の家臣と御用商人を罪人の如《ごと》く縛りあげて、それがしを恫喝《どうかつ》されれた。これが御公儀大目付のなさる所業とは思えぬ」

神吉は、興奮と憤怒に尻《しり》を押されたように一気に喋《しゃべ》り、本庄を詰《なじ》った。

船室の戸が叩《たた》かれ、茶が運ばれてきた。

神吉はその様子に話を止め、いくらか落ち着きを取り戻した。

無言で茶を三人に供した男が消えた。大黒屋の手代天松だった。

神吉は喉の渇きを覚えたか茶碗《ちゃわん》に手を伸ばし、その場にいる三番目の男に初めて気付いたかのように眼を遣った。町人の形《なり》だが、平然たる顔付きだった。

茶碗に伸ばし掛けた手を止めた。

(何者か)

と訝る神吉に本庄が、

「富沢町にて幕府開闢《かいびゃく》以来古着商いを為《な》す大黒屋総兵衛にござる」

「大黒屋総兵衛」

と思わず呟いた神吉の顔に恐怖と不安が走った。そして、大黒屋総兵衛がこれほど若いとは、という驚きの表情が加えられた。

「ご存じですな」

本庄が神吉に迫った。

「古着屋などと付き合いはござらぬ」

「ならばなぜ大黒屋の船隠しなどに関心を持たれ、イギリス国の測量船カートライト号を案内し、見張り所を設けて監視なされた」

「そのようなことは知らぬ」

と叫ぶように言った神吉が茶碗を摑むと茶を一息に飲んだ。

「そう、知らぬとお答えになるしか、そなたの生き延びる道はない」

「なにを申されるか」

「大目付本庄豊後守義親がお手前を城中御用部屋に呼んだとしたら、松前藩はお取り潰しになり、藩主松前章広様は切腹を命じられるは必定にござる」

「な、なにゆえ」

「と理由を問われるか、ならば答えようか。八年前、松前領内にイギリス海軍のブロートン船長の測量船プロビデンス号が薪水を求めて絵鞆に入津《にゅうしん》した折、松前藩は半月に渡り、持て成された」

「そのこと、幕府に報告してござる」

「いかにもさよう。だが、その後もイギリス国と密《ひそ》かなる付き合いがあることを隠してこられた」

「なにを証《あか》しに申されるか」

「松前藩郷奉行室生松右衛門、檜山奉行下代一之瀬正五郎、その他松前藩の関わりがある下役ら数名がこの船に捕囚として乗っておる。これらの者は測量船カートライト号に蝦夷から同乗してきた者あり、江戸から加わった者あり、松前藩とイギリスの密かなる付き合いをすべて証言しておる。すべて書付にしてそれがしの手にござる」

「イギリスの測量船にわが藩の家臣小者が同乗する謂《いわ》れがござろうか」

「その意をご存じないか」

「知らぬ」

と神吉が顔を振った。

「神吉文忠どの、とくとお考えの上、返答を賜《たまわ》りたい。よいか、それがしがそなたを城中御用部屋で究明したとき、松前藩は取り潰し、松前章広様は切腹の沙汰《さた》が下る。ゆえにそれがしはこの場にそなたを招いた」

本庄義親の諭すような、ゆっくりとした口調の言葉に神吉の顔に、はっとした感情が走った。そして、沈思して考え込んだ。

三

長い沈思の後、松前藩江戸家老神吉文忠が本庄義親の顔を初めて正面から見直した。

「この場の招き、本庄義親様の私用にござるか」

「さよう迎えの者は申さなかったか」

首肯した神吉が、

「要件を改めて窺《うかが》いたい」

と願った。その顔は老獪《ろうかい》な江戸家老の表情に戻っていた。

「松前藩は為してはならぬ間違いを犯された。幕府にたいしてだけではない。この場におる大黒屋総兵衛の見てはならぬ貌《かお》を見た上に、侵してはならぬ影の領分に乱暴にも手を突き込まれた」

本庄の言葉に神吉が改めて総兵衛を見て、富沢町の古着屋惣代《そうだい》格大黒屋総兵衛について回る噂《うわさ》を思い出した。

「富沢町の惣代は表の顔と裏の貌がある」

ということをだ。

いや、本当を言えば、大黒屋のことは知らぬどころではなかった。

三年前のことだ。

松前藩の持ち船が蝦夷から江戸に来る途中、偶然にも紛れ込んだ深浦の入江であった。そして、浪間《なみま》の向こうに口を開けた洞窟《どうくつ》水路に気付いた。

北の厳しい海に生きて行かざるをえない松前藩の状況を考えたとき、この洞窟水路は役に立つと家臣の船頭は思った。そこで日を改めて釣り船を装い、深浦の入江を訪ね、家臣を見張りに残してきた。

一年余に渡る観察の結果、洞窟水路の向こうに船隠しがあり、かなり大きな帆船も出入りできることが確かめられた。

事実、二年前には異国船と思える帆船が洞窟の中に消えた。さらに観察を続けた結果、この船隠しが富沢町の古着問屋大黒屋と深い関わりがあると調べがついた。

そんな最中《さなか》、八年前より付き合いを重ねてきたイギリス海軍の測量船が来航し、江戸近くに船隠しを設けたいと要望してきた折に、江戸の内海の入口に船隠しを持つ商人がいることを告げた。むろん松前藩とイギリス国との、「商場知行《あきないばちぎょう》」を考えてのことだ。

この一件は藩幹部が合意して松前章広にも許しを得ていた。そこでイギリス海軍の測量船カートライト号に協力して深浦の船隠しをより克明に調べるために見張り所を設けた。

二月ほど前のことだ。

イギリス海軍の測量船船長らは、深浦の船隠しの規模にまず驚きを見せた。洞窟水路の向こうに静かな内海があって、大型帆船が何隻《せき》も停泊できる広さを持ち、さらには造船場を備えた浜があり、館《やかた》まであった。

この整備された船隠しが江戸の一商人の持ち物だという。

イギリス人といっしょに船隠しを調べたのは中老の飯田茂高であった。

神吉文忠は、本庄義親がどこまで承知かと顔色を見た。

「神吉どの、松前藩の所業すべて承知である」

本庄が神吉の考えを読んだように言い切った。

「中老飯田茂高が腹心、イギリス測量船に同乗して大黒屋の船隠しを探っておった郷奉行室生松右衛門らの調べ、すべて終わってござる」

神吉は無言で本庄を見た。

ややあって神吉は愕然《がくぜん》として肩を落とし、進退窮《きわ》まったと考えた。

その時、大黒屋総兵衛が初めて口を開いた。

「神吉文忠どの、松前藩にわれらの船隠しを気付かれたこと迂闊にござった。この事実だけで、われらには松前藩を潰し去る謂れが生じてござる」

商人は武家言葉で、それも神吉を見下した口調で言い切った。それでも神吉は抗弁した。

「富沢町の古着屋風情《ふぜい》が大名松前藩を潰すと高言なさるか」

「潰すとこの総兵衛が決断すればいと容易《たやす》きことにござる。そなたらが承知の船隠しはわれらの秘密のほんの一部、それもこれも幕府開闢以来の東照大権現《とうしょうだいごんげん》様のお許しがあってのこと」

総兵衛が平然と言い切った。

神吉は若い総兵衛の顔に異人の血を見たように思った。それにしてもこの自信に満ち溢《あふ》れた言動は、どこからくるのか。

大目付同席の場での総兵衛の発言は、大黒屋が裏の貌を持ち、公儀のために御用を勤めてきたことを意味していた。

大黒屋は、噂のように影の貌を持った商人なのだ。それが真実なれば、松前藩は踏んではならぬ虎《とら》の尾を踏んでしまったことになる。

「われらが大目付本庄義親様にご相談申し上げ、このように城の外で談義の場を設けた所以《ゆえん》にござる。よいか、本庄様の真意を、言葉を取り違えてはならぬ。その折は松前藩が潰れ、章広どのに切腹の沙汰が下ること間違いない」

威厳に満ちた総兵衛の口調に神吉文忠は思わず、

「はああ」

と円卓に額を擦《こす》り付けて総兵衛に恭順の意を示していた。

その神吉の耳に、

「よいな、こたびのこと、松前藩内部の処置に任す」

と本庄の言葉が響いた。

「と、申されますと」

「イギリス海軍と密かなる付き合いの一件すべて忘れよ」

しばし考えた神吉は、

「畏《かしこ》まりました」

と返答するしかなかった。

「内々の沙汰はそれだけにございますか」

「神吉文忠、甘えてはならぬ」

若い声が告げた。

「本庄様は松前藩の処置に任す、と申された。当然イギリスとの付き合いの担当を務めた中老飯田茂高、室生松右衛門、御用商人蝦夷屋儀左衛門には厳しい仕置きが下らなくてはなるまい。ただし小者の英三郎らは上司の命に服しただけのこと、松前藩の所業を口外せぬように戒めるだけでよかろう」

と総兵衛の声がして、それが本庄に変わり、

「藩主松前章広様のお心に反して、一部の家臣が勝手にイギリス国との付き合

いを八年余にわたり、続けてきたのじゃ。公儀は、松前藩にアイヌらとの商場知行は黙認してきたが、異国イギリスとの商場知行を許すなど金輪際あり得ぬ」

と断じた。

大目付本庄義親と大黒屋総兵衛は、

「こたびの一件、中老飯田茂高、室生松右衛門、御用商人蝦夷屋儀左衛門三人の処分」

で見逃すと言っていた。

「相分かりましてございます。これより江戸藩邸に立ち戻り、即刻飯田らの処置を蝦夷地におられる殿にお伺いを立てまする」

「松前章広様を巻き込まぬためには一刻も早い答えが知りとうござる」

と本庄が江戸藩邸内の処分で決せよと命じていた。

「本日、中老飯田は藩邸外に出ております」

「あの者を呼び出したのは、われらである。すでに身柄は確保してござる」

と総兵衛が言った。

神吉は抗《あらが》うことは出来ない処断だと悟った。

「飯田らの身柄、いつお引渡し願えますか」

「今夜半九つ（零時頃）、松前藩江戸藩邸近く心月院前の新堀川にて小者らを含めて引き渡す」

すべてが決められていた。

「神吉どの、次に会う折は城中にて始末の報告を受けることになる」

本庄義親は、この一件、私用であって私用ではなく、公として処理すると言っていた。

「畏まりました」

神吉が畏まって蹌踉《そうろう》とした足取りで船室から上甲板に出たが、すでに帆柱の根元に縛られていた室生らの姿はなかった。

深浦丸から下りる折、本庄義親が、

「総兵衛、相州深浦の船隠しに交易船が戻ってくるのはいつじゃな」

と聞いた。

むろん二人の近くには人はいなかった。

「深浦には戻って参りませぬ」

「おや、それはどうしたことだ」

総兵衛は義親の問いに応《こた》えず、話柄を外した。

「私が大黒屋の十代目に就いて二年余、いささか一族の間に気の緩みが生じております。松前藩に気付かれていたことを見逃していたなどはなんとしても失態にございます」

「そなたが大黒屋の主に就く以前に松前藩は、深浦の船隠しを承知しておったのではないか」

「いかにもさようでございました。私が初めて小型帆船で深浦を訪ねたことも、イマサカ号を船隠しに入れたことも見張られていたことに、一族も私も気付いておりませんでした」

「松前藩は常時見張っていたわけではあるまい。また直接危害を加えようとしてのことでもないゆえに、そなたらも見逃したのではないか。いや、待て。その時節は、九代目総兵衛が亡《な》くなり、跡継ぎをどうするか一族で思案していた最中であったな。そなたの出現が大黒屋と一族の窮地を救ってくれた。あのような時期に一族が松前藩の動きを見逃したのは致し方なきことであったと思わぬか。ともあれ、松前藩がこの一件で新たな動きを見せるとも思えぬ。イギリス海軍の測量船との付き合い、八年余の秘密、われらにすべて握られておるかぎりはな」

「私の懸念は松前藩の話ではございませぬ」

「イギリスの動きか」

「この次、イギリスが江戸近くにやってくるまでに何年かの歳月がございます。折しも、イマサカ号と大黒丸が戻り一族の総勢が揃《そろ》いますゆえ、鳶沢一族はこの何年かの間に何をなすべきかを改めて根底から見直そうと思います」

本庄が不意に話題を変えた。

「総兵衛、鳶沢一族は何人おるな」

「鳶沢一族に六代目以来、琉球の池城《いけぐすく》一族が加わり、二年前に私が安南から今坂一族を引き連れて参加致しました。また、去年から今年にかけての京行きの旅の途次、加太《かぶと》峠で長年棲《す》み暮らしてきた柘植衆と知り合い、私の配下に参入させましたゆえ、江戸、相州深浦、駿州鳶沢村、琉球の出店を合わせると千数百人にございましょうか。数こそ増えたものの、こたびの失態は、四族の融和が決してうまくいっていないことを示しております」

「そなたの下に千数百人がおるのか。その内、戦士が五百人として、これはまさに大名家並みの陣容じゃな」

と本庄が嘆息し、

「どうやら相州深浦ばかりがそなたらの船隠しではなさそうじゃな。総兵衛、いつの日か、大黒屋の船隠しをわしに見せよ」

「その機会が参りました折は、和国が異国からの攻勢を受けて窮地に立たされておる時やも知れませぬな」

「となれば、わしは一族の船隠しを知らぬが一番か」

と言い残した本庄義親が深浦丸を下りて行った。

夕暮れを待って総兵衛は深浦丸を下りて密かに富沢町の店に戻ることにした。北郷陰吉《きたごうかげよし》の長屋を訪ねると、陰吉が夕餉《ゆうげ》の仕度をしていた。

「おや、総兵衛様、深浦の一件、始末がつきましたか」

「つきました」

その声音に疲れ以上の感情が込められていることを陰吉は察し、咄嗟《とっさ》に話しかけていた。鳶沢一族を率いる若者は苦悩に責められていると陰吉は思った。

「総兵衛様、なんぞ腹の中に溜《た》まっておられるような。この陰吉に吐き出していかれぬか」

うむ、と応じた総兵衛が、
ふうっ
と大きな息を吐いた。

「余計なお節介とは分かっておりますよ。だが、時に腹に溜めたものがよからぬ悪さをすることもある。総兵衛様は、わずか二年前に大黒屋の主に、いやさ、鳶沢一族の頭領の十代目に就かれたばかりだ。その総兵衛様の人柄に惹《ひ》かれて薩摩の密偵から鳶沢一族に転んだのが、このわしだ。立場は違え、一族の新参者に変わりはなかろう」

陰吉が幼い子を宥《なだ》めるような口調で話しかけた。

隠し扉から地下道に下りようとした総兵衛が動きを止めて、どさりと腰を下ろした。

陰吉が貧乏徳利と茶碗を二つ持ってきた。

「酒はございませんでな。江戸で焼酎《しょうちゅう》を探すのはなかなか難しいが、ないわけではない」

と言いながら、茶碗に焼酎を注いだ。

「黒じょかで燗《かん》すれば飲みやすいが、手間がかかる」

と呟《つぶや》いた陰吉が自分の茶碗にも満たした。

黒じょかがなにか分からなかったが、燗をする用具というのは察しがついた。

総兵衛は匂《にお》いのきつい焼酎を口に含んで呑《の》み干すと、喉《のど》から胃の腑《ふ》が焼けるように燃えた。

「総兵衛様、なんでも自分独りで背に負おうとすると無理が生じますよ。いくら総兵衛様でもな、時に背の荷を下ろして体と心を休ませることも大切でございますよ」

「私に疲れが見えますか」

「疲れだけではなかろう。いつもの総兵衛様と違っていささか顔が暗うございますよ」

と陰吉が言った。

「そうか、暗い顔をしておったか」

「一族の長《おさ》が暗い顔をしていては士気に関わります」

総兵衛の燃える胃の腑に陰吉の言葉が堪《こた》えた。しばし無言でこのところの動き方を思い出してみた。

「いささか眼が眩《くら》んでいたかもしれぬ」

「なぜ眩まれましたな」

総兵衛は、深浦の船隠しへの洞窟水路が松前藩の持ち船によって偶然にも見付けられ、その後の観察とイギリス海軍の測量船に伝えられた事実を掻《か》い摘《つま》んで、訥々《とつとつ》と語った。

「船隠しを見付けられ、三年余にわたって見張られていた事実に気付かなかったと自らを責めておられるか、総兵衛様」

「まあ、そんなところか」

総兵衛の茶碗に新たな酒を注いだ陰吉が、

「総兵衛様はよ、だれよりも聡明《そうめい》じゃ、ゆえに考えもひらめき、眼もよう見える。だがな、だれもが総兵衛様ではない、それぞれ違った考えを持つ生き物じゃ。配下の方々が気付かれなかったにはそれなりのわけがある、総兵衛様を含めて一族の方々を許してやりなされ。深浦の船隠しが見つかったのは松前藩が初めてではなかろう。その都度、鳶沢一族は、知恵と力でしくじりを凌《しの》いで百年も守ってきた。見つかったことが大事ではない、それを守り抜いたことが大事でございますよ」

「いかにもそうであったな」

「どげん人も一人前なっとは十年かかりもそ」

久しぶりに聞く陰吉の薩摩《さつま》言葉が総兵衛の耳にしみじみと染《し》みた。

「いささか急ぎ過ぎたかもしれぬ」

と総兵衛が言い、

「焼酎、馳走《ちそう》になったな」

と立ち上がると、

「総兵衛様、いつの日か、おいに相州の船隠しを見せてくいやんせ」

と願われた。

「分かった」

と答えた総兵衛は、隠し戸から地下道に潜り、ゆっくりと歩きながら、不意に安南の子守歌が口を吐《つ》いた。

総兵衛戻る、の知らせに大番頭の光蔵とおりんが直《す》ぐに姿を見せた。その顔に緊迫があった。

深浦の船隠しが三年も前から松前藩に気付かれていたことは、深浦を見張っていた松前藩の下士たちの証言を聞いた者たちによって、すでに光蔵らに伝わっていた。

「総兵衛様、えらい失態をしでかしました」

光蔵が総兵衛の前にがばっと両膝《りょうひざ》をついて詫《わ》びようとした。

「なんのことです」

「深浦の船隠しが松前藩に知られて見張られていることを三年余も気付かずに

いたことでございます」

「そのことなれば本庄の殿様のお力を借りて繕いました」

「ですが、三年も前からとは驚きました。油断が生じておったのでしょうか。いえ、きっとそうです」

「大番頭さん、深浦の船隠しが知られたのはこれで何度目ですね。その都度、蔦沢一族は危機を凌いできたのです。そのことを考えるより、百年にわたって深浦が守り抜かれてきたことを、そのような船隠しを六代目総兵衛様が築き上げられたことに感謝しましょうか。むろん今後、深浦の警護は厳しくせねばなりますまい」

「はい」

「私どもの前には正介の一件も残っていれば、イマサカ号と大黒丸が数日後に江尻の船隠しに戻っても参ります。起こったことより当面の勤めを確かにこなしていきましょうか」

おりんは、総兵衛の体から酒の匂いがするのを感じていた。いや、酒ではない、陰吉が嗜《たしな》む薩摩焼酎の匂いだと気付いた。

（そうか、総兵衛様は陰吉と話して己や一族を責めることを放念されたのか）

と得心した。


その夜、二番番頭の参次郎に指揮された琉球型小型帆船が御米蔵の間を抜ける水路を伝い、新堀川に入ると、心月院の対岸の河岸道《かしみち》に着けられた。

そこには三丁の乗り物が待っていて、中老飯田茂高、郷奉行室生松右衛門、御用商人蝦夷屋儀左衛門の三人と、深浦や上総《かずさ》の汽水池で摑《つか》まった小者たちも松前藩に引き渡され、乗り物や徒歩《かち》で藩邸へと引き立てられていった。

九つ半、総兵衛は富沢町の船隠しに戻ってきた参次郎から引き渡しが無事に終わった報告を受けた。

「ご苦労であった」

参次郎にかけた声はいつもの平静な総兵衛に戻っていた。

四

北郷陰吉が長屋から忽然《こつぜん》と姿を消した。

大番頭の光蔵はその報告を受けたとき、総兵衛の命《めい》に携わっているのかと思った。だが、陰吉は独断で動いていた。


その日、総兵衛は深浦を経由して駿州江尻湊の船隠しに戻っていた。

総兵衛は、今晩か明晩には大黒屋の交易船団が総兵衛らのもとへ戻ってくることを確信していた。

江尻の船隠しは、過日、総兵衛が見たときよりも交易品を満載しているはずのイマサカ号と大黒丸が入津する仕度を整えており、相模丸、深浦丸の二隻も、交易船の荷を積み替えて摂津へと航海する準備を終えていた。

さらに船隠しのコの字型の石垣下の倉も、品物に合わせての受け入れ準備を終え、荷降ろしと整理の要員である深浦と鳶沢村の男女百数十人が待ち構えていた。

総兵衛は、結局、富沢町の奉公人を一人も江尻に送り込まなかった。

江戸の大黒屋は、いつもどおりの商いと暮らしをしていたほうがよい、と判断したのだ。

衣替えを前にした古着大市の仕度を始めねばならないこともあったが、やはり松前藩に深浦が目をつけられていた一件が総兵衛を注意深くさせていた。

なにが起こっても富沢町をただ今の陣容で守り抜き、古着大市に備えることを総兵衛は光蔵に命じていた。

師走《しわす》前の古着大市の土地提供と世話方は、本来なれば柳原土手の古着商らの順番であった。

だが、柳原土手は大名家など武家地に接していた。そこから苦情が出て、もはや開催は不可能になった。そこで総兵衛ら富沢町と柳原土手の世話方が相談し、
一、今後の古着大市の開催地は富沢町に固定すること
二、但《ただ》し春の世話方は富沢町、秋の世話方は柳原土手と従来どおり
と今後の方針を決めた。

そのために総兵衛は、富沢町の再整備を行った。

入堀に架かる栄橋を二倍近くの幅の五間半（約一〇メートル）の新栄橋に架

け替えさせ、新栄橋を挟んで対岸に買い求めた炭屋の店と二棟の蔵を残してその他の建物は取り壊し、整地して露店の古着屋が店を出せるようにした。

さらに古着大市の大勢の人の流れを安全に導くために四百五十余坪の敷地に石垣を巡らし、入堀に面した元矢之倉の河岸と久松町の通り二か所に門を付けさせた。それにより買い物客は、入堀側から久松町出店や露店に入り、出るときは久松町の横道に抜ける流れとなる。

新栄橋が入堀を挟んだ二つの土地を結びつけ、より安全、便利な会場が確保された古着大市は、今や春と秋、衣替え前の江戸の風物詩としてこれまで以上の大盛況が期待された。四たび目の今回は飲み物や食いもの屋の屋台店も一層充実させて大賑《おおにぎ》わいの人出に備えていた。

そんな中で総兵衛は、イマサカ号と大黒丸の荷降ろしと積み替えに富沢町の手を一人も携わらせることなく、交易品の受け入れと古着大市の準備に専念させることにしたのだった。

総兵衛は、江尻の船隠しに戻ったあと、深浦から連れてきた小僧の正介を従えて久能山《くのうざん》に登った。

総兵衛は東照大権現の霊廟《れいびょう》の前に座し、瞑目《めいもく》して交易船団の無事帰還と古着大市の開催成功を祈願した。

総兵衛の耳にははるか彼方《かなた》から家康の笑い声が聞こえたように思えた。

(幻聴か)

と思ったとき、

(鳶沢成元《なるもと》の十代目がわしを商いの神様と間違いおるわ)

という確かな声が伝わってきた。

総兵衛は、家康に深謝し、霊廟から方角を変えた。

イマサカ号と大黒丸が航海する海に向かって思念を送った。

しばし時が流れ、林梅香老師の気配が伝わってきた。

(ご苦労でした)

(明晩には久能山沖に到着致しますぞ)

(老師、受け入れの仕度は終えておる)

(再会を楽しみに)

思念の交流を終えて総兵衛が立ち上がると、正介が、

「総兵衛様、この墓の主はだれですか」

と聞いた。

「神君家康様が駿府で身罷《みまか》られたあと、一年ほどお休みになられた霊廟です」

「家康様の墓所は日光東照宮にあると聞きましたが」

「加太峠育ちでもそのことは知っていますか」

「総兵衛様、私は幕府火術方佐々木五雄の子です」

と正介が向きになった。

柘植の郷でだいなごんと呼ばれていた捨て子の正介にそのことを教えたのは育ての親の柘植宗部《そうぶ》らであり、捨て子の首に掛けられた革袋の中に残された紙片が出自を教えてくれたのだ。

「正介、よい折です、頼みがあります」

「なんですか」

「そなたがいつも首に下げておる革袋、今も持っておりますか」

「親父のただ一つの形見です。大切にしていつも首から下げております」

「総兵衛に預けてくれませんか」

「えっ」

と正介が驚きの声を発した。

「なぜです、総兵衛様」

正介が首からかけた革袋をお仕着せの上から手で触った。

「そなたの命を守るためです。そなたを幕府の鉄砲玉薬《たまぐすり》方が探しておるのは承知ですね。そなたの父御が書き残された火術方というのは正式には鉄砲玉薬方という幕府の役職です」

「おお、手代の田之助さんや新羅次郎さんが目くらましの爆裂弾を使う男たちに襲われたと聞きました。あの男たちは親父の仲間ですか」

「どうやらそのようです。彼らはどのようにして探り当てたかわかりませんが、佐々木五雄の倅《せがれ》がそなたと推量したようです。過日、私が根岸の坊城《ぼうじょう》家からの帰りを尾行され、その尾行が天松らに気付かれて、忍《しのぶ》ケ岡《おか》の東照大権現宮に逃げ込んで爆裂弾を投げつけて姿を消しました。また鉄砲玉薬方の与力ら三人が大黒屋に訪ねてきて、小僧の新三らを集めさせ、子細に顔を見ていったそうです。そなたが忠吉と入れ代わりに深浦に身を移した後のことです」

「それは知りませんでした」

正介が驚きに身を竦《すく》ませた。

「親父はなにをしたのですか、総兵衛様」

「十数年前になにがあったかは知りません。ですが、そなたの父御は鉄砲玉薬方から新しい火薬の作り方を記した秘伝を持ち出したことは確か」

ああ、と悲鳴を上げた正介が、

「それでこの革袋の中の紙切れを鉄砲玉薬方は探しているのですか」

「そのようです」

「なぜ私が佐々木家の跡継ぎと知ったのでしょうか。私が親父の残した紙切れを持っているとなぜ親父の仲間は考えたのでしょうか」

「最前も言いましたが分かりませぬ。ですが、父御の仲間がそなたの持つ紙片を探しておることは間違いない。そなたが父御の形見に関われば、命を失《な》くすような目に遭います」

「総兵衛様はどうするおつもりですか」

「その紙片を彼らが求めているのなれば、彼らに渡せばよいことです」

「親父とのただ一つのつながりです」

「命に代えられますか、正介。それにその秘伝書き、物の役に立つと思いますか」

あっ、そうかと総兵衛の言葉の意味を察した正介が、

「深浦で風吉《かざきち》さんが教えてくれた異国の火薬は、この国の火薬の何十倍もすごいということでした」

「真《まこと》です。イマサカ号が戻ってくれば正介にその威力を見せます」

と約定《やくじょう》した総兵衛が、

「幕府の鉄砲玉薬方は、おそらく時代遅れの秘伝の火薬の作り方を記したその紙片を探し求めておるのです。異国がこの国に関心を寄せている今、鉄砲玉薬方の火薬などなんの役にも立ちません。とくにわれら鳶沢一族には無用の秘伝書きです。この道理が分かりますね」

しばし考え込んでいた正介が首からかけた革袋の紐《ひも》を引きちぎるようにして外し、総兵衛に差し出した。

「鉄砲玉薬方に渡し、そなたの身を守る約定をさせます。それでよいですね」

総兵衛の優しい言葉に正介が頷《うなず》いた。


その翌日深夜、久能山沖の駿河《するが》湾に相模丸、深浦丸、そして、江尻の船隠し造りの普請《ふしん》船として携わってきた久能丸、江尻丸の二隻が加わった四隻が月明かりの下、イマサカ号と大黒丸の十か月ぶりの帰国を待ち受けていた。

久能丸と江尻丸は、相模丸、深浦丸の同型船だ。

総兵衛は交易船団の荷を調べたあと、この二隻にも荷を積み替えて江戸へ送り込むことを考えていた。

鳶沢村の長老安左衛門《やすざえもん》は、霊廟参拝から戻ってきた総兵衛に、

「今晩から出迎えの船を出しますか」

と尋ねた。

「安左衛門、交易船団は薩摩沖をゆっくりと駿府に向かっております。おそらく荷を満載にしており、無理な航海は信一郎が許しておりませぬ。ゆえに明晩に久能山沖に姿を見せます。本日は不要です。出迎えの船は、明晩四つ（午後

十時頃）過ぎに江尻湊を出立すればよい」

　と総兵衛が言い切った。

「されど風具合で早くなるということはございませぬか」

「安左衛門、総兵衛の言葉を信じなされ」

　と総兵衛が逸《はや》る長老を宥め、

「明晩戻ってきた暁には、交易船団の労《ねぎら》いの宴を為《な》しましょう。和国を離れていた一同のために十分な仕度をして下され」

「総兵衛様、一年近くも船暮らしをしていた信一郎たちのため、すでに新しい畳の部屋と大きな湯殿を仕度して、食べ物も飲み物も十分に用意してございます」

　と答えた安左衛門が、

「仲蔵さんは琉球で下船なされましたな」

「まず出航前の話合いどおりに琉球にて下りておりましょう。ただ今の船団の長《おさ》は信一郎です」

「総兵衛様、イマサカ号と大黒丸を船隠しに入れた後、その日一日、荷降ろしは致しませぬか」

「遠い旅路を帰り着いたのです。一日ほど私どもと楽しみ、荷降ろしはその翌日からとなされ」

「畏《かしこ》まりました」

安左衛門は、昨日と今日の二日をかけて交易船団を迎える手はずを整え終えた。


総兵衛が最後に林梅香と思念を交し合った翌日の深夜四つに江尻湊を出た四隻の帆船が久能山沖を遊弋《ゆうよく》していた。

表地が黒、裏地が真っ赤な天鵞絨《ビロード》の長衣《マント》の裾《すそ》を風に靡《なび》かせた総兵衛も相模丸に乗り込み、船団の帰りを待ち受けていた。

初秋の月明かりが駿河湾を青く照らしつけていた。

傍らには天松と正介が控えていた。

正介は初めての駿州鳶沢村を訪ねた折、天松に、

「天松兄さん、この村が大黒屋の古里ですか」

と尋ねたものだ。

「鳶沢一族の国許《くにもと》、領地です」

「なんとも鳶沢一族は途方もない一族ですね」

「正介は未《ま》だ鳶沢一族の全容を知りません」

「天松兄さんは承知ですか」

「いえ、鳶沢一族の全《すべ》てを承知なのはお一人だけです」

「ふーん、総兵衛様お一人ですか」

「いかにもさようです」

と天松が恭《うやうや》しく答えた。

今夜の出迎えの相模丸に乗り込むことは、天松を通して総兵衛の許しを得ていた。

「異国とは江戸と京を往復するほど遠いところか」

と正介が独りごとを漏らし、尋ねた。

「天松さんは承知ですか」

「私は京を訪ねたことはありません。だから江戸と京の何倍かと言われても」

天松が答えに窮した。

「正介、江戸と京の十倍も二十倍もの海を航海した果てがイマサカ号と大黒丸が交易に向かった先です。風を頼りに一月余りの船暮らし、その間に見えるのは大海原ばかりです。こたびの航海で最後に琉球に立ち寄り、長老の仲蔵さんを下ろして江尻に向かっています」

「総兵衛様、一月も船で暮らして退屈しませぬか」

「海に出たら出たで、やるべきことはたくさんあります」

と総兵衛が答え、天松が、

「総兵衛様、加太峠なる山育ちの正介にイマサカ号の暮らしは分かりません」

と得意げに言った。

「うむ、天松さんはさも承知している顔付きですね」

「承知しているとはいささか烏滸《おこ》がましいですが、総兵衛様とごいっしょに加賀国からイマサカ号で海を越えてきましたゆえ、そなたよりは承知です」

とこんどは胸を張った。

「なに、天松さんは承知ですか。ふーん」

と最後は正介が鼻で返事をした。

夜半九つを越えた。

だが、イマサカ号と大黒丸の姿を駿河湾に見付けることが出来なかった。

九つ半（午前一時頃）を過ぎたとき、総兵衛が遠眼鏡を天松に渡し、帆柱に登れと命じた。

「畏まりました」

「遠眼鏡を翳《かざ》す方向は南です」

総兵衛の指示に答えた天松が遠眼鏡をお仕着せの懐《ふところ》に入れて、するすると帆柱を登って行った。

「ああ、あんな高いところに登って天松さんたら危ないですよ、総兵衛様」

「船に乗組んだらあの程度のことは当たり前に出来ねばなりません」

「あああ、揺れる天松さんを見ていたら、気分が悪くなった」

と正介がその場にしゃがんだ。

そのとき、天松の歓喜の声が帆柱上から落ちてきた。

「総兵衛様、南の海に船影が小さく見えましたぞ」

「よし、見落とすでない」

天松に応じた総兵衛が相模丸の操舵場《そうだじょう》に、

「灯りを灯《とも》せ」

と命じた。

すかさず風雨にも強い角灯《ランタン》が灯され、それに深浦丸ら残り三隻も倣《なら》った。

「総兵衛様、三本帆柱の異人船でございますよ」

イマサカ号は三檣《さんしょう》のガレオン型帆船だ。主檣の高さは海面から二百数十尺（七、八〇メートル）あった。この帆船には主帆八枚、補助帆七、八枚が張られるようになっていた。

「天松、大黒丸の船影はないか」

総兵衛はイマサカ号なれば必ず傍らに大黒丸を随伴していなければならないと指摘した。

「お待ち下され。ああ、イマサカ号の陰に大黒丸が従ってますよ」

「おおお、二隻ともに戻ってきたか」

夜の海を相模丸ら四隻が駿河湾口に向かって二隻を迎えに帆走を始めた。

「おお、喫水が深くなっていつものイマサカ号より船足が出ておりませんよ」

と天松が報告したとき、舳先《へさき》に立つ総兵衛の眼にも懐《なつ》かしい船影が認められるようになった。

四半刻《しはんとき》後、イマサカ号と大黒丸の交易船団と総兵衛らは一年近くぶりに再会していた。

イマサカ号から空砲が鳴らされ、出迎えの船から両船に向かって、

「よう帰られた！」

「ご苦労にございましたな！」

と声が次々に飛んだ。

荷を満載した二隻と相模丸ら四隻は、大井川河口沖合三里（約一二キロ）のところですれ違い、相模丸らは反転してイマサカ号らを守るように取り囲んで久能山沖へと並走していった。

総兵衛は、月明かりにイマサカ号の双鳶《ふたつとび》の船首像が風を切る光景を懐かしくも誇らしく見詰めていた。

「総兵衛様！」

イマサカ号の後甲板の操舵室から一番番頭の信一郎が呼びかけてきた。一年近くの異国交易でいっそう精悍《せいかん》さに磨きのかかった信一郎の傍らには林梅香老師の姿も見えた。

「ご苦労であった」

二人は互いに短く言葉を交わし合っただけだったが、それだけで十分だった。イマサカ号の傷ついた船体が異国交易の厳しさをなにより物語っていた。

「老師、お疲れではありませぬか」

「南の海はわれらの故郷にございますでな」

と達者な和語が聞こえてきた。

力強い言葉の中にどことなく安堵《あんど》感《かん》のあることを総兵衛は察知していた。それは交易の困難さと成功の歓喜が込められた言葉だった。

総兵衛はイマサカ号から相模丸を見下ろす一人ひとりに視線を向け、頷き返した。

最前気分が悪くなったと言った正介もイマサカ号の巨大な船影に茫然《ぼうぜん》自失して船酔いも忘れていた。

天松は相模丸の帆柱上とほぼ同じ高さのイマサカ号の操舵場に向かい、

「一番番頭さん、おりんさんがお待ちですよ！」

と叫んでいた。

「小僧さんや、余計なことです」

「一番番頭さん、この天松、総兵衛様のお許しを得て今では手代にございますよ」

「それはめでたい」

と答えた信一郎に、

「江尻の船隠しにご案内申し上げます」

と天松が言い返した。

総兵衛は相模丸を大黒丸と並走させよと命じた。

大黒丸と並んだ相模丸の間に感激の言葉が飛び交い、六隻の鳶沢一族の持ち船は、久能山沖合で船脚を緩め、久能山に向かって、

「交易航海の無事」

を感謝する拝礼を一同で行った。

その上で縮帆して船脚を緩めた船団は、相模丸を誘導船として三保の松原の北端、真崎を回り込んで江尻湊の外れに設けられた船隠しへとまずイマサカ号が向かい、船足を止めた。すると何隻もの引き船がイマサカ号を囲んだ。船隠しの巨大な扉が開かれ、灯りが灯されるとイマサカ号の操舵室から感嘆の声が上がった。

人の手で造られた船隠しとしてはなんとも巨大な設備であった。

船尾に引き船から麻縄が投げられ、すでに帆を畳んだイマサカ号をゆっくりと船隠しの中へと引き込んでいった。

さらに大黒丸が入れられるとさしもの船隠しもいっぱいになった。すると船隠しの扉が閉じられ、その前に相模丸ら四隻が停泊して、船隠しは完全に隠された。

イマサカ号と大黒丸が船隠しの中に舫《もや》われたとき、白々と東の空が明けてきた。

二隻の交易船団は母鳥の懐に抱かれた幼鳥のように、江尻の船隠しで一年近くぶりに警戒を解いて束の間《つかま》の安息に浸った。

第五章　交易船団戻る

一

夜明け前に到着した交易船団の信一郎や林梅香《はやしばいこう》ら百九十一人を江尻《えじり》の船隠しで迎えた鳶沢一族の者たちは、感激の対面を繰り広げた。交易船団が留守の間に鳶沢一族に加わった栢植《つげ》衆がおり、イマサカ号には異郷に残っていた今坂一族に関わりの者が新たに四十一人加わっていた。

初めて顔を合わす者も大勢いたが、総兵衛の歓迎の言葉で互いが事情を知ることになった。

その上で総兵衛が、

「イマサカ号と大黒丸による異国遠征交易からの無事帰還は、留守を預かっていたわれらにどれほど喜びと勇気を与えたか計り知れない。よう戻ってきてくれた」

と声を張り上げると、

わああっ！

という喚声が江尻の船隠しに響き渡った。

「交易船団には新たなる今坂一族の者が加わっておると信一郎から聞いた。よう和国に渡来する決心をしてくれた。私はそなたらが知るグェン・ヴァン・キではない。商いの上の名は大黒屋総兵衛であり、武に生きる折は鳶沢《とびさわ》総兵衛勝臣《かつおみ》として、そなたらを束ねる。相分かったか」

総兵衛の和語を、総兵衛といっしょに二年前に渡来した今坂一族の者たちが安南《アンナン》の言葉に変えて教えた。すると、

「はーい」

という返事が戻ってきた。

総兵衛は、そんな中に幼馴染《おさななじみ》が数人混じっていることを見ていた。

「さて、信一郎、そなたが交易に出ていた間に鳶沢一族に力強い味方が加わっ

ておる。伊勢と近江の国境、伊賀奈良道の加太《かぶと》峠で野伏せりどもの稼ぎを掠《かす》めて生きてきた戦国時代の豪族柘植衆が一族郎党を上げて、わが鳶沢一族に加わった」

総兵衛が改めて柘植衆の鳶沢一族参加を告げた。

「総兵衛様、話に聞いたことのある柘植衆が私どもの仲間として加わったとは喜ばしい知らせにございます」

すかさず信一郎が明言した。

総兵衛はその場に柘植衆の頭だった柘植宗部《そうぶ》を呼んで信一郎ら交易船団の幹部連に引き合わせた。そして、総兵衛が言葉を継いだ。

「かように鳶沢一族は、六代目総兵衛勝頼《かつより》様以来の盟友である池城《いけぐすく》一族、こたび新たに四十一人を加えた今坂一族、さらには柘植衆と四族が集う、新たなる鳶沢一族となった。その証《あか》しが鳶沢村の長老鳶沢安左《やすざ》衛門《えもん》と村の一族が苦心の末に築き上げたこの船隠しだ。どうだ、この船隠しは」

と総兵衛が信一郎に尋ねた。

「数年前より話には聞いておりましたが、鳶沢村の船隠しがかくも大きく立派とは夢想もしませんでした。安左衛門様、ご苦労でございましたな」

鳶沢村で生まれ育った一番番頭の信一郎が感激の体で安左衛門に言った。

「具円伴之助《ぐえんばんのすけ》船長《かぴたん》、どうだ」

「驚きました」

と達者になった和語でイマサカ号の具円船長が答え、

「こんな船隠しは初めてです」

と副船長にして航海方の千恵蔵が言葉を添えた。さらに大黒丸の船長金武陣《きんじん》七《しち》も副船長と舵方《かじかた》を兼ねた幸地達高《こうちたっこう》も、

「東海道近くにかような船隠しがあるとは鳶沢村ならではの荒業です」

「これほどの設備が整った船溜《ふなだ》まりは初めてです」

と口々に言った。

金武船長が鳶沢村ならではと言ったのは、鳶沢村が神君家康から安堵《あんど》された拝領地であり、久能山《くのうざん》の霊廟《れいびょう》の隠れ衛士《えじ》を鳶沢村が務めてきたことを言っていた。公儀にとっても神君家康自らに安堵された鳶沢村一帯に手を入れることは憚《はばか》られたのだ。

「信一郎、具円船長、金武船長、そなたらが乗るイマサカ号と大黒丸がこの船隠しに入るまで、いささか案じておりましたぞ。図面では二隻《せき》が入れぬわけはない、と思っておりましたがな、荷をいっぱいに積んだ二隻が収まったのを見て、苦労も吹き飛びました。だがな、信一郎、そなたらの苦労に比べれば、鳶沢村で船隠しを普請《ふしん》することなどなんでもありませんでな」

安左衛門が信一郎らの航海を労《ねぎら》った。

「われらは、今後も武と商を合言葉に二つの御用を勤めることになる。だが、本日は長い交易を果たした信一郎や林梅香老師らの歓迎の宴だ。まず一年近くの疲れを湯でとれ、そして、本日一日は鳶沢村の女衆《おなごし》の心尽しの酒と馳走《ちそう》を存分に飲み食いせよ、許す」

総兵衛の言葉にまた新たな歓声が沸いた。

この一日、約一年ぶりに湯に入り、新しい衣服に着替えた交易船団の一同と江尻の宴を仕度した鳶沢村の衆のほとんどが集い、賑《にぎ》やかに飲み食いして大騒ぎをした。

騒ぎの最中にも哀しみはあった。航海の途中で水夫《かこ》与助が心臓《しんのぞう》の病で亡《な》くなり、骸《むくろ》が家族のもとへと返されたのだ。

総兵衛は、当座の騒ぎが落ち着いてから弔いをしようと考えていた。疲れ切った交易船団の者たちがイマサカ号と大黒丸に必要な見張りを残して船隠しの宿舎で眠りに就いたあと、イマサカ号の船室に総兵衛、交易船団の長《おさ》、一番番頭の信一郎、林梅香、安左衛門、柘植宗部ら鳶沢一族の首脳が集り、改めて、交易船団の帰還を祝い合った。

「総兵衛様、これが交易品の品書きにございます」

信一郎が卓の上に差し出したのは、革表紙の異国式の大福帳十八冊と膨大なものだった。

「これを読むには数日かかりそうだ。信一郎、明日から荷降ろしを行いつつ、京都のじゅらく屋様と茶屋清方様に向けた交易品は、相模丸と深浦丸に積み替えて即刻摂津に向けて走らせようと思う」

「茶屋家と知り合いになられましたか」

「積る話は山ほどある。元々茶屋家と今坂一族は安南以来の知りあいでな、坊城桜子様との京行きで初めて顔合わせし、交易を為《な》すことで合意致した」

「じゅらく屋様とは品向きが違いますな」

と信一郎が考えた。

「大黒丸には加賀福浦《ふくら》の湊《みなと》に加賀御蔵屋《みくらや》様の荷を積ませて向かわせたい」

「総兵衛様、その心積りで大黒丸の上荷を下ろせばあとは加賀藩から注文の大砲、御蔵屋様の荷が積み分けてございます」

「それは察しのよいことよ」

「金武陣七船長らにしばし休息を与え、加賀に向かわせようか」

「畏《かしこ》まりました」

「あとは江戸向けの荷じゃな」

「相州深浦の船隠しでなにかございましたか」

と信一郎が危惧《きぐ》を表明した。

「明日話そうと思ったが」

と前置きした総兵衛は、松前藩とイギリス海軍の測量船カートライト号が深浦の船隠しに目をつけ見張っていた事実と、測量船に総兵衛が乗り込んで直《じか》に話をつけた経緯を語り聞かせた。

「今後、イギリスとの付き合いは琉球《りゅうきゅう》出店で為すと申されますか」

「不都合か」

「いえ、それがよかろうかと存じます」

「薩摩《さつま》のことは重々注意しつつイギリスとの付き合いを慎重に進めていこうと思う」

信一郎が頷《うなず》いた。

「よし、信一郎、林梅香老師、今晩は畳の上でぐっすりと休め」

と総兵衛が解散を命じた。

富沢町の大黒屋の店先に北郷陰吉《きたごうかげよし》が姿を見せた。そのことに気付いた光蔵《みつぞう》が店座敷に入るように目で合図した。すると三和土《たたき》廊下から奥へ通った陰吉が店座敷に入った。しばらくすると光蔵が姿を見せた。

「総兵衛様は留守じゃそうな。犬を散歩させる小僧さんに聞いた」

と陰吉が挨拶《あいさつ》もなしに言った。

「おまえさん、このところ長屋を留守にされていたようですな」

「いかにも留守をしておりました」

「どこへ参られましたな」

「板橋宿に行っておった、大番頭さん」

「板橋宿ですと」

光蔵の声が甲高く響いた。

薩摩藩の密偵から転んだ北郷陰吉を光蔵は、未《ま》だ全面的に信頼していなかった。そのことを陰吉も感じていたから、二人の話は余所余所《よそよそ》しくなる。そこへおりんが茶菓を運んできた。

「陰吉さん、ご苦労様です」

おりんは声をかけて茶菓を供したあともその場に残った。二人の微妙な関わりを承知しているからだ。

「陰吉は板橋宿に行っておったそうな、おりん」

「板橋宿ですか」

おりんも首を傾《かし》げ、

「大方飯盛女郎が恋しくなったのではありませんか」

と光蔵が言い、おりんが首を横に振った。

「大番頭さん、板橋宿ではのうて戸田の渡し場ですね。陰吉さん、違いますか」

と陰吉に質《ただ》した。

首肯した陰吉にさらにおりんが尋ねた。

「なんぞ分かりましたか」

京からの帰路、総兵衛一行は中山道《なかせんどう》から戸田の渡しで江戸に戻ってきていた。

「河原で女連れの総兵衛様一行を甘く見た五人組の浪人が絡《から》んできた」

「その話、聞きましたな」

「大番頭さん、その折、だいなごんが手作りの癇癪玉《かんしゃくだま》を破裂させて、浪人どもを驚かせた」

「そのことも聞きました」

二人の掛け合いは不意に途切れた。

しばしその場に沈黙が漂った。なんとも微妙な雰囲気だった。

「どうなさった」

と光蔵が話を再開するよう促した。

「その場景を見ていたものがいたんだよ、大番頭さん」

「戸田の渡し場ですからな、大勢の旅人が往来しますでな」

「その中に幕府鉄砲玉薬《たまぐすり》奉行井上家の関わりの者がいた」

「なんですと」

光蔵は、初めて陰吉が総兵衛の影御用で動いていたのかと気付かされた。

「総兵衛様に命じられて戸田の渡し場に行かれましたか」

「総兵衛様は知らないな」

陰吉が顔を横に振り、

「正介と名を変えただいなごんを大黒屋の小僧と知ったとしたら、あの戸田の渡し場しかないと思ったんだ」

「おお!」

光蔵の顔に驚きと一緒に迂闊《うかつ》だったという表情が浮かんだ。

「井上家の与力同心らは偶然にも知り合いを戸田の渡し場まで見送りにいって小僧が癇癪玉を扱う光景を見たそうだ。知り合いを見送ったあと、板橋宿の鰻《うなぎ》屋《や》で鰻を食べた総兵衛様一行を尾行して、富沢町の大黒屋の若い主《あるじ》と奉公人と知った。さらには連れの娘さんが根岸の坊城桜子《ぼうじょうさくらこ》様と調べがついた。鉄砲玉薬方の井上家は古着屋の大黒屋には関心がない。だがね、癇癪玉を扱う小僧が気掛かりだったのさ」

「ああ、そういうことでしたか。そこで総兵衛様が根岸を訪れた夜、鉄砲玉薬方与力同心の形《なり》を隠した井上家の家臣が尾行し、総兵衛様に陰警護がついておるのを見て姿を消した。他日には、大黒屋の正体と正介の顔を確かめに井上家の三人がうちにやってきたということでしたか」

陰吉の行動に得心しかけた光蔵が、

「しかしなぜ総兵衛様が戻られて直《す》ぐに姿を見せずに、何か月も過ぎて動き始めたのですかな」

「その辺は未だ調べがついてない、大番頭さん。推量だが陰警護のついた大黒屋の主と店を密《ひそ》かに探っていて、時がかかったのかも知れない」

「先日、井上家の方々がうちにきたとき、正介を総兵衛様のご判断で、すでに深浦に移しておいたのは正解でしたね、大番頭さん」

とおりんが言った。

「いやあ、よかったよかった」

とおりんに答えた光蔵が、

「陰吉、疑って悪かった」

と詫《わ》びの言葉を口にして、

「陰吉、そなた、鉄砲玉薬奉行の井上家をもう少し調べてくれませんか」

と願った。

「いやね、そこだ、大番頭さん」

と陰吉が探索の続行には難色をみせた。

「井上家は元の仲間の遺児、正介がうちにいることは承知だ。そのうち必ず強《こわ》談判《だんぱん》にくるだろう。だがな、なんとなくこの一件、総兵衛様にお任せしたほうがいいと思ったんだ。どう思いなさるか、大番頭さん、おりんさん」

陰吉は薩摩で長いこと密偵を勤めてきた男だ。なにか独特の勘が働いての言葉と受け取れた。

　おりんが光蔵に頷き返した。

「江尻湊に使いを立てて総兵衛様のご判断を仰ぎますか」

　と光蔵が言い、不図《ふと》思い付いたように、

「おりん、そなたが船にて江尻まで参りませぬか」

「そろそろイマサカ号と大黒丸が帰っている頃です。そんな多忙なところに私が顔を出してもよいものでしょうか」

「信一郎の元気な顔を見てきなされ。あちらは人手がいくらも要りましょう。それに正介の一件の事情が陰吉のお蔭《かげ》で分かったのです、そのことを総兵衛様に知っておいてもらいたい。こちらはなんとでも凌《しの》げます」

　光蔵は、おりんに江尻に使いに立てと言った。

「それはいい。大番頭さん、わしがおりんさんのお供をしよう。鳶沢村はよう承知ゆえな。わしもなんぞ手伝いたい。いや、あの大きな帆船を間近で見てみたい」

　と言い出した。

薩摩の密偵だった北郷陰吉は一年近く前、久能山沖にわずかな刻限停船したイマサカ号の巨大な帆船を望遠していた。

光蔵がしばし考えて、

「こたびの手柄に免じておりんの供にそなたを加えます」

と許しを与えた。

光蔵は陰吉の口から鉄砲玉薬奉行の井上家が正介のことを知った事情を話させるのがよいと判断したのだ。それになんとなく陰吉が光蔵に話してないことがありそうな気がした。陰吉は総兵衛にならすべてを話すと思った。

その日の夕刻、大黒屋の船着き場から猪牙舟《ちょきぶね》におりんと陰吉が乗り込み、佃《つくだ》島《じま》の船溜まりで琉球型小型帆船に乗り換え、江戸湾口へと向け、南下していった。

朝から交易船団の荷降ろしが始まった。

まず総兵衛は、信一郎の案内でイマサカ号、大黒丸の荷を順々に見て回った。

船倉ごとにきちんと積まれた交易の品は、大黒屋の扱う絹織物、毛織物、木綿、綿糸だけではなく、香辛料、岩塩、砂糖、薬品類、書籍、真珠、翡翠《ひすい》、琥珀《こはく》など奇石、象牙《ぞうげ》、鼈甲《べっこう》、書画骨董《こっとう》、絨毯《じゅうたん》、家具、食器、航海用具、各種海図、医術の道具類、大砲、砲弾、鉄砲、弾薬、火薬等々と多岐大量に渡った。

信一郎が昨晩のうちに総兵衛に渡した仕入れ台帳十八冊と実際の品を突き合わせるだけで何日もかかりそうだ。

長年交易に関わってきた琉球出店の仲蔵《なかぞう》、その倅《せがれ》の一番番頭の信一郎、さらには林梅香らの眼鏡に適《かな》って買い求めた品々が、江戸の大黒屋、京のじゅらく屋、加賀の御蔵屋など行き先ごとに整然と区分けされて船倉に積まれていた。

また大黒丸の荷は主に加賀藩が注文した品だ。

最下層船倉には重量のある大砲と砲弾と火薬類が積まれていた。

格別に交易船団に乗り組みを許された加賀金沢藩の大筒方の佐々木規男、田網常助、石黒八兵衛ら三人と総兵衛は昨日の内に会っていた。

「総兵衛様、われらにかような機会を与えて頂き、貴重な経験を積むことが出来ました。われらは全く井の中の蛙《かわず》でございました。大筒どころか、広い異国を全く知らずして生きておった。恥ずかしい限りです」

三人を代表した佐々木が総兵衛に話しかけたものだ。

三人のしっかりとした面構《つらがま》えにきらきらと輝く眼差《まなざ》しは、一年近く前の交易船団出航時にはなかったものだ。当時はいかにも自信なさげな不安な表情だけがあった。それがこたびの交易航海で、まるで別人へと変わっていた。

「加賀藩の希望する大砲、弾薬が手に入りましたか」

「大黒丸の最下層船倉に積んでございます。この大砲を一日も早く加賀に運んでいきたいものです」

「大黒丸の荷は、ほぼ金沢行きと信一郎から聞いております。本日、改めて信一郎らと点検した上で明日の夜明けにも江尻の船隠しを出立なされよ」

総兵衛が許しを与え、その場に信一郎と金武陣七船長を呼んで、大黒丸の金沢行きを命じた。

総兵衛はその日一日かけて、こたびの航海で信一郎らが買い求めた品を見て回った。それは総兵衛の想像をはるかに超えて多岐にわたる、驚くべき大量の品数であった。

一年近く前の出船時、イマサカ号、大黒丸の両船には日本からの交易品といっしょにイマサカ号に六万両、大黒丸に四万両の金子が積み込まれていた。

これら交易品を異国で売り、代わりに異国の品々を買い求めたのだ。

総兵衛は、京、金沢からの預かり荷を含めて、売り上げがどれほどになるか頭の中で計算した。その上で総兵衛はすべての品の売買に立ち合った信一郎に売値の予測を聞いた。

「異国交易の利を総兵衛様に申し上げるのも愚かなことにございます」

「信一郎、こたびの交易のすべてを承知なのはそなたしかおるまい。ゆえに聞いておる」

「大まかでようございますか」

「よい」

「長年追い求めている品に客が出合えば一文の品を百文二百文でも求めましょう。こたびの交易にて二艘《そう》に積み込まれた物品の値は、すべての場に立ち合った私ですら想像もつきませぬ。これだけ大量多岐の品々の売値を予測することは不可能にございますが、総兵衛様のお尋ねゆえ申し上げます。少なく見積もって仕入れ値の四倍から五倍、値が弾むならば十倍にもなろうかと思います」

「信一郎、そなたらの難儀、危険が伴う航海などを考えるとき、十倍の値では合いませせぬな」

と総兵衛が答えたものだ。そして、

「大黒丸の金沢行きには三番番頭の雄三郎と勝幸《かつゆき》を同行なされ」

と命じた。

勝幸は総兵衛の実弟だ。

総兵衛は安南生まれの勝幸を交易船団の一水夫《かこ》として預け、修行を命じていた。勝幸と帰国後に会ったのは、イマサカ号が江尻の船隠しに舫《もや》われた日の昼過ぎのことであった。

約一年ぶりの湯に入り、さっぱりとした衣服に着替えた勝幸を林梅香老師が総兵衛の前に伴ってきた。

一年近く前より一寸五分以上（約五センチ）も背丈が伸び、がっしりとした体付きになっていた。またその面構えは出航以前の幼さが消え、しっかりとした表情に逞《たくま》しさが見えた。同時に暗い陰を胸の中に秘めているように総兵衛には感じ取れた。

「勝幸、交易航海はどうであったな」

「毎日、一日じゅう働きどおしでなにも考えられませんでした」

と勝幸が答えた。

「勝幸、そなたはイマサカ号を知り、海を他の一族のだれよりも承知ではないか。皆に教える立場にあるともいえる」

「だれもおれの考えなど聞く者はおりません」

「そうか」

総兵衛は、故郷の安南について勝幸に聞くことはなかった。

「よし、持ち場に戻れ」

と総兵衛が許しを与え、勝幸が仲間のところに戻って行った。

「総兵衛様、勝幸は一番難しい年頃を迎えております。もうしばらく見守って下され」

と林梅香老師が言った。その一言で勝幸が今の処遇に不満を抱いていることを察した。総兵衛はただ頷いた。

その夕刻、総兵衛はすでに荷降ろしが始まった江尻の船隠しから独り鳶沢村に向かった。

二

総兵衛が向かったのは、鳶沢村の西はずれにある与助の家だ。

与助は、大黒屋が百年ぶりに企てた異国交易の航海中、心臓《しんのぞう》の病で身罷《みまか》っていた。帰り船の途中だったという。亡骸《なきがら》は塩漬けにされて鳶沢村に戻され、二隻の交易船が夜明け前の船隠しへ入った騒ぎの片隅で家族へと渡された。

対面した家族は骸を受け取ると、与助を産まれた家に連れ帰って内々に別れを済ませようとした。

だが、鳶沢村の長、安左衛門が総兵衛の命を、

「通夜《つや》と弔いは一日待て」

と与助の家族に伝えたのだ。

江尻の船隠しで荷降ろしが始まった夕方、鳶沢村の徳恩寺に人が集まっていた。

「おお、総兵衛様が見えられたぞ」

と鍛治屋《かじや》の稲三郎が一同に告げた。

与助はこたびの交易に自ら安左衛門に願い、イマサカ号に乗り組んだのだ。それまで大黒屋の持ち船に十数年乗船していたこともあった。だが、父親が亡くなったのを機会に鳶沢村に戻り、女房のお理《とし》と所帯を持ち、暮らしてきた。そして二男一女に恵まれていた。

親父の政造は鳶沢村で百姓と漁師、半農半漁で暮らしを立てていた。むろん鳶沢一族だ。

与助は父親の漁師の手伝いをしながら海で働くことを夢見て、十四歳で大黒屋の商い船に乗ることを志願した。ゆえに富沢町の大黒屋のお店《たな》奉公の経験はなく、深浦での暮らししか知らなかった。

八年前、父親の死のあと、母親の懇願で鳶沢村に戻ったが、海と船の暮らしに戻る夢を胸の中に秘めていた。

久能山沖に帆を休めたイマサカ号を最初に発見したのも与助だった。そして、その帆船の主が大黒屋の十代目に就き、イマサカ号と大黒丸が初めての異国交

易に出ると聞いたとき、与助は矢も楯《たて》もたまらず、家族と安左衛門に、

「もう一度だけ船に乗せて下され」

と願って、

「これが最後の航海」

と母親のなかに釘《くぎ》を差されつつも、安左衛門に許しを得て乗船したのだ。

イマサカ号と大黒丸が久能山沖に一時停泊し、総兵衛と桜子と田之助の三人が下り、十五人の鳶沢一族が入れ替わったときの一人が三十五歳の与助だった。最年長だったとはいえ、元気で異国交易を楽しんでいた。それが帰路の航海中、主檣《メインマスト》の帆を繕っているとき、前かがみに倒れて、そのまま息を引き取ったのだ。

天命としかいいようがない死であった。

塩漬けから出され、きれいに家族の手で清められたその顔に、総兵衛は別れを告げた。

真新しいイマサカ号の船衣を着せられた骸は早桶《はやおけ》に入れられ、鳶沢一族の菩《ぼ》提寺《だいじ》久能山徳恩寺に一族の根古屋の仁助《じんすけ》らに担《かつ》がれて運ばれていった。総兵衛

は与助の骸に従った。

鳶沢村の中心にある徳恩寺には、信一郎や林梅香や交易の仲間たち、五十数人が姿を見せていた。

通夜と弔いをいっしょにした葬送の儀式はしめやかに行われ、与助は海の香りがする櫂《かい》を手に三途《さんず》の川へと旅立っていった。

弔いを兼ねた通夜が終わったとき、信一郎とともに総兵衛は与助の母親のなか、女房のお理、三人の子どもらと寺の一室で対面した。

「元気な姿でそなたらのもとへ与助を帰したかった、すまなかったな。交易船団の長を琉球にいる父親の仲蔵といっしょに務めた信一郎がここにおる。そなたらに与助の静かなる最期《さいご》を話してくれよう」

と信一郎に話すように総兵衛が命じた。

「与助さんの死はどうしようもないものでございました」

と前置きした信一郎がその死の模様を淡々と語った。

一家五人は黙って聞いていたが、お理が、

「信一郎さんよ、与助は幸せ者でした。自分で乗ることを願った船で帆の繕いをしながら亡くなるなんてそれ以上の幸せはあるめえ。それに信一郎さん方は異国の海の上で死んだ骸を鳶沢村まで運んでくれたんだ。いうこともございませんよ、総兵衛様」

と言い、母親のなかも大きく頷いて涙を流した。

「鳶沢一族に与助は命を捧《ささ》げたのだ。亮吉《りょうきち》、そなた、いくつになるな」

「七つにございます」

「父の後を継ぎたいか。それともこの鳶沢村で暮らしたいか」

「総兵衛様、おれは父ちゃんの跡を継いであの大きな船に乗りたい」

「よかろう。鳶沢村で婆様《ばばさま》、母様《かかさま》、弟妹らを助け、心と体を鍛えよ。十五になったとき、鳶沢一族の交易船に乗り込ませよう。この総兵衛が約定する」

「はい」

と大きな声で返事をした亮吉の顔に笑みが浮かんだ。

夜明け前、江尻の船隠しからまず大黒丸が加賀国領内福浦湊へと船出していった。

信一郎が船隠しを出ていく大黒丸を入口で見送っていると、大黒丸と入れ違うように琉球型の小型帆船が船隠しに姿を見せた。
その帆船におりんの姿があって、

「信一郎さん！」

と一番番頭の名を呼びかけた。

「おや、おりんさんか。なんぞ富沢町で起こりましたか」

まるで毎日顔を合わせているような落ち着いた声音で信一郎が応じたものだ。

「それが一年近くぶりに会う人間に対する言葉ですか」

「おお、これはしくじった。おりんさん、息災の様子、なによりです」

「呆《あき》れました」

と答える傍らから信一郎の見知らぬ貌《かお》の男が笑い声を上げて、

「おりんさん、そなたが帰りを待ち望んでおった一番番頭さんがこの方でしたか」

とおりんに問うた。

「陰吉さん、紹介することもありませんね。一年ほど前、イマサカ号に乗っていた一番番頭さんを見ておられましょう」

「いやさ、あの折は、総兵衛印旗《しるしばた》を靡《なび》かせたイマサカ号の舳先《へさき》に立つ若者をすっかり総兵衛様と思い込んでおってな、他のことはなにも見ておらぬのじゃ」

と苦笑いした。

「おお、そなたが北郷陰吉さんか。まさかあの時、久能山沖に停船したイマサカ号が薩摩の密偵どのに見られていたとは存じませんでしたよ」

一番番頭の信一郎の態度は全く変わらなかった。

「おりんさんや、一番番頭さんが久しぶりゆえそなたを腕に抱き寄せるなど考えぬことじゃ」

「それは分かっておりましたが、難儀な航海の一年近く、異国を往来したとしたらどこか違った一番番頭さんになっておるかと勘違いしておりました」

「無理じゃな」

薩摩から転んだという密偵の陰吉がまるで何十年も前から鳶沢一族の人間であったかのような顔で応じるのを、信一郎は不思議な顔をして見た。

「おりん、信一郎の顔を見に参ったか」

イマサカ号の甲板上から総兵衛の声が降ってきた。

総兵衛はこのところイマサカ号の船室に泊まり込んでいた。最前も加賀に向かう大黒丸を操舵室《そうだしつ》から見ていたのだ。

「はい。されど一番番頭さんはまるで毎日顔を合わせておる者同士のような、すげない応対にございます」

「許せ、おりん。信一郎の肩には交易船団のすべてが伸《の》し掛かっておったのです。常に冷静に行動するよう神経を尖《とが》らせて生きてきたのです。未だ肩の荷が下りたとはいえますまい。しばらくそなたの許嫁《いいなずけ》ではのうて、交易船団の長だと思うて、我慢なされ」

「これで許嫁にございますか」

おりんの笑みを浮かべた顔が固くなっていた。

「交易の後始末と古着大市が終わったあとにそなたら、祝言《しゅうげん》を上げなされ。それまでには、信一郎もおりん一人の男に変わっておりましょうからな」

総兵衛の言葉に、

「冗談が過ぎます」

と信一郎が応じた。

「信一郎、冗談ではない。すでに富沢町ではそなたらの祝言は決まった話です」

と応じた総兵衛の声に、船隠しの宿舎に泊っているイマサカ号に乗り組んでいた一族の者らから歓声が上がった。

信一郎が困惑の顔をして、陰吉が笑い出した。

四半刻《しはんとき》後、イマサカ号の船室で総兵衛、信一郎、おりん、陰吉、林梅香の五人が卓を囲んで座っていた。

すでに総兵衛はおりんと陰吉が江尻まで来た理由を二人から聞いていた。

「そうでしたか。陰吉の推量がぴたりと当たりましたか。だいなごんが遊びで作った癇癪玉の威力をな、戸田の河原で鉄砲玉薬方の井上家の面々に見られておったとはな、不思議な縁でした。ともあれこれで私どもを見張る相手の動機が知れました」

「どう致しましょうか。そのことを総兵衛様にお尋ねするために江尻湊まで私どもは参ったのです」

「おや、おりんは信一郎の顔を一刻も早く見たいと江尻に参ったのではなかったのですか」

「それはそうですが、一番番頭さんは取り付く島もございません」

おりんの不満が総兵衛の言葉にぶり返され、旗色が悪い信一郎の顔がいよいよ困惑した。

「総兵衛様、幕府の鉄砲玉薬方と一戦交えるかね」

陰吉が話題を戻して総兵衛に聞いた。

そのとき、信一郎は薩摩の密偵が鳶沢一族に転んだ理由を悟っていた。

信一郎らが交易船団を率いて異国に出かけていた一年近く、一族でも多くの出来事が起こっていたのだ。

加太峠に長年棲《す》み暮らしてきた武勇の柘植衆がなんと鳶沢一族に加わっていた。この二年余りの間に今坂一族を含めて、鳶沢一族の陣容は元の数に倍する勢力へ拡大していた。

その上、鳶沢一族と薩摩の長い暗闘の歴史も総兵衛の京行きで和解を見たそうな。陰吉が薩摩から鳶沢に転んだ理由を含めて、すべて総兵衛の英知と人柄がもたらしたものなのだ。

「陰吉、相手の正体が知れた以上、戦をする謂《いわ》れはございません。この総兵衛が江戸に戻った後、話を付けます」

淡々と言い切った総兵衛が朝餉《あさげ》を命じた。

すでに船隠しでは荷降ろしが始まっていた。

その指揮は三番番頭の雄三郎が務めていた。

総兵衛が朝餉の後の珈琲《コーヒー》を飲みながら、薄切り肉を添えた目玉焼き、麺麭《パン》など異国風の朝餉が初めての陰吉に声をかけた。

「陰吉、異人の朝餉は馴染《なじみ》ませぬか」

陰吉の膳《ぜん》だけほとんど手が付けられていなかった。

「総兵衛様、これが三度三度では力が入らぬぞ」

ふっふっふ
と笑った総兵衛が、

「和国でも朝餉、昼餉、夕餉で食するものが違う。異国も同じですよ」

「ふーん、その茶色の飲み物はなにか」

「まあ、試してみなされ」

総兵衛に言われた陰吉が恐る恐る口にして、ぺっと吐き出そうとした。それでもなんとか吐き出すのは堪《こら》えた。

「これはまるで婆様の煎《せん》じ薬じゃ」

「ならば砂糖を入れてみよ」

総兵衛が交易で得た砂糖の壺《つぼ》を陰吉の方へと押しやった。

「砂糖か、薩摩の粗砂糖を一、二度舐《な》めただけじゃ。こんな白い砂糖はこの歳《とし》まで知らぬ」

と指先に砂糖をつけて舐め、

「奇妙な飲み物に入れるのは勿体《もったい》ないぞ」

と言った。

おりんと陰吉が江尻の船隠しに来た翌日未明、相模丸、深浦丸が京への荷を満載して摂津へと向かった。残ったのはイマサカ号と、江尻湊の船隠しの普請に使われた久能丸と江尻丸の二艘だけだ。

荷降ろしはほぼ終わっていた。

イマサカ号の船倉に残ったのは江戸に宛《あ》てた荷だけだ。その荷が船倉の半分ほどを占めていた。

その夜、総兵衛は、信一郎、林梅香、安左衛門、おりん、船長の具円伴之助を船室に呼んだ。

「荷降ろしがほぼ終りました。イマサカ号の荷だけが残りました」

と信一郎が総兵衛に報告した。

「ご苦労でしたな」

と総兵衛が応じて、

「陰吉の思案で一つ懸念《けねん》が消えました。いや、未だ消えたわけではないが、そう申してよかろうと思います」

この場にいるだれもが小僧の正介を探す者らがいることを承知していた。

陰吉は、その正体不明だった面々が幕府鉄砲玉薬奉行井上家の者であることを突き止めたと確信していたが、未だ懸念は残っていると思った。だが、総兵衛が、懸念が消えた、話をつけるという以上、総兵衛に成算あってのことだろうと任すしかない。

「そこでイマサカ号を深浦の船隠しへと戻そうと思います。金沢に向かった大黒丸の金武船長に宛てても大黒丸が戻る先は深浦の船隠しとせよと書状にて知らせます」

「そうですか、イマサカ号も江尻を出ていきますか」

寂しそうな顔をしたのは安左衛門だ。

「ふっふっふ、商いも祭りといっしょでな、祭りに始まりがあり、賑《にぎわ》いが続いて、また静かな普段の日々に戻るように、商いにも山坂があり、メリハリがございますよ。それが面白いのです」

「いかにもさようです」

「イマサカ号の出船は明日です。こたびイマサカ号に新たに加わった今坂一族の配置をかようにしました。新たに乗組んだ四十一人は、まず和語を話せるようになるまで深浦に住まわせるつもりです」

総兵衛はこのところ考えていた柘植衆と新たに加わった今坂一族の幹部連の

配置を示す書付けをその場の者に示した。

それには四族融和を考え、今後の百年の鳶沢一族の向かうべき方向性が示されていた。

安左衛門、仲蔵、光蔵の三長老らと同格扱いとして、正式に柘植宗部と信一郎の二人を準長老に昇進させた。

その上で宗部には壱蔵を助ける後見方として深浦の船隠しに住まいを構えさせ、信一郎は富沢町大黒屋の光蔵の跡継ぎとして所帯を持つおりんと通い奉公人とした。久松町出店の長は、これまでどおりに二番番頭の参次郎とした。

その他に林梅香は、本人の希望も入れて深浦の総兵衛館に居を構え、鳶沢一族の全体を見回す後見方、卜師《ぼくし》に就くことが決められていた。

柘植満宗《みつむね》は、富沢町本店で見習い番頭に就けさせ、商いを勉強する機会を与えられた。

配置転換図をじいっと見ていた安左衛門が、

「よくよく考えられた陣容にございますな」

と応じた。

「こたび初めて和国を知る四十一人についてはまず和語を話せる奉公人となれるよう深浦でお香の指導の下で学ばせます。私がイマサカ号で連れてきた者たちは老若男女《ろうにゃくなんにょ》が混じっておりましたが、この四十一人は十七歳から三十前までの働き盛りの男たちです。鳶沢一族の戦士の中核に育ってもらわねばなりません」

と総兵衛が言った。

しばらく座に沈黙があったのち、

「総兵衛様、勝幸の処遇はいかに致しますか」

信一郎が総兵衛の実弟の処遇を気にかけた。

「この一年ほどの勝幸の働きぶり、どうでしたか。船団長の仲蔵を助けてきた信一郎の正直な考えが聞きたいのです」

しばし沈思した信一郎が、

「機嫌のよき時と沈みこむ時とがございます、働きぶりにムラがあったというのが正直なところにございます。おそらく今坂一族の運命を若い勝幸は受け入れ切れておらぬのでございましょう」

思い当るところがあるのだろう、信一郎の意見に林梅香老師が大きく首肯した。

「この一年、勝幸の体が逞しくなったことは私も認めました。一方で勝幸の眼差しに暗い陰が宿っておることも承知しております。あの眼差しは迷いの最中にある者の眼です。信一郎の見るとおり、勝幸は降りかかった運命を受け入れ切れていないのです」

総兵衛の言葉に信一郎が頷いた。

「一つの考えとして今坂一族が多く住み暮らす深浦にて林梅香老師の下で厳しい修業を積むという方法があろうと思います」

総兵衛の言葉に林梅香が頷いた。老師もまた勝幸のことを気にかけていたのだ。

「もう一つは富沢町で古着商いの基から学ばせる途《みち》です。早く大黒屋の奉公に慣れ、鳶沢一族の戦士としての自覚を持ってもらうためです」

総兵衛の提案にその場の四人が考えた。

「総兵衛様、勝幸さんにはもうしばらく和国に慣れる時が要ります。兄の総兵衛様のように最初から一軍を率いる度量と思慮と判断力をお持ちの方もいれば、新しい環境に慣れるまでに歳月を要する人間もいるということです」

「おりん、それは分かっております。だが、勝幸だけ特別扱いをするわけには参りません。おのれの分を心得、一族の全員それぞれが懸命に働いておるのです」

「総兵衛様、久松町の炭問屋栄屋が大黒屋の持ち物になった経緯は総兵衛様から伺いましたが、どう変わったかは私には分りません。しかしおそらく堀が隔てる富沢町と久松町出店には自《おの》ずとそれぞれの役割がございましょう。二番番頭参次郎の下で勝幸を小僧から修業し直させるというのはどうでございましょう。むろん私どもも目を配ります」

信一郎の提案にまず林老師と安左衛門が賛意を示して首肯した。それまで無言で四人の会話を聞いていた具円船長が、

「信一郎さん、それがいい。総兵衛様、そう願えませぬか」

と頭を下げて願った。

具円伴之助の同意で勝幸の処遇が決まった。

総兵衛が談義を纏《まと》めるように切り出した。

「安左衛門、次の古着大市の日にちがそろそろ柳原土手と富沢町の世話方との間で決まります。安左衛門はこたびの古着大市開催の折、江戸に出てきて古着大市を見物しなされ」

「新たな祭りが始まるのですな」

「そういうことです」

と総兵衛が答え、安左衛門の寂寥《せきりょう》が和らいだ。

「明日未明、イマサカ号を江尻の船隠しから出船させて相州深浦の船隠しに移します。具円船長、交易に乗り組んできた全員に伝えて下され」

「畏まりました」

と具円船長が受け、信一郎が、

「深浦から江戸までの交易品の運び込みは、ただ今江尻にある二艘の久能丸と江尻丸に積み込んで行うということで宜《よろ》しゅうございますか」

「イマサカ号の荷を深浦で二艘に移し替え、まず古着大市に出す品から少しずつ久松町出店の二棟の蔵に運び込みましょうか」

「承知しました」

と一番番頭にして準長老になった信一郎が、

「新しい久松町出店を見るのが楽しみです」

と言い、おりんがにっこりと微笑《ほほえ》んだ。

イマサカ号と大黒丸の異国交易航海が無事に終わったことで、鳶沢一族と大黒屋は新たな日々に入ることになった。

総兵衛の五体に心地よい緊張が流れた。

三

総兵衛と忠吉は、内藤新宿から千駄ヶ谷へと野良道《のらみち》を歩いていた。

晩秋の昼下がり、陽射《ひざ》しがのどかに降り注いでいた。

幕府は焔硝《えんしょう》（黒色火薬）の保管蔵の建造を千駄ヶ谷村に始めた。

寛文五年（一六六五）二月二日のことだ。

いったん元禄十五年（一七〇二）九月に規模が縮小されたが、享保《きょうほう》四年（一七一九）に新たに一万三千六百四十八坪の敷地がくわえられ、千駄ヶ谷に新旧二つの焔硝蔵が揃《そろ》った。

大黒屋総兵衛に鉄砲玉薬奉行の井上継兼《つぐかね》の名で、

「佐々木正介を伴い、千駄ヶ谷の焔硝蔵に出頭せよ」

との命が使いによってもたらされた。

ために総兵衛は、深浦の総兵衛館にいる正介に代わり、忠吉を正介として千駄ヶ谷村へと向かっていた。

「総兵衛様よ、おれは正介の身代わりだな」

「最前から何度同じことを訊《たず》ねますか。そなたは伊勢甲賀街道の加太峠の柘植の郷に捨てられていただいなごんこと正介です」

「捨て子のだいなごんな。おりゃ、江戸の湯島天神の床下育ちだがよ」

「そのことは忘れなされ」

「正介とは背丈が違うぜ、顔もな」

「そのようなことはどうでもよろしい。ともかくだいなごんと呼ばれていた捨て子と言い張るのです」

「捨て子のだいなごんな、あいつも苦労をしているんだな」

「そなただけが苦労したのではありません。大なり小なり、だれもが苦労はしておるのです」

「だがよ、おれも正介も親の顔も知らないぜ」

「それはそのとおりです」

鳶沢一族では異色の二人の小僧の不幸を総兵衛は認めた。

「総兵衛様は親父《おやじ》様とおっ母さんの顔を知っているな」

「覚えております」

「それがふつうだよな」

「まあ、ふつうですね」

「それみろ」

と忠吉が言った。

「忠吉、そなたの親御も正介の親御も切羽詰まった事情があって、そなたらを手放さなければならなかったのです」

「まあ、そうだろうよ」

「親を恨みに思いますか」

「そんなことはねえけど、親がいることがどんなことか分からねえや」

「人にはそれぞれの生き方があります。私どもは国を捨てざるをえない宿命を負わされました」

「総兵衛様には国がねえか」

「今は私どもが生きる場はこの和国です」

「その総兵衛様に拾われて、おれはおこもを捨てた。今じゃ大黒屋の小僧の忠吉だ」

「まだ小僧の忠吉になりきっておりませんな」

「正介の身代わりだもんな」

「そういうことです」

しばらく沈黙がつづいた。

ゆったりとした起伏の続く千駄ヶ谷に畑が広がり、小川が流れて、百姓衆が野良仕事をしているのが眺められた。

「正介はなにをやらかしたんだ」

「正介は柘植衆に育てられた捨て子でした」

「おお、そうだった。物心もつかない捨て子が悪さはできないよな」

「そなたは親の顔も知らない正介です」

「そうか、正介の親がなにかやらかしたか」

「そなたの親佐々木五雄は鉄砲玉薬方として奉公しておりましたが、そなたの母親となる女子衆《おなごしゅう》と手に手を取り合って江戸を離れました」

「そうか、曰《いわ》くのある駆け落ちをしたってわけだ」

「事情は私も知りません。旅先でそなたが生まれ、柘植の郷に捨てられた。そして、私どもに預けられた。それがそなたの境遇です」

「分かったぜ。おれ今日一日正介の代わりを務める」

　総兵衛が頷いた。

「おれたち、だれに呼ばれたんだ」

「鉄砲玉薬奉行井上継兼様です」

「えらいのか」

「昔は鉄砲箪笥《たんす》奉行と呼ばれていたそうです。鉄砲玉薬奉行と名が変わったのは元禄年間、今からおよそ百年前と考えなされ。役高はなし、役料二十人扶持《ぶち》。

布衣《ほい》以下、御目見《おめみえ》以上、焼火間詰《たきびのまづめ》です」

光蔵が調べて総兵衛に伝えたことをそのまま正介に、いや、忠吉に伝えた。

「なんだ、そりゃ。唐人のたわごとだな。えらいのかえらくないのか、総兵衛様よ」

「城勤めの役人としては精々中ほどの下でしょう」

「ふーん、大した侍じゃねえな」

「ですが、お役目柄、鉄砲は常備していましょうな」

「て、鉄砲か。すかねえな」

忠吉が怯《おび》えた声を上げたとき、鬱蒼《うっそう》とした雑木林を背に石塀に囲まれた焔硝蔵が見えてきた。

「あれだな」

と忠吉が身震いした。

「鉄砲で撃たれるってことはないよね」

「そのときは、総兵衛もいっしょです」

「えっ、冗談はなしにしてくんな」

「大黒屋の小僧になれば常にそれくらいの覚悟は要ります」

「まあな」

「そなたも元を正せばおこもの忠吉、独り江戸で生き抜いてきた兵《つわもの》ではありませんか」

「それはそうだけどよ。大黒屋の屋根の下で布団《ふとん》にぬくぬくと寝るようになってさ、三度三度のおまんまが食えるようになったら、この世に未練が出てきちまったんだ。こりゃ、いけねえことだな」

「まあ、一族の一人としては覚悟が足りませぬが、そなたの年頃では致し方ありますまい。死ぬときは総兵衛といっしょです」

ふうっ、と大きな息を忠吉がついたとき、千駄ヶ谷の焔硝蔵屋敷の門前に二人は到着していた。

「何者か」

と門番の同心が誰何《すいか》し、小者が六尺棒を突きつけた。

総兵衛は、腰に六代目ゆずりの長煙管《ながぎせる》を差し、着流しに羽織を重ねた町人のなり、忠吉は大黒屋の小僧の体だ。

「お呼びにより、富沢町大黒屋総兵衛が罷《まか》り越しましたと井上継兼様にお伝えください」

しばし二人を確かめるように見た同心が、

「待て」

と言い、小者に奥へ来訪を告げに行かせた。

当然、同心も総兵衛の来訪を承知していた。

総兵衛も忠吉も平然とした態度で待った。だが、なかなか小者が戻ってくる様子はない。

鉄砲玉薬奉行の屋敷は、赤坂火消屋敷前にあった。赤坂に呼ばず、わざわざ千駄ヶ谷に来させたには理由がなければならない。わざと焦《じ》らしているのだろう。

忠吉が飽きてきた。

「総兵衛様、そろそろ四半刻(三十分)を過ぎたよ。客を呼んでおいてこの真《ま》似《ね》はねえよな。別に用事がねえんなら、戻るぜ」

「正介、なんですね、加太峠で山賊の上がりをかすめとっていただいなごん時代の乱暴な言葉遣いに戻ってしまいましたか。大黒屋の小僧はそんな言葉遣いは許されませんよ」

「だけどよ」

　と言いかけた忠吉の正介が、

「お侍よ、この応対はねえぜ。加太峠の山賊だってこんな真似はしないぜ。最前の小者が戻ってこなきゃあ、総兵衛様を連れてよ、富沢町に戻るぜ」

　と言った。

「小僧、そのほう、佐々木正介だな」

「なんだ、おれの名まで承知か。ならば話が早いや、おれが正介だ」

「戸田の渡し場で癇癪玉《かんしゃくだま》を使ったのはおまえか」

「知っているならば聞くこともねえな」

「おのれ」

「父親はどうしておる」

　忠吉はじいっと門番の侍を見上げて首を横に振った。

「おれは加太峠で赤子のときに捨てられ、柘植衆に育てられたんだぜ。親父がだれか、お袋がだれか知るものか」

と答えたとき、小者がようやく戻ってきて、

「奉行のお許しがでました」

と呼びにきた。

「お許しもへちまもあるか、おめえらのほうで呼んだのだろうが」

と忠吉が、

「総兵衛様よ、さっさと用事を済ませて富沢町に帰るぜ。秋の日は釣瓶《つるべ》落としというものな」

と大人顔負けの言葉でぽんぽんと言い返し、さっさと焔硝蔵屋敷の玄関へと歩き出した。

「これ、そちらではない。庭に回るのだ」

と小者が慌《あわ》てて先に立った。

陣笠《じんがさ》を被《かぶ》った鉄砲玉薬奉行井上継兼は矢場のようなところにいた。

火薬の威力を知るために鉄砲の試し撃ちをする射撃場だった。

井上は四十過ぎのがっしりとした体付きだった。四角に張った顎《あご》と射すくめ

るような眼差《まなざ》しが二人を睨《にら》んだ。

「井上って奉行はおまえさんか」

忠吉が先手を打った。

うぬ、と井上が総兵衛を睨み、

「古着屋では口の利《き》きようも小僧に教えておらぬか」

「井上様、恐れ入ります。なにしろ捨て子の上に山賊のかすりで暮らしていた柘植衆に育てられた子どもでございます。縁あってうちに小僧として奉公に入りましたが、未《ま》だ江戸のお店暮らしに慣れませず、このように乱暴な口の利きようでございます。うちでも困っております」

と総兵衛が言い訳した。

「古着屋、この小僧が元わが支配下の同心佐々木五雄の倅《せがれ》ということは確かか」

「井上様、そのご質問の前になぜかようなお呼び出しとなりましたものか、ご説明願えますか」

「そのほうらが知るべきことではないわ。余計なことをつべこべ抜かさず、わが問いに答えよ」

「先年のことでございますよ。商用にて京に参りました折、本能寺の変に神君家康様がご領地にお帰りになるために通られた加太峠を抜けました。その折、柘植衆と知り合いになりましてな、捨て子の正介をうちに奉公に出せぬかとの、柘植衆の頭分の願いがございましてな、人助けと思い、うちで引き取ることになりました。それが経緯にございます」

「柘植衆じゃと。甲賀や伊賀と関わりがある下人の者たちだな」

「さあて、こちらはさようなことには関心がございませんでな。今も申しましたが、人助けでございますよ」

「柘植衆はこやつの親御と知り合いであったか」

「捨てられた赤子でございます。親御様は見たことはないと申しておりました」

「佐々木五雄と、女子の小夜のことは知らぬのだな」

「なに、おれの母ちゃんはさよというのか、何者だ」

「小僧、詮索《せんさく》せぬのがそなたのためだ」

「井上様、親知らずの正介です。子の情として知りたいのは当然のことにございましょう」

「古着屋、余計な口出しをするでない」

「ならばお暇《いとま》させてもらいましょうかな」

と総兵衛が立ち去るそぶりを見せた。そこへ井上の用人風の老爺《ろうや》が現れ、書状を持参した。

「ただ今取り調べの最中である、待て」

と老爺に命じた井上が、

「この小僧、なんぞ身に着けておったかどうか、古着屋、知らぬか」

「柘植宗部というこの子の育ての親が申すには、首から革袋が下がり、その中に名札がございましてな、なぜかだいなごん、との文字とへその緒が入っておりましたそうな、ために柘植衆ではだいなごんと呼ばれて育ったそうです」

「そのようなことはどうでもよい。革袋に他になにが入っておった」

「元幕府火術方佐々木五雄、一子正介に、とおそらく父親が認《したた》めたこの子の本名が書かれた紙がございました」

「やはり」

　と老爺が書状を手にしたまま、忠吉を睨んだ。そして、

「佐々木五雄にはあまり似ておりませんな、お奉行。こやつ、なにやら貧相な面付きですぞ」

「こら、爺《じじい》、人の顔を貧相とぬかしたな。総兵衛様よ、こんなところにいることはねえ、富沢町に帰ろうぜ」

　と忠吉も言った。

「古着屋、小僧の革袋に入っていたのはそれだけか」

　忠吉を無視して井上が総兵衛に質《ただ》した。

「なにを探しておられますな」

「古着屋、そなたが知っても一文にもならぬわ」

「富沢町から江戸外れの千駄ヶ谷まで呼び出しておいてそれはございますまい。正介、やはり戻りましょうかな」

　総兵衛が動きかけたとき、鉄砲の試射場に五人の同心が現れ、火縄銃の銃口を二人に向けた。

「富沢町の古着屋大黒屋なる者にいろいろな噂《うわさ》があることは承知している。じゃが、幕府の鉄砲玉薬奉行井上継兼には、訝《いぶか》しげな噂は通ぜぬ。この場で撃ち殺してもなんの差し障《さわ》りもないわ」

総兵衛の顔に苦笑いが浮かんだ。

「これはこれは、素手の商人と小僧相手に鉄砲五挺《ちょう》にございますか」

と苦笑いした総兵衛が、

「この革袋が欲しければ、最初からそう願われればよいことにございますよ」

と久能山で佐々木正介から預かった革袋を懐《ふところ》から出して見せた。

「渡せ」

「お渡しすれば私どもは戻ってよろしいのですな」

井上が頷《うなず》いた。

ならば、と総兵衛が井上の胸もとに投げた。慌てて受け止めた井上が革袋の紐《ひも》をほどき、楮紙《こうぞがみ》の紙片を取り出し記された細字を見て、用人らしき老爺に渡した。すると老爺が見て、

「お奉行、間違いございませぬ、佐々木の手になる文字にございます」

と言った。

井上はさらに紙片二枚を広げて、安堵《あんど》と不安の顔で総兵衛と正介を見た。

「小僧、なにが書いてあるか分かるか」

「お侍さんよ、おりゃ、捨て子で山賊のかすりをとっている柘植衆の情けで育てられた餓鬼だぜ。字が読めるわけもねえや。だから、今苦労して読み書き習っているんだよ。だがよ、だめだ、字を見ると眠くなる」

ふーん、と井上が言い、老爺と顔を見合わせた。

「戸田の渡しで癇癪玉を使うたな。あれはだれが造った」

「ありゃ、柘植衆伝来のものだぜ。おれが一つちょろまかしてきたやつだ」

「確かか」

「念には及ばねえよ」

何度目か、井上と老爺が顔を見合わせ、老爺が、鉄砲を構えた五人に合図を送った。

「そなたらを江戸に帰すわけにはいかぬ」

井上が言った。

「それはまたどうしたわけでございますな」

「鉄砲玉薬方の秘密を守らねばならんでな」

「井上様、そちらのご老人の手にされた書状を読んでからそのことは決められたほうがようございませんか」

と総兵衛が言った。

「なにゆえか」

「それがそなた様のお為《ため》ゆえでございますよ」

「古着屋風情《ふぜい》がこの井上継兼に指図しおるか。爺《じい》、だれからの書状か」

「それが差出人の名が認めてございませんので」

井上が総兵衛を見た。

「古着屋は承知というか」

「はい」

しばし考えた井上が、

「こやつらを始末してからじゃ」

火縄銃を構えた五人に命じ、井上奉行と老用人が総兵衛らから離れた。

「井上継兼、わが大黒屋の噂を聞いたというたな、どのようなものか」

不意に総兵衛の言葉遣いが変わり、

「死ぬのはよ、おめえらだぜ」

と忠吉が顎で火縄銃を持つ五人の背後を指した。

夕暮れが千駄ヶ谷の焔硝蔵屋敷に迫っていた。

その試射場の石塀の上に戦衣を身に纏《まと》った十数人が弩《ど》を構えて火縄銃の五人と井上奉行らに狙《ねら》いを定めていた。だが、一人だけ鉤縄《かぎなわ》を手にした者がいた。

むろん天松だ。そして、もう一人、への字型の薄鉄板で造られた飛び道具を手に構えた初五郎がいた。初五郎は、こたびの作戦のために深浦から江戸へと呼び出されていた。

まず初五郎の手の飛び道具が射撃場の上に放たれた。一瞬後、手代の早走りの田之助の弩が発射され、井上継兼の足元に短矢が深々と突き立った。

「わああ！」

井上が悲鳴を上げた。

綾縄《あやなわ》小僧の天松の手から鉤の手が投げられて鉄砲玉薬方同心の手にした火縄

銃に絡《から》み、鉄砲は虚空《こくう》へ高々と飛んでいった。

直後、虚空を大きく舞った飛び道具が井上の陣笠を掠《かす》めて、その縁を鋭く切り裂いて初五郎の手に戻った。総兵衛が初五郎の使う独創的な飛び道具の威力を知るためにこの企てに参加させたのだ。

「な、なんと」

老人が驚きの言葉を吐いた。

「井上継兼、虎《とら》の尾を踏む真似はせぬことだ」

「ふ、古着屋、な、何者か」

と問う井上の声が震えて、

「老人の手にある書状を読むことだ」

と総兵衛が命じた。

書状は大目付首席本庄豊後守義親《ほんじょうぶんごのかみよしちか》が総兵衛の願いに応じ、認めたものだ。

夕暮れの薄明かりで書状を披《ひら》き、読んだ井上の血相が変わった。

むろん、

「幕府の陰の一族ゆえ決して手出しは無用」

と鉄砲玉薬奉行井上に宛《あ》てたものだろう。

井上の顔が真っ青になり、総兵衛を恐怖の眼差しで見た。

「相分かったか、井上継兼」

「ははあ」

「その革袋の秘伝書を佐々木五雄に持ち逃げされた経緯はおおよそ承知。十数年も前にな。そのことだけでも幕府鉄砲玉薬奉行の井上家が取り潰《つぶ》しになり、そのほうが腹を斬《き》るに値する失態ぞ」

総兵衛の言葉に井上は返す言葉はなにもなかった。

「秘伝書はそなたの手に戻す。だが、この正介に唯一《ゆいいつ》残された革袋と父からの文、こちらに戻してもらおうか」

総兵衛が井上に歩み寄り、革袋と佐々木五雄が真《まこと》の正介に宛てた短い文を取り戻した。

「本日のことはすべて忘れよ。もしわれらに手を出すことあらばそのときは鉄砲玉薬奉行井上家が死滅するときぞ」

それが総兵衛の最後の言葉だった。

四

秋から冬へと季節が移ろおうとする一日、富沢町で入堀に架かる新栄橋の渡り初めが賑々《にぎにぎ》しく催された。

橋は、すでに完成していたが、渡り初めは四度目になる古着大市の開催初日の幕開けに行われることが当初から決まっていた。そこで富沢町の古着商いも世話方の柳原土手もこの数日、大騒ぎで会場の準備に余念がなかった。

そして古着大市の幕開け、新栄橋のお披露目の渡り初めの日が来たのだ。

土地の鳶連《とびれん》が揃いの法被《はっぴ》姿も粋に木遣《きや》りを謡《うた》い、手古舞《てこまい》姿の娘衆が華をそえた。

富沢町の古老夫婦三組、母親の腕に抱かれた生まれたばかりの赤子三人が渡り初めの主賓だ。

そして、黒羽織に袴《はかま》の大黒屋総兵衛らと浩蔵《こうぞう》、砂次郎ら柳原土手の世話方連が続き、古着大市の法被を着た男衆《おとこし》が紅白の餅《もち》を大勢詰めかけた古着大市の客にまきながら弥生町《やよいちょう》を堀沿いに歩いて、富沢町側から久松町側に進んだ。

どこでも大歓声が起こって、客たちが祝いの餅を競って拾った。

古着大市の仕度は、すでに富沢町側でも久松町側でもすっかり終えていた。

渡り初めの行列は、幅が五間半（約一〇メートル）と広がった新栄橋の中ほどで止まり、神田明神の神主が橋の竣工《しゅんこう》を祝って祝詞《のりと》を上げ、渡り初めに参加した面々が榊《さかき》を橋に設けられた祭壇に捧《ささ》げた。

古老夫婦の最高年齢は、富沢町の古着屋園木屋《そのきや》の隠居夫婦で、翁《おきな》の孝右衛門《こうえもん》は八十八歳、媼《おうな》のお春は七十七歳と長命な上に元気そのもので、だれの助けも借りずに弥生町、富沢町、そして、新栄橋を渡って久松町へと歩き通した。

その時、大黒屋の一番番頭の信一郎は、新栄橋の下の隠し通路にいた。

下流側の覗《のぞ》き窓を薄く開いて入堀に並ぶ南北町奉行所の役人衆が詰める御用船や、さらにその下の堀端に並ぶ厠船《かわやぶね》の群れを眺めていた。

入堀の両側には多くの客が渡り初めを見ながら、古着大市が開かれるのを今や遅しと待ち受けていた。

信一郎は、十代目総兵衛が大黒屋の主に、すなわち鳶沢一族の頭領鳶沢勝臣に就いてからの短い歳月を夢のように追憶していた。

とりわけ自分たちがイマサカ号、大黒丸の交易船団に乗り組んで異国へと交易航海に出て、留守をしていた一年近くの間の富沢町の変化たるや、言葉にできないほどだ。

むろん信一郎は初めての異国で出会った諸々《もろもろ》の文物に腹の底から驚かされる経験をして来たばかりなのだが、それと同等の、あるいはそれ以上の驚きをもたらす富沢町の変容ぶりだった。

この新栄橋自体がその象徴といえた。

なんと古着大市開催のため大勢の客が往来することを理由に、橋の架け替えを大黒屋の費えで為《な》すことを町奉行所に願い、許されたそうな。

架け替えの最中には野分が襲う事態もあったがその被害も最小限に食い止め、幅が三間から五間半と倍近くに広がった橋を完成させていた。新しい橋はなんとも頑丈な造りが見て取れた。旧栄橋と新栄橋では全く別物だった。

またこの橋には表向きとは別の秘密が隠されていた。

なんと橋下には富沢町の大黒屋本店と、久松町側に新たに求めた四百五十余坪の久松町出店をつなぐ隠し通路まで設けられていた。さらには橋幅を広げたことで、富沢町の大黒屋の地下に引き込まれる水路が広がり、一段と使いやすく、かつ隠密《おんみつ》性が高まっていた。

このことで鳶沢一族の防備は、一段と強化されていた。

また新栄橋の欄干下の円弧を描く飾り板の両側に三か所ずつ、銃眼ともなる覗き窓が備えられているが、これは大黒屋に長年出入りの大工の棟梁隆五郎《とうりょうりゅうごろう》の倅、来一郎《きいちろう》の発案という。

むろん隆五郎、来一郎父子は元々鳶沢一族ではなかった。だが、大黒屋の普請《ふしん》や修理は代々隆五郎の先祖がこなしてきたものであり、棟梁という仕事柄、大黒屋の、

「秘密」

の一部は当然承知していた。

従来、お互いが知らぬ振りをしてきたものを、十代目の総兵衛は、大胆にも二人にすべての秘密を明かしたばかりか、一族に加えることを決めた。

ゆえにかような隠し通路も覗き窓も新たに造ることが可能だったのだ。

いや、それを言うならば、京行きの道中で起きた諸々のことは、十代目総兵衛ならではの予想もつかない行動で、詳細を聞いた信一郎には驚きの連続であった。

まずその一は、鳶沢村を見張っていた薩摩《さつま》の密偵北郷陰吉をひっ捕らえたばかりか、その密偵を一族に引き入れていた。

第二には、神君伊賀越えとして知られた加太峠で長年戦国武士の気概と生き方を伝えてきた柘植衆の頭目の柘植宗部、満宗父子以下の面々を鳶沢一族に加えた。

これで鳶沢一族は、鳶沢、池城、今坂、そして柘植衆と四族の海の民、山の民が揃い、鳶沢一族が掲げてきた、

「武と商」

を両立させるという特異な生き方を貫くための基盤を、さらに充実強固にしたことになる。

これらのことは江尻で聞かされていたが、話を聞くと実際に見るとでは大違いだった。

信一郎は、鳶沢村で柘植宗部に会い、話をして総兵衛の人を見抜く力と決断力に改めて驚かされた。

その三は、京において戦国時代から海外に名を馳《は》せてきた茶屋一族の十三代目清方と知り合いになり、すでにこたびの交易の品の一部を茶屋家が購《あがな》ってくれたように商いの販路を拡大させたことだ。

その四は、総兵衛は、坊城《ぼうじょう》家を通じて朝廷と結びつきを深め、御所に招かれて今上天皇と非公式に面会までしていた。そして、ほど近く成るだろう総兵衛と坊城桜子との婚姻が、京と江戸を、朝廷と幕府を密接に結びつける機縁になろうとしていることだ。

いや、それればかりではない。なんと影様の口利きにより百年にわたる戦いを重ねて来た薩摩との和解を達成したというではないか。その手腕と臨機応変の決断に信一郎は仰天した。

この一事だけとっても鳶沢一族の歴代の主の中でも傑出した器量と評される六代目以上の大人物になる可能性を秘めていた。いや、すでに代々の先祖を超えた感覚と行動力の持ち主と言っても過言ではないと信一郎は思った。

と同時に若い総兵衛の傑出した才能が今後どう大黒屋と鳶沢一族に影響を与えるか、という考えがふと頭を過《よぎ》りもした。よい面だけではなく、総兵衛が才を発揮すればするほど、新たな敵が総兵衛と一族の前に現れる可能性も生じるのではないかと危惧《きぐ》したのだ。

しかし、覗き窓から古着大市に集う人々の期待に満ちた顔を見て、

「われらは総兵衛勝臣様に全身全霊を捧《ささ》げるのみ」

と覚悟を新たにした。

そのとき、花火の音が大川の方から響いて大歓声が沸いた。

おそらく渡り初めが終わったのであろう。

信一郎は富沢町の船隠しへと戻った。

そこには、信一郎に従い、交易船団で異国交易に出ていた鳶沢一族の屈強な若者らに柘植衆の柘植満宗らを加えた三十人が、大黒屋の法被姿で信一郎を待ち構えていた。

総兵衛は光蔵、信一郎と話し合い、四たび目になる古着大市の見回り組を編成した。それは町奉行所の警備組や富沢町と柳原土手から集めた法被組とは別

の、会場で騒ぎが起こらぬようにするための隠密要員であった。見回り組に精鋭三十人を割くことが出来るのも、柘植衆が加わって、

「戦力」

が増したからだ。

見回り組を見渡し、信一郎は、

「ただ今新栄橋の渡り初めが無事に終わりました。そなたらの役目は、大勢詰めかけるお客様方が古着大市を楽しんで買い物をし、無事に富沢町から家路につかれるよう会場全般にわたって目を配ることです。よいな、神経を集中してお客様の要望に応《こた》えなされ。お客人の中には江戸近郊から見えて富沢町をご存じないお方もおられます。丁寧に応対なされ。それがこの次の古着大市の繁盛に繋《つな》がっていくのです」

と注意を与えた。

三十人は三人一組で、そのうちの一人は富沢町をよく知る生粋の鳶沢一族の者が加わっていた。その小頭の中の一人に天松も加わっていた。

「これから三日間、気を抜くことは許しません」

信一郎が最後の注意を与え、十組がそれぞれの持ち場に散っていった。

信一郎だけが残ったと思った。

だが、そこに人の気配を感じた。

北郷陰吉が船隠しの石段の上に立っていた。

「一番番頭さん、わしは独りで動いてよいか」

陰吉の言葉に頷くと、

「そなたとはなかなか話す機会がございませんでした。改めて挨拶《あいさつ》しておきます。大黒屋の一番番頭の鳶沢信一郎です」

「切れ者の一番番頭さんからのご丁寧なる挨拶痛み入りますな。わしは承知のように薩摩からの転び者《もん》だ。未だ大番頭さんには信用してもらってない人間だ」

「大番頭さんの見立てどおりなのですか」

「わしは、総兵衛様の人柄に惚《ほ》れたんだ。あのお方は、わしのように薩摩では人間扱いされていなかった外城者《とじょうもん》も、一人前の人間として接して下された。ゆえにこのお方のために命を投げ出そうと決めたのだ。一番番頭さんの信頼を得るには日にちがかかろうと思う。だが、今わしが吐いた言葉に嘘偽《うそ》りはない。それが言いたかったのだ」

「北郷陰吉さん、そなたの気持ち、この信一郎、真剣に受け止めました。京で桜子様としげが薩摩により拐《かどわ》かされた折、必死で動かれたことも、富沢町に入られて鳶沢一族のためにあれこれと陰働きをしていることも、おりんさんを始め、たくさんの一族の者から聞き知っております。陰吉さん、勘違いしてはなりませんぞ」

「なにをわしが勘違いしていると一番番頭さんはいうのか」

「大番頭さんもそなたを信頼しておられる。ですが、これだけ大所帯になった鳶沢一族の気持ちを引き締めるために自らが厳しく物事に接しようとした結果、そなたには信頼されていないと見えたのかもしれません。そなたが申されたように、私どもから信頼されていないと思われたとしても総兵衛様の寛容なお気持を裏切らぬように動かれれば、それがそのまま鳶沢一族に忠誠を尽くすことになるのです。そのことを分かって下され」

「一番番頭さんと話してよかった」

しばし沈思していた陰吉が己に言い聞かせるように呟《つぶや》くと、隠し通路から自らの住まいの長屋へと帰って行った。

信一郎も陰吉と二人だけで忌憚《きたん》なく話せたことをよかったと思いながら、総兵衛の人を見る目の確かさに改めて驚かされていた。

すでに信一郎らが駿府江尻の船隠しにイマサカ号と大黒丸を入れて早二十数日が過ぎようとしていた。

イマサカ号の荷降ろしは江尻から深浦の船隠しへとイマサカ号を移して、行われた。

いったん深浦の総兵衛館に荷降ろしした膨大にして多種類の交易品を、このたびの古着大市で売りさばく品、南蛮商人坊城麻子に渡す品、さらには六代目以来、つながりのある三井越後屋から頼まれた品などと選り分けて、和船仕立ての大黒屋の持ち船久能丸と江尻丸で深浦から佃島沖へと運び込んだ。

そこから坊主《ぼうず》の権造《ごんぞう》に指揮された荷船が鎖につながれたように連らなり、大川を経由して入堀へと運ばれた。

これらの品々を久松町出店の改造した炭蔵二棟に収納するまでにそれなりの

時間を要した。

江尻から加賀の金沢に荷を運んでいった大黒丸は、未だ深浦に戻ってきていなかった。加賀藩から頼まれた品には海防のために購入を求められていた大砲、砲弾、火薬類があった。この交易には加賀金沢藩の大筒方三人、佐々木規男、田網常助、石黒八兵衛が加わっていた。

総兵衛は、大黒丸の船長金武陣七に、

「佐々木様方を助けて、大砲の据え付けと試射まで立ち合い、確かめて戻ってこよ」

と命じていた。ゆえに大黒丸が深浦に戻るにはまだ日にちがかかると思われた。

一方で摂津に向けて出立した相模丸、深浦丸の二艘《そう》は、数日前に深浦に戻り、こたびの古着大市に合わせて京、大坂から仕入れてきた荷を富沢町へと運び込んでいた。

これらの荷は、富沢町ばかりでなく柳原土手の古着商いにも安値で卸されていた。

交易船団の成果の全貌《ぜんぼう》が見えるのは、この古着大市のあとになると、総兵衛と大黒屋の幹部たちの間では話し合われていた。

船隠しに再び人の気配がした。

「一番番頭さん、皆さんがお探しですよ」

おりんの声がした。

「おりんさん、ただ今参ります」

と応じた信一郎がおりんに、

「浦島太郎になったような気分です」

と正直な気持を告げた。

「なにがですか」

「私どもには異国交易に十分に驚かされた一年でした。それが富沢町に戻って、さらに腰を抜かすほどに驚きました」

信一郎は最前から独りで考えていたことをおりんに告げた。

「ふっふっふ」

と忍び笑いをしたおりんが、

「ただ今総兵衛様がどこにおられて、なにを考えておられるのか知られたら一番番頭さんはもっと驚かされますよ」

「総兵衛様はどこにおられますな」

「見廻りと称して桜子様といっしょに旧伊勢屋の土地におられます」

「柳沢土手の古着屋衆が店を並べておりますからな」

「いえ、総兵衛様は、こたびの古着大市が終わったあとのことを考えておられます。家を一軒新築されますそうな」

「桜子様との新居にございますか」

「いえ、一番番頭さんと私の住まいを考えておられます。ゆえに棟梁の隆五郎、来一郎親子が従っておられます」

えっ、と驚きの声を上げた信一郎が、

「驚きました」

「だからそう言いました。一番番頭さん、感想はそれだけでございますか」

「なにか他に」

「総兵衛様は早手回しに私どもの住まいまで新築されようとしておられます。

ですが信一郎様、本当に私を嫁にして頂けるのでございますか」

信一郎はおりんを茫然《ぼうぜん》と見た。

何年も前から信一郎はおりんと所帯を持つことを夢見てきた。だが、九代目は病がちであり、とてもそのようなことを言い出せる大黒屋の状態ではなかった。ただ、気持ちだけはいつなんどきでもその気でいたのだ。

「もちろん私の頭にはそなたしかない」

「そのようなお気持ちをこれまで言葉になされたことがございましたか」

おりんが問い詰めた。

「えっ、それは」

絶句した信一郎が覚悟を決めたように、この数日懐《ふところ》に入れて持ち歩いていた更紗《サラサ》製の袋を出すと、

「いささか渡すのが後れましたが私の気持ちです。受け取って下され、おりんさん」

と渡した。

「なんでございましょう」

おりんが更紗の袋からさらに綿に包まれたものを取り出した。

白いインド綿を分けると船隠しの行灯《あんどん》の灯りにきらきらと貴石が光った。

「異国では所帯を持つ前に婿《むこ》が嫁になる女衆《おなご》にとも白髪までの暮らしを誓って貴石の飾り物を贈る風習があるそうです。林梅香老師の仲介で異国の港でペルシャの商人から求めたもの、金剛石です。古着大市が終わったら、そなたに相談して、簪《かんざし》かなにかに造りこもうと考えておりました」

おりんの手の中で金剛石が煌《きら》めき、おりんは黙って見つめていた。

「おりんさん、気に入ってくれましたか」

頷いたおりんが、

「おりんと呼び捨てにして下さい、一番番頭さん」

「二人だけの折に一番番頭さんも可笑《おか》しゅうございますぞ」

二人が顔を見合わせて微笑《ほほえ》み合うと、金剛石に二人の眼がふたたび向けられた。

総兵衛と桜子は、大工の棟梁隆五郎と来一郎を従えながら、大銀杏《おおいちょう》の下の稲荷《いなり》社から柳原土手の露店に群がる大勢の客を見ていた。

「どうですね、棟梁」

「総兵衛様、三日ほど待って頂けませんか。この人込みではこの敷地のどこにどう建てたものかさえ考えもつきませぬよ」

桜子が笑い出した。

「棟梁はんの困惑、うち、よう分かりますえ。古着大市の日に新築の算段やなんてどだい無理や、総兵衛様」

「桜子様、棟梁、敷地は決まっています」

「おや、決まってますので」

隆五郎が総兵衛の顔を見た。すると総兵衛が来一郎に視線を向け、分かるかという表情を見せた。

「総兵衛様はただ今私どもが立っている大銀杏と稲荷社を庭にして一番番頭さんの住まいを建てられるつもりではございませぬか。さすれば、古着大市の開催の折も住まいが邪魔になりませぬ。その上、一番番頭さんの家の中で稲荷様も安心、古着大市にもあれこれと役立つと考えられたのではございませぬか」

「棟梁、こたびの住まいの絵図面、来一郎に描かせなされ」

と命じたとき、額に大汗を掻《か》いた光蔵と柳原土手の世話方浩蔵が姿を見せて、

「総兵衛様、大変な賑いにございますよ。新栄橋を真ん中で分けて久松町へ向かう客と富沢町に向かう客をそれぞれ一方通行としたせいで、人の流れはようなってございますがな。この分では、前回の客に倍する人数が富沢町に来ますぞ」

と光蔵が総兵衛に言った。

「浩蔵さん、品が足りませぬか」

と総兵衛がそのことを案じた。

「始まったばかりだよ、古着はどこも足りていらあ」

と応じた浩蔵が、

「あっ！　忘れていた」

と大声を上げ、

「昼過ぎに、南町奉行の根岸様が、ご老中の青山なんとか様をお忍びでお連れして古着大市を見物するてんで、世話方は大騒ぎなんだよ。こりゃ、大黒屋の

総兵衛様の出番だよ」

「分かりました」

「分かったってどうすりゃいいんだよ」

「おまえ様は世話方と商いをいつものように務めなされ」

「それでいいのかね」

「案内方《あない》は根岸様、私どもはお忍びの邪魔をしてはなりませぬ」

「ほんとうにそれでいいんだね」

「結構です」

と答える総兵衛に頷き返した浩蔵が込み合う客の間に姿を消した。

「それで宜《よろ》しゅうございますので」

と光蔵が念を押した。

「大番頭さん、青山ご老中と根岸お奉行のお二人は、うちに立ち寄られましょう。桜子様に一服お点前《てまえ》を願いましょうか。その仕度を桜子様、お願いできますか」

この年の正月に補任されたばかりの丹波《たんば》篠山《ささやま》藩藩主青山下野守《しもつけのかみ》忠裕《ただやす》とは、

総兵衛は長い付き合いになることになる。
「承《うけたまわ》りましたえ」
総兵衛の言葉に桜子が平然と受けるのを見た来一郎は、
（この二人、傑物や）
と思った。
文化元年（一八〇四）の二度目の古着大市は始まったばかりだった。
晩秋の富沢町に活気があふれて、江戸には青空が広がっていた。

あとがき

週末ごとに雨が繰り返し降り、一日の内でも寒さと暑さの落差が激しくてなんとも異常な春であった。庭の染井吉野は例年通り咲いたが、しだれ桜はいつまでも花が開かなかった。

四月の中旬、伊豆山神社の例大祭も雨。

恒例の如《ごと》く祝い金を届けがてら参拝に行った。だが、冷たい雨のせいで今一つ今年は祭礼が盛り上がらないように思えた。また何本もあるしだれ桜が咲くには咲いたが、

「こんな花の色の寂しいしだれ桜は滅多にない」

と原口宮司が嘆いていた。

うちのしだれ桜だけではなくどこも寒さで狂ったらしい。

後日、お礼の挨拶《あいさつ》に見えた宮司に祭の模様を尋ねると、私たちが詣《もう》でた後には雨が上がり、長い石段を上がり下りする名物の御神輿渡御《おみこしとぎょ》も無事に行われた

そうな。

よかった、よかった。

こちらは異常気象であれなんであれ世間様に不義理しつつ、ひたすら仕事をしている。

「そんな暮らしで面白いか」

と尋ねられればなんとも答えようがない。

そんな最中、グラビア取材を受けて珍しく京都へ旅に出た。

三月の初めのことで、桜のさの字もない。

二十数年ぶりの京訪問だったせいか、すべてが新鮮に感じられた。

早起きの癖で夜明けとともに清水寺に詣で、南禅寺界隈《かいわい》を歩き回った。熱海《あたみ》とは異なる凛《りん》とした寒さが清々《すがすが》しい。神社仏閣を外から眺めているだけで気持ちが洗われる。

なぜだろうと考え、ふと思った。

どの社寺も南禅寺界隈の東山別荘群も表戸を開いて、通りすがりの人も門内が見えるようにしてある。

「結界」

と呼ぶ竹で造られた仕切りが、

「これ以上は立ち入ってはいけませんよ」

と静かに主張し、この仕来《しきた》りが暗黙裡《り》に守られている。結界は家々寺々いろいろ工夫があって実に楽しい。また立ち入りを許された境内や庭でも、これ以上踏み入ってはいけないという場所には、

「関守石《せきもりいし》」

を置いてある。

関守石はかたちのよい石を棕櫚《しゅろ》縄で十字に結んであり、石の頭に髷《まげ》のような結び目が粋にあって、なんとも風情《ふぜい》がある。沢庵《たくあん》石程度の大きさの石が立ち入り禁止のサインであり、それが守られているところが、

「京都は大人やな」

と感心した。

さて新・古着屋総兵衛『異国の影』が上梓《じょうし》されて十巻を数えることになった。

だが、その前に「古着屋総兵衛　初傳《しょでん》」として『光圀《みつくに》』を新潮文庫百年記念特別書き下ろしというかたちで出版したことに触れたい。

私にとってとても光栄な企画であり、旧古着屋総兵衛と新古着屋総兵衛を天空に架かる虹のように結び、古着屋シリーズ総体が「スケールと深み」を増した(?)本ではなかったか、と自画自賛もしている。

新旧の古着屋総兵衛シリーズの序章にして懸け橋となる作が出来、ほっと安《あん》堵《ど》したところで『異国の影』を出す。

この小説ほど現代を意識したものはない。

およそ二百有余年前、アジア諸国はイギリスをはじめとした列強の脅威に晒《さら》されていた。清《しん》国も徳川幕府が統治する日本もだ。

そして、現在攻守所を変えたように一党独裁の中国が急速に台頭し、力と金に物を言わせて南沙《なんさ》諸島《しょとう》に軍事基地を強引に造り、尖閣《せんかく》諸島を中国領と強弁して隣国にストレスを与えている。

そんな現在のアジア事情と十九世紀初めのアジアを重ね合わせたとき、「歴史」

は繰り返されるとつくづく思う。

日本は、過去の侵略行為に向き合い、勇気を持って認め、今一度心から謝罪する。一方、中国は大人の国として謝罪を寛容に受け入れる。そうした上でお互い協力してアジア諸国やアフリカ諸国の国造りを手伝えないものか。京都の暗黙の仕来り、結界や関守石を手本に出来ないものか。

本書の再校に取り組みながら、

「さあて、これから架空の物語の展開をどうし遂げるか、思案の為所《しどころ》だな」

と考えている。現実社会が憂鬱《ゆううつ》なことばかりだ。せめて虚構の世界だけでもからっと晴れた夏空のように展開したい。

平成二十七年四月　葉桜の熱海にて

佐伯泰英

佐伯泰英
文庫時代小説
全作品チェックリスト

どこまで読み進めたのか、チェック用にご活用ください。

キリトリ線

掲載順はシリーズ名の五十音順です。
品切れの際はご容赦ください。

2015年5月末現在
監修／佐伯泰英事務所

佐伯泰英事務所公式ウェブサイト「佐伯文庫」http://www.saeki-bunko.jp/

居眠り磐音 江戸双紙《いねむりいわね えどぞうし》

双葉文庫

□ ① 陽炎ノ辻《かげろうのつじ》
□ ② 寒雷ノ坂《かんらいのさか》
□ ③ 花芒ノ海《はなすすきのうみ》
□ ④ 雪華ノ里《せっかのさと》
□ ⑤ 龍天ノ門《りゅうてんのもん》
□ ⑥ 雨降ノ山《あふりのやま》
□ ⑦ 狐火ノ杜《きつねびのもり》
□ ⑧ 朔風ノ岸《さくふうのきし》
□ ⑨ 遠霞ノ峠《えんかのとうげ》
□ ⑩ 朝虹ノ島《あさにじのしま》
□ ⑪ 無月ノ橋《むげつのはし》
□ ⑫ 探梅ノ家《たんばいのいえ》
□ ⑬ 残花ノ庭《ざんかのにわ》
□ ⑭ 夏燕ノ道《なつつばめのみち》
□ ⑮ 驟雨ノ町《しゅううのまち》
□ ⑯ 螢火ノ宿《ほたるびのしゅく》
□ ⑰ 紅椿ノ谷《べにつばきのたに》
□ ⑱ 捨雛ノ川《すてびなのかわ》
□ ⑲ 梅雨ノ蝶《ばいうのちょう》
□ ⑳ 野分ノ灘《のわきのなだ》
□ ㉑ 鯖雲ノ城《さばぐものしろ》
□ ㉒ 荒海ノ津《あらうみのつ》
□ ㉓ 万両ノ雪《まんりょうのゆき》
□ ㉔ 朧夜ノ桜《ろうやのさくら》
□ ㉕ 白桐ノ夢《しろぎりのゆめ》
□ ㉖ 紅花ノ邨《べにばなのむら》
□ ㉗ 石榴ノ蠅《ざくろのはえ》
□ ㉘ 照葉ノ露《てりはのつゆ》
□ ㉙ 冬桜ノ雀《ふゆざくらのすずめ》
□ ㉚ 侘助ノ白《わびすけのしろ》

キリトリ線

キリトリ線

□ ㉛ 更衣ノ鷹《きさらぎのたか》 上

□ ㉜ 更衣ノ鷹《きさらぎのたか》 下

□ ㉝ 孤愁ノ春《こしゅうのはる》

□ ㉞ 尾張ノ夏《おわりのなつ》

□ ㉟ 姥捨ノ郷《うばすてのさと》

□ ㊱ 紀伊ノ変《きいのへん》

□ ㊲ 一矢ノ秋《いっしのとき》

□ ㊳ 東雲ノ空《しののめのそら》

□ ㊴ 秋思ノ人《しゅうしのひと》

□ ㊵ 春霞ノ乱《はるがすみのらん》

□ ㊶ 散華ノ刻《さんげのとき》

□ ㊷ 木槿ノ賦《むくげのふ》

□ ㊸ 徒然ノ冬《つれづれのふゆ》

□ ㊹ 湯島ノ罠《ゆしまのわな》

□ ㊺ 空蟬ノ念《うつせみのねん》

□ ㊻ 弓張ノ月《ゆみはりのつき》

□ ㊼ 失意ノ方《しついのかた》

□ ㊽ 白鶴ノ紅《はっかくのくれない》

□ シリーズガイドブック 「居眠り磐音 江戸双紙」 読本
（特別書き下ろし小説・シリーズ番外編「跡継ぎ」収録）

□ 居眠り磐音 江戸双紙 帰着準備号 橋の上《はしのうえ》
（特別収録「著者メッセージ&インタビュー」「磐音が歩いた『江戸』案内」「年表」）

□ 吉田版「居眠り磐音」江戸地図 磐音が歩いた江戸の町
（文庫サイズ箱入り）超特大地図＝縦75cm×横80cm

鎌倉河岸捕物控《かまくらがしとりものひかえ》

ハルキ文庫

- □ ①橘花の仇《きっかのあだ》
- □ ②政次、奔る《せいじ、はしる》
- □ ③御金座破り《ごきんざやぶり》
- □ ④暴れ彦四郎《あばれひこしろう》
- □ ⑤古町殺し《こまちごろし》
- □ ⑥引札屋おもん《ひきふだやおもん》
- □ ⑦下駄貫の死《げたかんのし》
- □ ⑧銀のなえし《ぎんのなえし》
- □ ⑨道場破り《どうじょうやぶり》
- □ ⑩埋みの棘《うずみのとげ》
- □ ⑪代がわり《だいがわり》
- □ ⑫冬の蜉蝣《ふゆのかげろう》
- □ ⑬独り祝言《ひとりしゅうげん》
- □ ⑭隠居宗五郎《いんきょそうごろう》
- □ ⑮夢の夢《ゆめのゆめ》
- □ ⑯八丁堀の火事《はっちょうぼりのかじ》
- □ ⑰紫房の十手《むらさきぶさのじって》
- □ ⑱熱海湯けむり《あたみゆけむり》
- □ ⑲針いっぽん《はりいっぽん》
- □ ⑳宝引きさわぎ《ほうびきさわぎ》
- □ ㉑春の珍事《はるのちんじ》
- □ ㉒よっ、十一代目！《よっ、じゅういちだいめ》
- □ ㉓うぶすな参り《うぶすなまいり》
- □ ㉔後見の月《うしろみのつき》
- □ ㉕新友禅の謎《しんゆうぜんのなぞ》
- □ ㉖閉門謹慎《へいもんきんしん》
- □ シリーズガイドブック「鎌倉河岸捕物控」読本（特別書き下ろし小説・シリーズ番外編「寛政元年の水遊び」収録）
- □ シリーズ副読本　鎌倉河岸捕物控　街歩き読本

キリトリ線

キリトリ線

シリーズ外作品

ハルキ文庫

- □ 異風者《いひゅもん》

交代寄合伊那衆異聞《こうたいよりあいいなしゅういぶん》

講談社文庫

- □ ① 変化《へんげ》
- □ ② 雷鳴《らいめい》
- □ ③ 風雲《ふううん》
- □ ④ 邪宗《じゃしゅう》
- □ ⑤ 阿片《あへん》
- □ ⑥ 攘夷《じょうい》
- □ ⑦ 上海《しゃんはい》
- □ ⑧ 黙契《もっけい》
- □ ⑨ 御暇《おいとま》
- □ ⑩ 難航《なんこう》
- □ ⑪ 海戦《かいせん》
- □ ⑫ 謁見《えっけん》
- □ ⑬ 交易《こうえき》
- □ ⑭ 朝廷《ちょうてい》
- □ ⑮ 混沌《こんとん》
- □ ⑯ 断絶《だんぜつ》
- □ ⑰ 散斬《ざんぎり》
- □ ⑱ 再会《さいかい》
- □ ⑲ 茶葉《ちゃば》
- □ ⑳ 開港《かいこう》
- □ ㉑ 暗殺《あんさつ》
- □ ㉒ 血脈《けつみゃく》

長崎絵師通吏辰次郎《ながさきえしとおりしんじろう》

ハルキ文庫

- □ ① 悲愁の剣《ひしゅうのけん》
- □ ② 白虎の剣《びゃっこのけん》

夏目影二郎始末旅《なつめえいじろうしまつたび》

光文社文庫

□ ① 八州狩り《はっしゅうがり》
□ ② 代官狩り《だいかんがり》
□ ③ 破牢狩り《はろうがり》
□ ④ 妖怪狩り《ようかいがり》
□ ⑤ 百鬼狩り《ひゃっきがり》
□ ⑥ 下忍狩り《げにんがり》
□ ⑦ 五家狩り《ごけがり》
□ ⑧ 鉄砲狩り《てっぽうがり》
□ ⑨ 奸臣狩り《かんしんがり》
□ ⑩ 役者狩り《やくしゃがり》
□ ⑪ 秋帆狩り《しゅうはんがり》
□ ⑫ 鵺女狩り《ぬえめがり》
□ ⑬ 忠治狩り《ちゅうじがり》
□ ⑭ 奨金狩り《しょうきんがり》
□ ⑮ 神君狩り《しんくんがり》

【シリーズ完結】

□ シリーズガイドブック　夏目影二郎「狩り」読本（特別書き下ろし小説・シリーズ番外編「位の桃井に鬼が棲む」収録）

秘剣《ひけん》

祥伝社文庫

□ ① 秘剣雪割り　悪松・棄郷編《ひけんゆきわり　わるまつ・ききょうへん》
□ ② 秘剣瀑流返し　悪松・対決「鎌鼬」《ひけんばくりゅうがえし　わるまつ・たいけつかまいたち》
□ ③ 秘剣乱舞　悪松・百人斬り《ひけんらんぶ　わるまつ・ひゃくにんぎり》
□ ④ 秘剣孤座《ひけんこざ》
□ ⑤ 秘剣流亡《ひけんりゅうぼう》

キリトリ線

キリトリ線

古着屋総兵衛　初傳《ふるぎやそうべえしょでん》

□ 光圀《みつくに》（新潮文庫百年記念特別書き下ろし作品）

新潮文庫

古着屋総兵衛影始末《ふるぎやそうべえかげしまつ》

□ ① 死闘《しとう》
□ ② 異心《いしん》
□ ③ 抹殺《まっさつ》
□ ④ 停止《ちょうじ》
□ ⑤ 熱風《ねっぷう》
□ ⑥ 朱印《しゅいん》
□ ⑦ 雄飛《ゆうひ》
□ ⑧ 知略《ちりゃく》
□ ⑨ 難破《なんぱ》
□ ⑩ 交趾《こうち》
□ ⑪ 帰還《きかん》

【シリーズ完結】

新潮文庫

新・古着屋総兵衛《しん・ふるぎやそうべえ》

□ ① 血に非ず《ちにあらず》
□ ② 百年の呪い《ひゃくねんののろい》
□ ③ 日光代参《にっこうだいさん》
□ ④ 南へ舵を《みなみへかじを》
□ ⑤ ◯に十の字《まるにじゅのじ》
□ ⑥ 転び者《ころびもん》
□ ⑦ 二都騒乱《にとそうらん》
□ ⑧ 安南から刺客《アンナンからしかく》
□ ⑨ たそがれ歌麿《たそがれうたまろ》
□ ⑩ 異国の影《いこくのかげ》

新潮文庫

密命《みつめい》／完本《かんぽん》 密命《みつめい》

※新装改訂版の「完本」を随時刊行中

祥伝社文庫

□ ① 完本 密命 見参！《けんざん》 寒月霞斬り《かんげつかすみぎり》
□ ② 完本 密命 弦月三十二人斬り《げんげつさんじゅうににんぎり》
□ ③ 完本 密命 残月無想斬り《ざんげつむそうぎり》

【旧装版】

□ ④ 刺客《しかく》 斬月剣《ざんげつけん》
□ ⑤ 火頭《かとう》 紅蓮剣《ぐれんけん》
□ ⑥ 兇刃《きょうじん》 一期一殺《いちごいっさつ》
□ ⑦ 初陣《ういじん》 霜夜炎返し《そうやほむらがえし》
□ ⑧ 悲恋《ひれん》 尾張柳生剣《おわりやぎゅうけん》
□ ⑨ 極意《ごくい》 御庭番斬殺《おにわばんざんさつ》
□ ⑩ 遺恨《いこん》 影ノ剣《かげのけん》
□ ⑪ 残夢《ざんむ》 熊野秘法剣《くまのひほうけん》
□ ⑫ 乱雲《らんうん》 傀儡剣合わせ鏡《くぐつけんあわせかがみ》
□ ⑬ 追善《ついぜん》 死の舞《しのまい》
□ ⑭ 遠謀《えんぼう》 血の絆《ちのきずな》
□ ⑮ 無刀《むとう》 父子鷹《おやこだか》
□ ⑯ 烏鷺《うろ》 飛鳥山黒白《あすかやまこくびゃく》
□ ⑰ 初心《しょしん》 闇参籠《やみさんろう》
□ ⑱ 遺髪《いはつ》 加賀の変《かがのへん》
□ ⑲ 意地《いじ》 具足武者の怪《ぐそくむしゃのかい》
□ ⑳ 宣告《せんこく》 雪中行《せっちゅうこう》
□ ㉑ 相剋《そうこく》 陸奥巴波《みちのくともえなみ》
□ ㉒ 再生《さいせい》 恐山地吹雪《おそれざんじふぶき》
□ ㉓ 仇敵《きゅうてき》 決戦前夜《けっせんぜんや》
□ ㉔ 切羽《せっぱ》 潰し合い中山道《つぶしあいなかせんどう》
□ ㉕ 覇者《はしゃ》 上覧剣術大試合《じょうらんけんじゅつおおじあい》
□ ㉖ 晩節《ばんせつ》 終の一刀《ついのいっとう》

【シリーズ完結】

□ シリーズガイドブック 「密命」読本 (特別書き下ろし小説・シリーズ番外編「虚けの龍」収録)

キリトリ線

キリトリ線

酔いどれ小籐次留書《よいどれことうじとめがき》

幻冬舎時代小説文庫

□ ①御鑓拝借《おやりはいしゃく》
□ ②意地に候《いじにそうろう》
□ ③寄残花恋《のこりはなよするこい》
□ ④一首千両《ひとくびせんりょう》
□ ⑤孫六兼元《まごろくかねもと》
□ ⑥騒乱前夜《そうらんぜんや》
□ ⑦子育て侍《こそだてざむらい》
□ ⑧竜笛嫋々《りゅうてきじょうじょう》
□ ⑨春雷道中《しゅんらいどうちゅう》
□ ⑩薫風鯉幟《くんぷうこいのぼり》
□ ⑪偽小籐次《にせことうじ》
□ ⑫杜若艶姿《とじゃくあですがた》
□ ⑬野分一過《のわきいっか》
□ ⑭冬日淡々《ふゆびたんたん》
□ ⑮新春歌会《しんしゅんうたかい》
□ ⑯旧主再会《きゅうしゅさいかい》
□ ⑰祝言日和《しゅうげんびより》
□ ⑱政宗遺訓《まさむねいくん》
□ ⑲状箱騒動《じょうばこそうどう》

□ 酔いどれ小籐次留書 青雲篇 品川の騒ぎ《しながわのさわぎ》 （特別付録・「酔いどれ小籐次留書」ガイドブック収録）

新・酔いどれ小籐次《しん・よいどれことうじ》

文春文庫

□ ① 神隠し《かみかくし》

□ ② 願かけ《がんかけ》

吉原裏同心《よしわらうらどうしん》

光文社文庫

□ ① 流離《りゅうり》

□ ⑦ 枕絵《まくらえ》

□ ⑬ 布石《ふせき》

□ ⑲ 未決《みけつ》

□ ② 足抜《あしぬき》

□ ⑧ 炎上《えんじょう》

□ ⑭ 決着《けっちゃく》

□ ⑳ 髪結《かみゆい》

□ ③ 見番《けんばん》

□ ⑨ 仮宅《かりたく》

□ ⑮ 愛憎《あいぞう》

□ ㉑ 遺文《いぶん》

□ ④ 清掻《すががき》

□ ⑩ 沽券《こけん》

□ ⑯ 仇討《あだうち》

□ ㉒ 夢幻《むげん》

□ ⑤ 初花《はつはな》

□ ⑪ 異館《いかん》

□ ⑰ 夜桜《よざくら》

□ ⑥ 遣手《やりて》

□ ⑫ 再建《さいけん》

□ ⑱ 無宿《むしゅく》

□ シリーズ副読本　佐伯泰英「吉原裏同心」読本

キリトリ線

本書は新潮文庫のために書き下ろされた。

佐伯泰英著

光圀
―古着屋総兵衛 初傳―
新潮文庫百年特別書き下ろし作品

将軍綱吉の悪政に憤怒する水戸光圀。若き六代目総兵衛は使命と大義の狭間に揺れるのだが……。怒濤の活躍が始まるエピソードゼロ。

佐伯泰英著

死闘
古着屋総兵衛影始末 第一巻

表向きは古着問屋、裏の顔は徳川の危難に立ち向かう影の旗本大黒屋総兵衛。何者かが大黒屋殲滅に動き出した。傑作時代長編第一巻。

佐伯泰英著

異心
古着屋総兵衛影始末 第二巻

江戸入りする赤穂浪士を迎え撃て――。影の命に激しく苦悩する総兵衛。柳生宗秋率いる剣客軍団が大黒屋を狙う。明鏡止水の第二巻。

佐伯泰英著

抹殺
古着屋総兵衛影始末 第三巻

総兵衛最愛の千鶴が何者かに凌辱の上惨殺された。憤怒の鬼と化した総兵衛は、ついに〈影〉との直接対決へ。怨徹骨髄の第三巻。

佐伯泰英著

停止（ちょうじ）
古着屋総兵衛影始末 第四巻

総兵衛と大番頭の笠蔵は町奉行所に捕らえられ、大黒屋は商停止となった。苛烈な拷問により衰弱していく総兵衛。絶体絶命の第四巻。

佐伯泰英著

熱風
古着屋総兵衛影始末 第五巻

大黒屋から栄吉ら小僧三人が伊勢へ抜け参りに出た。栄吉は神君拝領の鈴を持ち出したのか。鳶沢一族の危機を描く驚天動地の第五巻。

佐伯泰英著

朱印

古着屋総兵衛影始末 第六巻

武田の騎馬軍団復活という怪しい動きを摑んだ総兵衛は、全面対決を覚悟して甲府に入る。柳沢吉保の野望を打ち砕く乾坤一擲の第六巻。

佐伯泰英著

雄飛

古着屋総兵衛影始末 第七巻

大目付の息女の金沢への輿入れの道中、若年寄の差し向けた刺客軍団が一行を襲う。鳶沢一族は奮戦の末、次々傷つき倒れていく……。

佐伯泰英著

知略

古着屋総兵衛影始末 第八巻

甲賀衆を召し抱えた柳沢吉保の陰謀を阻止せんがため総兵衛は京に上る。一方、江戸ではるりが消えた。策略と謀略が交差する第八巻。

佐伯泰英著

難破

古着屋総兵衛影始末 第九巻

柳沢の手の者は南蛮の巨大海賊船を使嗾し、ついに琉球沖で、大黒丸との激しい砲撃戦が始まる。シリーズ最高潮、感慨悲慟の第九巻。

佐伯泰英著

交趾（こうち）

古着屋総兵衛影始末 第十巻

大黒屋への柳沢吉保の執拗な攻撃で美雪はある決断を下す。一方、再生した大黒丸は交趾を目指す。驚愕の新展開、不撓不屈の第十巻。

佐伯泰英著

帰還

古着屋総兵衛影始末 第十一巻

薩摩との死闘を経て、勇躍江戸帰還を果たした総兵衛は、いよいよ宿敵柳沢吉保との決戦に向かう——。感涙滂沱、破邪顕正の完結編。

佐伯泰英著
血に非ず
新・古着屋総兵衛 第一巻
享和二年、九代目総兵衛は死の床にあった。後継問題に難渋する大黒屋を一人の若者が訪ね来た。満を持して放つ新シリーズ第一巻。

佐伯泰英著
百年の呪い
新・古着屋総兵衛 第二巻
長年にわたる鳶沢一族の変事の数々。総兵衛は卜師を使って柳沢吉保の仕掛けた闇祈禱を看破、幾重もの呪いの包囲に立ち向かう……。

佐伯泰英著
日光代参
新・古着屋総兵衛 第三巻
御側衆本郷康秀の不審な日光代参の後を追う総兵衛一行。おこもとかげまの決死の諜報で本郷の恐るべき野望が明らかとなるが……。

佐伯泰英著
南へ舵を
新・古着屋総兵衛 第四巻
金沢で前田家との交易を終え江戸に戻った総兵衛は町奉行と秘かに対座するが、帰途、闇祈禱の風水師李黒の妖術が襲いかかる……。

佐伯泰英著
〇に十の字
新・古着屋総兵衛 第五巻
京を目指す総兵衛一行が鳶沢村に逗留中、薩摩の密偵が捕まった。その忍びは総兵衛の特殊な縛めにより、転んだかのように見えたが。

佐伯泰英著
転び者
新・古着屋総兵衛 第六巻
伊勢から京を目指す総兵衛は、一行を付け狙う薩摩の刺客に加え、忍び崩れの山賊の盤踞する危険な伊賀加太峠越えの道程を選んだ。

佐伯泰英著

二都騒乱

新・古着屋総兵衛 第七巻

桜子の行方を懸命に捜す総兵衛の奇計に薩摩の密偵が掛かった。一方、江戸では大黒屋への秘密の地下通路の存在を嗅ぎつかれ……。

佐伯泰英著

安南から刺客

新・古着屋総兵衛 第八巻

総兵衛が江戸に帰着し、古着大市の無事の成功に向けて大黒屋は一丸となって準備に追われていたが、謎の刺客が総兵衛に襲いかかる。

佐伯泰英著

たそがれ歌麿

新・古着屋総兵衛 第九巻

大黒屋前の橋普請の最中、野分によって江戸は甚大な被害を受ける。一方で総兵衛は絵師歌麿の禁制に触れる一枚絵を追うのだが……。

児玉清著

すべては今日から

もっとも本を愛した名優が贈る、最後の言葉。読書に出会った少年期、海外ミステリーへの愛、母の死、そして結婚。優しく熱い遺稿集。

池波正太郎
平岩弓枝
松本清張
山本周五郎
宮部みゆき著

親不孝長屋
—人情時代小説傑作選—

親の心、子知らず、子の心、親知らず——。名うての人情ものの名手五人が親子の情愛を描く。感涙必至の人情時代小説、名品五編。

池波正太郎・松本清張
藤沢周平・神坂次郎著
滝口康彦・山田風太郎
縄田一男編

主命にござる

上司からの命令は絶対。しかし己の心に背いてでも、なすべきことなのか——。忠と義の間で揺れる心の葛藤を描く珠玉の六編。

異《い》国《こく》の影《かげ》

新・古着屋総兵衛 第十巻

新潮文庫　さ－73－21

平成二十七年六月一日発行

著者　佐《さ》伯《えき》泰《やす》英《ひで》

発行者　佐藤隆信

発行所　株式会社新潮社

郵便番号　一六二―八七一一
東京都新宿区矢来町七一
電話 編集部(〇三)三二六六―五四四〇
読者係(〇三)三二六六―五一一一
http://www.shinchosha.co.jp

価格はカバーに表示してあります。

乱丁・落丁本は、ご面倒ですが小社読者係宛ご送付ください。送料小社負担にてお取替えいたします。

印刷・株式会社光邦　製本・憲専堂製本株式会社

© Yasuhide Saeki 2015 Printed in Japan

ISBN978-4-10-138055-1 C0193